ILONA SCHMIDT

Brunnenleich

WENN TOTE AUFERSTEHEN Während des Coburger Schlossplatzfests wird in einem nur knietiefen Brunnen eine weibliche Leiche entdeckt. Kriminaloberkommissar Levin übernimmt den Fall. Schnell stellt sich heraus, dass die Tote, Melinda Hauptmann, unter falschem Namen in der Dominikanischen Republik lebte. Sie galt bereits seit Langem als tot – ermordet von ihrem Ehemann Walter, der sie während eines Segeltörns in der Karibik bewusstlos über Bord geworfen haben soll. Dafür saß er 17 Jahre lang im berüchtigten Gefängnis von La Romana in der Karibik. Der vorgetäuschte Mord zerstörte nicht nur ihn, sondern auch die beteiligten Familien. Was trieb Melinda in ihre alte Heimat, und wo steckt Walters Bruder, mit dem sie zusammen in der Karibik lebte? Und welche Rolle spielt Melindas früherer Arbeitgeber, ein Anlageberater und Stadtrat mit Ambitionen auf das Amt des Oberbürgermeisters? Als in einem Teich eine weitere Leiche gefunden wird, stellt sich für Levin die Frage, ob er es mit einem Serienmörder zu tun hat.

Ilona Schmidt wurde in München geboren und wuchs in Nürnberg auf. Sie studierte in Erlangen Chemie und lebte nach ihrer Promotion viele Jahre mit ihrer Familie in Coburg. 2001 zog sie mit Mann und zwei Kindern in die USA, in ihrem Herzen ist sie jedoch Fränkin geblieben. Die Autorin reist viel in der Weltgeschichte herum und besucht Deutschland mehrmals im Jahr. Als Jugendliche hat sie fast alle Agatha-Christie-Romane verschlungen und was Mutters Bücherschrank sonst noch hergab. Krimis sind ihre Passion, außerdem schreibt sie noch Tiergeschichten und historische Abenteuerromane, wobei sie immer besonderen Wert auf Authentizität und komplexe Figuren legt.

Bisherige Veröffentlichungen im Gmeiner-Verlag:
Bocktot (2017)

ILONA SCHMIDT

Brunnenleich

Kriminalroman

GMEINER SPANNUNG

Immer informiert

Spannung pur – mit unserem Newsletter informieren wir Sie
regelmäßig über Wissenswertes aus unserer Bücherwelt.

Gefällt mir!

Facebook: @Gmeiner.Verlag
Instagram: @gmeinerverlag
Twitter: @GmeinerVerlag

Besuchen Sie uns im Internet:
www.gmeiner-verlag.de

Im Ehnried 5, 88605 Meßkirch
Telefon 07575/2095-0
info@gmeiner-verlag.de

1. Auflage 2018

Lektorat: Katja Ernst
Herstellung: Mirjam Hecht
Umschlaggestaltung: U.O.R.G. Lutz Eberle, Stuttgart
unter Verwendung eines Fotos von: © Thomas Otto / fotolia.com
Druck: CPI books GmbH, Leck
Printed in Germany
ISBN 978-3-8392-2344-4

Personen und Handlung sind frei erfunden.
Ähnlichkeiten mit lebenden oder toten Personen
sind rein zufällig und nicht beabsichtigt.

1 WALTER

17 Jahre vor dem Coburger Schlossplatzfest
Isla Saona, Dominikanische Republik im September

Nichts an diesem Abend ließ Walter Hauptmann ahnen, wie der Tag enden würde.

Oder doch, denn Melindas verändertes Verhalten war ihm schon lange aufgefallen. Groß gewachsen und schlank, die langen, blonden Haare zu einem Pferdeschwanz zusammengebunden und nur mit einem weißen Hemd über dem Bikini bekleidet, stand sie an der Reling des Segelboots und lächelte seinen Bruder Felix an, der mit ihm am Heck saß. Ihn selbst, ihren Ehemann seit drei Jahren, würdigte sie keines Blicks.

Getrieben vom Passatwind, pflügte das Boot durch die karibischen Gewässer, die in einem fast unwirklich erscheinenden intensiven Türkis leuchteten, während das Kielwasser weiß, wie die Schleppe einer Braut, hinter ihnen sprudelte. Eine Möwe tauchte kreischend aus dem tiefblauem Himmel herab und landete hinter dem Heck ihres 15 Meter langen Einmasters auf den Wellen. Das Stechen der untergehenden Sonne ließ nach, doch die schwüle Hitze würde anhalten. Traumhafte Abendstimmung wie in einem Urlaubsprospekt, fast zu schön, um wahr zu sein. Der Bruder, in weißen Jeans mit Kapitänsmütze auf den schwarzen Haaren, passte perfekt in dieses Bild. Er reichte Melinda ein Glas Sekt, an dem sie kurz nippte. Dabei bewegte sie sich mit der lässigen Eleganz einer Frau, die um ihre Wirkung auf Männer wusste. Einmal mehr fühlte sich Walter als fünftes Rad am Wagen.

Was war schiefgelaufen? Vor drei Wochen waren sie in Santo Domingo, der Hauptstadt der Dominikanischen Republik, angekommen. Er und seine geliebte Frau, auf die er so wahnsinnig stolz war, hatten sich diesen Traumurlaub nur leisten können, weil sie gut verdiente und sein Bruder sie zu diesem Segelturn eingeladen hatte. Walters Bezüge als Polizeimeister hätten dazu nicht gereicht. Seine Vorbehalte hatte Melinda schlichtweg ignoriert.

Anfangs war alles wunderbar gelaufen. Felix hatte sie am Flughafen abgeholt und zum Jachthafen Boca Chica von Santo Domingo gefahren. Ihr Einmaster war ein umgebauter Kutter, der sich bequem von zwei Personen segeln ließ und gut für Fahrten auf dem offenen Meer geeignet war. Die Victoria, wie Felix sie getauft hatte, lag am Pier vertäut, und nachdem sie ihre Sachen verstaut hatten, hatten sie den ersten Abend an Bord mit einem Mahi-Mahi-Fischgericht und viel Weißwein ausklingen lassen. In dieser Nacht hatte er zum letzten Mal mit Melinda geschlafen.

Und jetzt, wenige Tage später, würde er seine Frau ausgerechnet an seinen Bruder, diesen Taugenichts, verlieren. Felix hatte sich eines Tages mit Vaters Kreditkarten aus dem Staub gemacht, um in der Karibik einen Neuanfang zu wagen. Vater hatte ihn gewähren lassen und Mutter sogar Geld hinterhergeschickt. So war es immer gewesen: Der drei Jahre jüngere Felix wurde verhätschelt und Walter hatte das Nachsehen. Walter biss die Zähne zusammen. Alles ging den Bach runter oder, besser gesagt, fiel ins Wasser. Er konnte es förmlich spüren.

Walter schloss die Augen, während er sich auf dem Drahtseil der Reling abstützte. Relax, sagte er sich. Alles kommt in Ordnung. In drei Tagen würde der Spuk vorbei und der Segelturn um die Insel zu Ende sein. Sie würden ihr Flugzeug besteigen und zurück nach good old Germany fliegen. Melinda würde dann wieder ihm gehören, wäre weit weg von Felix' schlechtem Einfluss. Walter freute sich darauf, und dass ihnen in ihrer Coburger Wohnung ein graukalter Winter bevorstand, war ihm in diesem Moment völlig egal.

Hier indes gab es kein Grau. Nicht einmal graue Wolken, und wenn es doch einmal wie aus Kübeln goss, leckte die Sonne sofort alles wieder auf. Die Karibik strahlte zumeist in den Farben Blau, Türkis, Weiß, Pink und Gelb. Die Menschen hier, ob Einheimische oder Touristen, nahmen das Leben leicht, wenngleich im Landesinneren bittere Armut herrschte. Aber die wollte keiner sehen, und schon gar nicht im Urlaub. Das Meer hinterließ einen salzigen Geschmack auf der Haut, und Punta Canas weißer Sand sammelte sich in den Schuhen. Ein Schlagertext fiel ihm dazu ein: »Ich hab noch Sand in Schuhen aus …« Nein, das war Hawaii gewesen. Die Zunge klebte ihm am Gaumen, ein weiteres Glas Weißwein sollte Abhilfe schaffen. Die Flache steckte in einem Eiskübel, an dessen Außenseite kondensierte Wassertropfen abperlten.

Plötzlich konnte er nicht mehr klar denken.

»Hast du gehört, was ich gesagt habe, Walter?«, fragte Melinda.

»Nein«, gab er zu.

»Ich bleibe hier.«

»Du spinnst wohl?« Er nahm einen großen Schluck von dem schweren, süßlichen Wein. Merkwürdig, zuvor hatte er herber geschmeckt. Oder täuschte er sich? Er sollte das Gesöff ausspucken, schoss es ihm durch den Kopf.

Felix beobachtete ihn wie eine Schlange das Kaninchen. Moment mal, immerhin war er Polizeibeamter und würde sich nicht in die Opferrolle drängen lassen. Nach ihrer Rückkehr sollte er nachprüfen, womit Felix sein Geld verdiente. Der Gedanke gab ihm ein Gefühl der Überlegenheit. »Du willst also bei Felix bleiben, diesem Habenichts?«

»Und was kannst du mir bieten?« Melinda richtete ihren Blick endlich auf ihn.

»Du kommst mit nach Hause, damit basta. Was soll das Ganze? Du bist immerhin meine Frau.« Seine Zunge lag schwer in seinem Mund. War er betrunken? Plötzlich starrten ihn zwei Melindas an. Oder war es doch nur eine? Eine unbändige Wut stieg in ihm auf. Sie musste mitkommen, denn ohne sie machte das Leben keinen Sinn mehr. Noch vor Kurzem hatten sie Pläne für den Jahrtausendwechsel geschmiedet: zum Skifahren in die Alpen, später vielleicht ein Kind – wenn es die Finanzen erlaubten.

Felix packte Walter am T-Shirt und zog ihn hoch. »Schlaf erst mal deinen Rausch aus«, fauchte er.

Felix war an allem schuld, an allem. Die Faust flog ins breite Grinsen seines Bruders, der wie ein nasser Sack zu Boden ging. Blut sickerte aus dessen Nase.

»Du Sauhund«, stöhnte Felix. »Du verdammter Sauhund!«

Das war längst überfällig gewesen, fuhr es durch Walters vernebelte Hirnwindungen, trotzdem zögerte er, noch einmal zuzuschlagen. »Du kriegst meine Frau nicht, kapiert?«, lallte er.

»Arschloch«, mischte Melinda sich ein.

Meer und Boot begannen sich um Walter zu drehen, immer schneller, bis seine Umgebung in einem blauweißen Wirbel verschwamm. Was geschah mit ihm? Als kräftige Arme ihn packten, schlug er wild um sich. Ein scharfer Schmerz im Genick und er fiel zu Boden, der sich weich wie Watte anfühlte. Er hing über der Bordwand, sah das Wasser unter sich.

»Hilf mir!«, hörte er Felix wie aus weiter Ferne schreien.

Filmriss.

2 MAXI

Am Donnerstag des Coburger Schlossplatzfests

Versprechen sollte man halten, selbst wenn es einem schwerfällt, dachte Kriminalrätin Maximilia Frohn, die Leiterin des Fachkommissariats 1 der Kriminalpolizeiinspektion Coburg, als sie auf die Wanduhr ihres Büros blickte: 18:30 Uhr. Obwohl schon Dienstschluss war, hielt sie der Fall einer Vergewaltigung noch am Schreibtisch. Viel hatten sie bislang nicht ermitteln können: Das Opfer hatte das jährlich stattfindende Coburger Samba-Festival besucht und war mit hoher Promillezahl im Blut bewusstlos im Hofgarten aufgefunden worden. Zurzeit lag die Frau im Klinikum. Eine Freundin hatte sie letztmalig um 22 Uhr gesehen, Zeugen der Tat gab es keine.

Maxi fühlte sich müde und ausgelaugt. Sie legte den Ordner in eine Schublade ihres Schreibtischs und schloss sie ab. Das war zwar unnötig, aber sie bevorzugte einen aufgeräumten Arbeitsplatz. Vor ein paar Wochen hatte sie die Leitung des K1 übernommen, das für die Fälle der »Verletzung höchstpersönlicher Rechtsgüter«, wie es im Juristendeutsch hieß, zuständig war. Im Vergleich zu München war diese Kriminalpolizeiinspektion relativ klein, entsprechend wenig Beamte taten hier Dienst, dennoch deckte sie ein großes Gebiet ab: den Bereich zwischen Coburg, Lichtenfels und Kronach. Übergeordnete Dienststelle war das Polizeipräsidium Oberfranken in Bayreuth. In München war das anders. Da hatte man einen direkten Draht zu den Oberen, und die Kommissariate waren stärker besetzt, um das größere Pensum bewältigen zu können. Manchmal fragte Maxi sich, ob es ein Fehler gewesen war, hierherzukommen. Kommissariatsleiterin hörte sich protzig an, vor allem für eine unter 40-Jährige, aber jeder Kollege wusste, dass dies in der Provinz nicht viel bedeutete.

Das Vorzimmer war leer, ihre Abteilungsassistentin schon zu Hause. Durch die offen stehende Tür des nebenan liegenden Vier-Mann-Büros sah sie vor einem der Fenster eine große, schlanke Männergestalt stehen. Kriminaloberkommissar Richard Levin blickte auf die Neustadter Straße hinunter, die eine Hand in die Hüfte gestemmt, mit der anderen stützte er sich an der Scheibe ab.

Sie blieb stehen. Levin war zwar kein Modeltyp, aber er hatte Ausstrahlung und stand zudem im Ruf, ein ausgezeichneter Ermittler zu sein: scharfsinnig, unbestechlich, hartnäckig. Dabei hielt nicht nur sein Team 100-prozentig zu ihm, sondern alle Kollegen des K1. Leider hatte er sich ihr gegenüber bislang sperrig gezeigt. Nur manchmal blitzte ein gewisser Charme auf und ganz selten so etwas wie Sympathie. Am meisten ärgerte sie seine Geheimniskrämerei. Ein Mann, der sich nicht in die Karten schauen ließ, regte sie auf. Dabei war es wichtig, mit den Kollegen vertrauensvoll zusammenzuarbeiten. Levin war der eigentliche Führer des Rudels, sie hingegen bloß eine Mitläuferin, die ihm vor die Nase gesetzt worden war. Manchmal wünschte sie sich, sie hätte sich nie hierher versetzen lassen. Und das alles nur, um zu beweisen, dass Frauen auch etwas leisten konnten. Aber es half nichts, da musste sie durch. Sie reckte ihr Kinn vor und ging auf ihn zu.

Levin wandte ihr nach wie vor den Rücken zu, schien fasziniert von dem zu sein, was vor dem Gebäude geschah.

»Irgendwas Interessantes da unten?«, fragte sie.

Statt einer Antwort drehte er sich um, und zu ihrer Überraschung entdeckte sie in seinem hageren Gesicht einen Hauch von Trauer, die aber sofort durch Härte ersetzt wurde. »Sind Sie fertig? Dann können wir.«

Sie siezten sich hartnäckig, da sich bislang keine Gelegenheit ergeben hatte, ihm das Du anzubieten. Insgeheim mochte sie seine sonore Stimme, doch im Moment stieß ihr seine Antwort sauer auf. »Haben Sie auf mich gewartet? Ich finde den Weg auch allein.«

Ein schmales Lächeln war die Antwort. »Ich wollte nur sicherstellen, dass sie nicht wieder das Weite suchen wie vergangene Woche.«

Letzte Woche war Samba-Festival in Coburg gewesen. Sie war zu ihren Eltern nach München gefahren, um – wie viele andere Bewohner der Innenstadt auch – vor den lauten Trommelgruppen, den Touristen und Fans zu flüchten. »Wenn sich die eigene Wohnung plötzlich inmitten einer Trommel zu befinden scheint, kann die Stille in der Ferne sehr attraktiv sein. Sind Sie etwa geblieben?«

Sein Lächeln verflüchtigte sich. »Gehen wir. Die Kollegen warten bestimmt schon.«

Gemeinsam traten sie aus dem ehemaligen Kasernengebäude, das jetzt die Polizeiinspektion sowie die Kripo Coburg beherbergte, und sie ließ sich von ihm zum Schlossplatzfest chauffieren. Dort parkte er seinen nachtblauen Audi A3 rotzfrech im abgesperrten Bereich. Als sie demonstrativ die Augenbrauen hochzog, zwinkerte er ihr zu. Eine der üblichen Plänkeleien zwischen ihnen, wenn es um Außerdienstliches ging.

Jetzt freute sie sich doch auf den Abend im Kollegenkreis. Während sie sich dem Schlossplatz näherten, wehte ihr eine warme Brise appetitanregender Gerüche entgegen. Vom morgendlichen Regen kündeten nur noch wenige Pfützen. Manchmal wurde der Platz als Parkfläche des benachbarten Landestheaters genutzt, doch heute umrundeten ihn weiße Zelte. Um das mit Blumen geschmückte Rondell, mit dem Denkmal des Herzogs Ernst I. in der Mitte, bewegten sich die Besucher im Kreis, während die Coburger Gastronomie ihre Gäste mit heimischen Spezialitäten versorgte.

Vor einem Bierausschank trafen sie die Kollegen, die – bis auf einen, der Bereitschaft hatte – vollzählig erschienen waren. Zu Maxis Erleichterung befand sich unter ihnen auch Kommissarin Nadine Wallner, die neben ihr die Frauenpower der Kripo repräsentierte. Die Wallner, wie alle sie nannten, war eine zierliche Person, die jedem an den Kragen ging, der ihre Kompetenz infrage stellte. Und das mit gutem Grund, denn sie arbeitete zielorientiert, war zudem unermüdlich und geradeheraus, was sie sympathisch machte.

Kommissar Peter Weingarth winkte ihnen zu. Auch er war relativ klein geraten, ließ aber Wallners Schärfe vermissen. Dafür war er der Spaßvogel der Abteilung. Trotzdem konnte er zu einem angriffslustigen Terrier mutieren, wenn er sich in einen Fall verbiss. »Auch scho' da?«

»Hat doch nicht jeder so eine lockere Dienstauffassung wie du«, sagte Levin trocken.

»Alter Miesepeter. Prost!« Weingarth hob das halb leere Glas und nahm einen ordentlichen Schluck. »Wollt ihr was essen?«

»Gern«, sagte Maxi und legte die Hand auf ihren Magen, der prompt knurrte.

Weingarth lachte. »Des nehm ich als ein Ja. Wohin?«

Maxi hatte keine Ahnung, wohin, aber offensichtlich erwartete jeder, dass sie den Leithammel spielte. Sie empfand das als unfair, da sie nur a Zuagroaste war, wie man in München sagen würde.

»Auf geht's«, sagte Levin und schlenderte gegen den Uhrzeigersinn auf die Arkaden zu, die den Platz zum Hofgarten hin abgrenzten. Einerseits war Maxi ihm dankbar, andererseits hatte er einmal mehr gezeigt, wer Herr im Ring war.

Weingarth grüßte unterwegs ständig irgendwelche Leute, schien jeden zu kennen.

Auf einer der drei Bühnen ließ eine leicht bekleidete Frauengruppe aus Brasilien Hüften und Brüste zu lateinamerikanischen Rhythmen wackeln, während eine dunkelhäutige Schönheit in einem lateinamerikanischen Sambakostüm sich die Seele aus dem Leib sang. Davor stand eine Wand aus Zuschauern, von denen einige ausgelassen mittanzten. Prompt blieben alle Männer ihrer Gruppe stehen und gafften.

Die Wallner versetzte ihr einen leichten Rippenstoß. »Typisch. Kaum wackelt ein Po, sind sie alle k. o.«

Levin drehte sich um, musterte sie von oben bis unten, den Mund spöttisch verzogen, schwieg aber. Die Kollegin errötete.

Vor ihnen stand eine schlanke, elegant gekleidete Frau mit kurzen, schwarzen Haaren, die die Tanzgruppe auf Spanisch anfeuerte; eine Sprache, die Maxi selbst recht passabel sprach. Ob die Brasilianer die Zurufe allerdings verstanden, war fraglich, denn sie sprachen Portugiesisch. Die Dame wandte sich an ihre Begleiterin und wechselte auf Deutsch mit Coburger Zungenschlag: »Das Schlossplatzfest hab ich sehr vermisst«, sagte die Frau. »Komm, trink ma an Schampus.«

Die Begleiterin, eine stämmige Frau, deren auffälligstes Merkmal ein langer, kastanienbrauner Zopf war, nickte. »Wenn du meinst. Wollen wir nicht erst nach den anderen schauen?«

Das ungleiche Paar drängte sich zwischen Levin und Maxi hindurch, wobei ihr der Duft eines schweren Orangen-Moschus-Parfüms in die Nase stieg.

Maxis Gedanken flogen zu dem Mädchen, das nach dem ausgelassenen Samba-Festival vergewaltigt worden war. Beim Schlossplatzfest hingegen schien es gediegener zuzugehen.

Die Wallner forderte, endlich zum Essen zu gehen. »Dahin, wo's Lachs und Kartoffelpuffer gibt. Dazu einen guten Weißwein, mehr brauch ich nicht zum Glücklichsein.«

Maxi ließ sich mittreiben. Der Lachs schmeckte köstlich, die Kartoffelpuffer waren frisch zubereitet und der trockene Frankenwein tat ein Übriges. Bei den lockeren Gesprächen taute sogar Levin auf. Nach dem Essen kreisten sie noch einige Male um das Rondell, bis sich die Gruppe schließlich auflöste. Jeder verließ den Platz in eine andere Richtung, außer sie und Levin. Nur Weingarth verkündete, länger bleiben zu wollen, weil er Freunde getroffen habe.

Als alle gegangen waren, standen sie und Levin sich schweigend gegenüber, als müsste noch etwas gesagt werden. Wäre es zu offensichtlich, ihn zu fragen, ob er mit ihr noch eine Runde drehen wolle? Vielleicht war er sogar deshalb geblieben?

Doch sie hatte sich getäuscht. »Bis morgen«, sagte er unvermittelt und machte sich auf den Weg.

»Danke, ich finde allein nach Hause«, erwiderte sie, als er außer Hörweite war.

3 RICHARD

Am Freitag des Coburger Schlossplatzfestes

Der Weg vor ihm wand sich steil bergauf, während der Osten Coburgs zu seinen Füßen lag. Die Julisonne hatte endlich die Wolken durchbrochen, aber der Morgen verströmte noch seinen feuchten, nach Erde riechenden Atem. Sein rechtes Knie stach leicht; erstes Anzeichen dafür, dass er nicht jünger wurde. Doch aufgeben war für Richard keine Option. Er atmete gleichmäßig und rannte im Takt, um sich die hochkommenden Erinnerungen aus dem Kopf zu hämmern.

Hier gab es Laub, Gras, Bäume und Leben – tausend Kilometer entfernt hingegen, auf einem anderen Kontinent, nur Wüste und kahle Berge. Dort konnte hinter jedem Felsbrocken der Tod lauern.

Niemand konnte seiner Vergangenheit entrinnen, auch er nicht. Immer wieder drängte sie nach oben, durchbrach die Oberfläche, egal wie sehr er dies zu beherrschen suchte. Wenn er meinte, Kontrolle darüber zu haben, genügte oft schon ein kleiner Anlass, um die Bilder und Geräusche wieder lebendig werden zu lassen. Eine endlose Abfolge verpasster Gelegenheiten und traumatischer Ereignisse, die er nie vergessen würde.

Laufen war das zweitbeste Mittel, dem zu begegnen. Das beste waren die Schaukämpfe mit seinem Freund Dominik beim Training für Ritterspiele, aber das fand in Nürnberg und während seiner dienstfreien Zeit statt. In Coburg war er lediglich ein unauffälliger Kriminalbeamter, bürokratisch und akribisch, der sich mit ein bisschen Joggen fit hielt. Und das sollte auch so bleiben.

Ziemlich außer Atem erreichte er den Berggipfel und somit die Veste Coburg. Das viele Sitzen am Schreibtisch machte träge. Er legte eine Verschnaufpause ein, warf einen Blick auf das Fitnessarmband und war mit seiner Zeit zufrieden.

Trutzig erhob sich vor ihm die Burg, die nie eingenommen worden und nur durch einen Trick in Feindeshand gefallen war. In den meterdicken Mauern steckten noch Wallensteins Kanonenkugeln. Richard blickte hinunter auf die Stadt, die er seit einigen Jahren sein Zuhause nannte. Sie hatte Charme, wirkte mitunter etwas verschlafen und die hier herrschenden Temperaturen waren stets ein bis zwei Grad niedriger als in Nürnberg. Ihre Bewohner wirkten oft verschlossen, typische Franken eben, obwohl er sie insgeheim zu den Thüringern zählte. Weil der Dialekt »Itzgründer Fränkisch« hieß, vermutete er, die Bewohner müssten von den Franken abstammen, tatsächlich hatten Stadt und Land jahrhundertelang zum Herzogtum Sachsen-Gotha gehört, was Spuren vor allem in der Esskultur hinterlassen hatte. Es hatte eine Weile gedauert, bis es ihm einleuchtete, dass »Semmel« ein doppeltes Brötchen meinte, dagegen bezeichnete »Brödla« das, was für ihn als Nürnberger ein »Weggla« war.

Mit einem Schmunzeln beendete Richard die Umrundung der Burganlage. Zu Hause wartete weder Frau noch Kind auf ihn, sondern nur ein leerer Kühlschrank. Seine Vorgesetzte kam ihm in den Sinn, wie so oft, zu oft. Sie war zum Bestandteil seiner Gedanken geworden, verwirrte ihn, mehr als er sich eingestehen mochte. Einerseits ärgerte es ihn, jemand Jüngeren, Unerfahreneren vor die Nase gesetzt bekommen zu haben, anderseits fühlte er sich von ihr angezogen.

Sein Diensthandy summte. Die Leitstelle. Er meldete sich knapp mit »Levin«.

»A Leich' im Hofgarten«, sagte der Beamte am anderen Ende. »Im Herzog-Alfred-Brunnen.«

In Coburg gab es viele historische Brunnen, aber nur zwei im Hofgarten. Einer davon sprudelte im Kleinen Rosengarten, war jedoch zu klein, um darin ertrinken zu können. Der andere, der Herzog-Alfred-Brunnen, befand sich unweit von hier, in Richtung Stadtzentrum. Offenbar existierten Zweifel an den Todesumständen, sonst hätte man ihn nicht angerufen. Seines Wissens war dieser Brunnen höchstens knietief. »Bin auf dem Weg«, sagte er zu dem Beamten der Leitstelle und nahm die Abkürzung steil nach unten durch den Wald. Seine Aufmachung in Jogginghose und Hemd störte ihn nicht. Nach Hause zu spurten und sich umzuziehen, hätte ohnehin zu viel Zeit in Anspruch genommen.

Im unterhalb der Veste gelegenen Hofgarten, dessen Bäume aus aller Herren Länder stammten, hielt sich Richard auf dem Hauptweg, vorbei am Veilchental links und am Naturkundemuseum rechts.

Merkwürdig, wie einen die Polizeiarbeit veränderte. Orte wurden nach Verbrechen eingeteilt, Menschen nach Gut und Böse. Welche Überraschungen würde der neue Fall mit sich bringen? Morddelikte waren in Coburg eher selten, kein Vergleich zu Großstädten wie Nürnberg oder München. Während seiner Dienstzeit in Nürnberg hatte er in einer zweifelhaften Notwehrsituation einen Menschen erschossen. Der Vorwurf des ungerechtfertigten Schusswaffengebrauchs war zwar inzwischen vom Tisch, dennoch sah Richard keinen Grund, sich in seine alte Dienststelle zurückversetzen zu lassen.

Schon von Weitem bemerkte er zwei Streifenwagen, einen Rettungswagen und das Fahrzeug des Notarztes. Die Beamten der Schutzpolizei sicherten soeben den Tatort mit Absperrband. Er verlangsamte die Schritte, um seinen Atem zu beruhigen. Ein Vorteil der kleineren Polizeiinspektion war, dass jeder jeden kannte, und deshalb nickte der etwas rundliche Polizeihauptmeister Tobias Schneider bei seinem Eintreffen lediglich. »Gut, dass du es bist. Wohl gerade aus 'm Bett g'falln?«

»Na, na, keine Anzüglichkeiten. Was liegt an?«

»'ne Frauenleiche. Trieb im Brunnen. Die Spaziergängerin dort drüben hat ihr'n Hund baden lassen und sie dabei entdeckt.«

Im Gesicht der schlicht gekleideten Mittvierzigerin stand das blanke Entsetzen, ein nasser Pudel saß neben ihr. Der Brunnen hatte die Dimension eines ovalen Swimmingpools und war mit einem hüfthohen Ziergitter umgeben. An der gegenüberliegenden Seite erhob sich ein halb runder, etwa vier Meter hoher, rötlicher Torbogen aus Stein, in dessen Mitte eine überdimensionale Muschel stand, flankiert von zwei wasserspeienden Delfinen. Rechts davon saß eine nackte Schöne und links schreckte ein Jüngling vor einer wasserspeienden Schlange zurück; hübsch gruselig, wie passend für einen Tatort. Direkt vor der Brunnenanlage lag ein bekleideter Frauenkörper auf dem Rücken, neben dem der Notarzt ihm erwartungsvoll entgegenblickte.

Richard näherte sich der Toten: groß gewachsen, das Gesicht leicht aufgedunsen, kurze schwarze Haare. Wasserleichen waren selten ein schöner Anblick, aber diese hier schien nicht lange im Wasser getrieben zu haben.

Er wusste nicht mehr, wie viele Leichen er schon zu Gesicht bekommen hatte. Manchmal wünschte er sich, es wären weniger gewesen. Sein Militäreinsatz in Afghanistan hatte ihm jegliche Sentimentalität ausgetrieben, ihm gezeigt, wie alltäglich der Tod sein kann. Manche lernten nie, damit umzugehen. Aber es half nichts, er musste sich auf seine Arbeit konzentrieren, obwohl die Toten allgegenwärtig waren.

»Vermutlich ertrunken«, sagte der Notarzt knapp, den Richard von einer früheren Begegnung her kannte. »Sie hat eine Platzwunde am Hinterkopf erlitten. Eventuell von einem Sturz – oder auch nicht. Jedenfalls kann ich keine natürliche Todesursache attestieren.«

Was bedeutete, dass der Fall auf dem Tisch des Staatsanwalts landen würde. Eigentlich Routine, hätte es nicht den Vergewaltigungsfall in der vergangenen Woche gegeben.

»Spuren einer Vergewaltigung?«, fragte er, obwohl das unwahrscheinlich war, da die Tote komplett bekleidet war.

»Dem ersten Augenschein nach keine. Für mich sieht's eher wie ein Unfall aus.«

Sein Bauchgefühl sagte ihm etwas anderes. Er beugte sich über den Leichnam, der ansonsten unversehrt schien. Die Augen der Toten waren weit geöffnet. Nanu? Ein blaues und ein braunes Auge. Seltsam. Er sah genauer hin und bemerkte einen Rand um die Iris des braunen Auges. Er richtete sich auf. Dafür gab es nur eine Erklärung.

»Im Brunnen muss eine braune Kontaktlinse schwimmen«, sagte er zu den Kollegen des Kriminaldauerdienstes, die inzwischen eingetroffen waren. Ihre Gesichter zeigten eine gewisse Gleichgültigkeit, die einen wohl überkam, wenn man diesen Job jahrelang machte.

»Betrunken 'nei ins Wasser g'falln«, sagte Schneider hinter ihm.

»Warten wir's ab, was die Erlangener dazu sagen.« Coburg hatte kein eigenes Gerichtsmedizinisches Institut. Ungeklärte Todesfälle wurden deshalb im Keller der Aussegnungshalle des Coburger Friedhofs von den Spezialisten aus Erlangen untersucht. Das Gesicht der hübschen Monika Lange tauchte vor Richards geistigem Auge auf. Die Gerichtsmedizinerin arbeitete in dem Institut und war eine langjährige Freundin. Beinahe wäre aus dieser Beziehung mehr geworden, aber eben nur beinahe.

»Bin g'spannt, was rauskommt«, sagte Schneider und zog die Mundwinkel nach unten. Bei der Schutzpolizei waren alkoholisierte Unfallopfer an der Tagesordnung.

»Ich gebe dir Bescheid, sobald wir mehr wissen. Hatte sie einen Ausweis bei sich?«

»Des net, aber 'ne Handtasche.« Schneider zeigte auf ein Gucci-Modell mit goldenem Emblem. Bei einem erneuten Blick auf die Tote bemerkte er an ihren Fingern drei Diamantringe sowie am Handgelenk eine mit Edelsteinen besetzte Uhr einer Schweizer Nobelmarke. Raubmord konnte demnach ausgeschlossen werden, außer der Täter war gestört worden.

Richard schüttelte den Kopf. Er sollte erst den gerichtsmedizinischen Befund und den Bericht der Spurensicherung abwarten, bevor er weitergrübelte. Er sah den Kollegen noch eine Weile bei ihrer Arbeit zu und verabschiedete sich dann.

Warum in aller Welt hatte die Dame ihre Augenfarbe geändert? Aus Modegründen oder steckte mehr dahinter? Er hielt inne. »Überprüft mal, ob ihre Haare gefärbt sind!«, rief er über die Schulter zurück.

4 WALTER

17 Jahre vor dem Coburger Schlossplatzfest
Isla Saona, Dominikanische Republik im September

Allmählich nahm Walter seine Umgebung wieder wahr. Ein Albtraum wirkte in ihm nach, Fetzen von Bildern, die ihn schon als Kind geängstigt hatten. Er spielte im Garten seines Elternhauses, als der daran angrenzende Hügel zum Leben erwachte, immer größer wurde und ihn zu erdrücken drohte. Glücklicherweise war er immer aufgewacht, bevor die riesige Wand aus Gras, Erde und Bäumen über ihm zusammenbrechen und ihn mitreißen konnte.

Dieses Mal hatte ihn der Hügel offenbar erwischt, denn von seinem Hinterkopf ging ein dumpfer Schmerz aus. Walter atmete schwer, in seinen Adern pochte der Schrecken und die Zunge klebte unbeweglich am Gaumen.

Wo war er? Mühsam sortierte er seine Erinnerungen. Sein Bett schwankte leicht – er war in der Schlafkabine eines Boots; dem Segelboot seines Bruders.

Er schlug die Augen auf. Der Platz neben ihm war leer.

Verdammt, Melinda war bei Felix. Walter fuhr hoch. Ein scharfer Schmerz explodierte in seinem Hinterkopf. Übelkeit überkam ihn, der Magen rebellierte. Warum hatte er sich so betrinken müssen? Er war doch kein Teenager mehr, kannte seine Grenzen.

Er wankte zur Toilette und übergab sich – sauer und ekelig –, was seine Übelkeit noch verstärkte. Verfluchte Scheiße. Das Wasser, das er sich ins Gesicht patschte, konnte ihn kaum erfrischen. Aus einem kleinen Spiegel an der Wand schaute ihn ein beinahe fremder Mann an: verschwollenes Gesicht, die Haare wirr, dunkle Bartstoppeln auf grauer Haut. Es war lange her, dass er einen derartigen Kater gehabt hatte. Was war gestern geschehen? Wein, Schnaps, keine Ahnung wie viel. Seine Erinnerung setzte nach dem Abendessen aus. Neben seiner Koje entdeckte er eine halb leere Wasserflasche, die er in einem Zug leerte.

Außer einem sanften Schwappen des Meers war nichts zu hören. Er öffnete die Mahagonitür und trat in die Kajüte. Die Tür der Kabine nebenan war verschlossen. Am anderen Ende des kleinen Raums führte eine Treppe hinauf aufs Deck. Auch hier war von Melinda und Felix keine Spur. Sie ankerten vor der Insel, Fock- und Großsegel waren eingeholt. Palmen, weißer, mehliger Strand, einige Boote schwankten auf türkisem Meer. Der kleine Fischerort mit seinen bunten Häusern und der Pier, den er in der Nähe sah, musste Mano Juan sein. Die dunkelhäutigen Einwohner lebten zumeist von Touristen, die aus den Urlaubresorts La Romana und Punta Cana hierher geschippert wurden.

Über Land und Leute wusste er nur wenig, aber dass sich sein Traumurlaub zu einem Albtraum entwickelt hatte, war ihm klar.

Sollte er sich Zugang zu Felix' Kabine verschaffen und die Wut eines gehörnten Ehemanns an den beiden auslassen? Die Angst, sich lächerlich und alles nur noch schlimmer zu machen, hielt ihn davon ab. Waren Melinda und er erst einmal zurück in Coburg, könnten sie wieder zusammenkommen, davon war er überzeugt. Also gute Miene zum bösen Spiel machen? Nein, das ging auch nicht, das ließ sein Ehrgefühl nicht zu.

Als Walter sich erhob, erfasste ihn ein Schwindelgefühl, das ihn beinahe in die Knie zwang, aber er fing sich, indem er Halt an der Reling suchte. Das Metall fühlte sich komisch an. War das Rost? Er starrte darauf. Nein, das war geronnenes Blut. Erst jetzt fuhr seine Hand in den Nacken, wo nach wie vor der Schmerz tobte. Aber da war lediglich eine Schwellung, keine offene Wunde. Die hätte er längst bemerkt.

Schlagartig erinnerte er sich daran, dass Felix' Nase geblutet hatte. Er war ihm an die Gurgel gegangen und entsetzt darüber, sich nicht in der Gewalt gehabt zu haben. Eine schlechte Charaktereigenschaft für einen Polizeibeamten. Was in aller Welt war in ihn gefahren?

Ihm wurde erneut schlecht, und trotz der morgendlichen Wärme fröstelte ihn. Warum war es auf dem Boot so verflucht still? Auf dem Tischchen am Heck standen noch die Flaschen und Gläser des gestrigen Saufgelages. In einer Schüssel die Reste eines Salats. Auch an den konnte er sich nicht mehr erinnern.

Wellen vom Kielwasser eines vorbeituckernden Kutters, der auf das Fischerdorf zuhielt, patschten gegen den Schiffsrumpf und ließen das Boot schwanken. Neugierige Blicke trafen ihn. Touristen, die den Tag auf der unter Naturschutz stehenden Insel verbringen wollten. Darüber hatten sie sich gestern unterhalten, aber an mehr konnte er sich nicht erinnern.

Vielleicht sollte er Melinda ihrer Wege gehen lassen. Was würde es bringen, sie zu zwingen, bei ihm zu bleiben? Wovon sie ihren Lebensunterhalt bestreiten wollte, war ihm unklar; von seinen Bezügen jedenfalls nicht. Felix besaß zwar diesen Kahn, ansonsten aber nichts, hatte nur Flausen im Kopf, und davon reichlich.

Stöhnend ließ er sich auf die gepolsterte Sitzbank fallen und stützte seinen Kopf mit beiden Händen ab. Tief durchatmen, befahl er sich. Allmählich fühlte er sich besser.

Plötzlich ein Geräusch unter Deck. Eine Tür wurde geschlossen und gleich darauf tauchte Felix' Kopf im Niedergang auf. Er gähnte herzhaft, setzte sich Walter gegenüber und schaute ihn von unten herauf an.

»Du traust dich was!«, brach es aus Walter hervor. »Mit meiner Frau zu vögeln. Bist du noch zu retten?«

Felix zog beide Augenbrauen hoch. »Hab ich das?«

»Ich bin weder blind noch blöd!«

Felix zuckte mit den Schultern. »Nur weil wir uns gut verstehen, heißt das noch lange nicht, dass ich mit ihr in die Koje steige. Melinda hat sich in die Karibik verliebt, nicht in mich.«

»Schmarrkopf! Du Hurenbock hast sie mir ausgespannt!«

»Du wirst deine Frau doch nicht als Hure bezeichnen?«

»Leck mich am Arsch!«

»Das waren drei Beleidigungen in zwei Sätzen. Als Polizist solltest du deine Worte sorgfältiger wählen.«

Oh, wie er seinen Bruder in diesem Moment hasste. Am liebsten wäre er ins Meer gesprungen und zur Insel geschwommen, nur um dessen Häme nicht aushalten zu müssen. Doch diesen Triumph würde er ihm nicht gönnen. Am besten, er verhielt sich so, als ginge ihm das alles am Arsch vorbei. Ohne Geld und Pass würde er außerdem nicht weit kommen.

»Wo ist sie eigentlich?«, fragte Felix.

»Wer?«

»Na, Melinda – deine Frau.«

Walter erschrak. »War sie nicht bei dir?«

»Nee. Wir haben dich runtergebracht, weil du voll wie eine Strandhaubitze warst. Melinda ist bei dir geblieben. Ich glaube, wir hatten gestern alle ein Glas zu viel.«

»Bei mir war sie nicht. Zumindest nicht, als ich aufwachte.« Walter sprang auf, stürmte unter Deck und riss die Tür zu Felix' Kabine auf – leer, keine Melinda.

Dieses Arschloch von einem Bruder hatte die Wahrheit gesagt.

Er schaute in seine Kabine und in das enge Bad mit Toilette und Dusche – nichts.

»Was machst du da unten? Kegeln?«, fragte Felix von oben. »Wie's poltert, könnte man's meinen.«

»Sie ist weg!«

»Was?« Felix schaute ungläubig. »Was meinst du mit ›weg‹?«

Walter begann zu schwitzen. »Wo könnte sie sich versteckt haben?«

Auch Felix schien langsam von Panik erfasst zu werden, seine Gesten wurden hektisch. »Keine Ahnung. Vielleicht im Maschinenraum?«

Sie begannen, das Schiff systematisch zu durchsuchen. »Wann hast du sie zum letzten Mal gesehen?«

»Als sie bei dir war.«

Walters Gedanken rasten, sein Herz hämmerte wild. »Seit wann liegen wir vor Anker?«

»Melinda und ich haben nachts die Segel gerefft und sind dann in unsere Kabinen gegangen – jeder in seine. Bei Sonnenaufgang bin ich mit dem Diesel hierher getuckert, habe Anker geworfen und mich noch mal in die Koje gehauen.«

Walter sah verzweifelt zur Insel hinüber, aber auch dort keine Spur von seiner Frau. »Kann es sein, dass sie ins Dorf ist?«

»Geschwommen? Das Dinghi ist noch da.«

Tatsächlich, das kleine Beiboot war noch am Heck vertäut.

»Melinda ist eine gute Schwimmerin. Wahrscheinlich geht sie davon aus, dass wir sie abholen.«

»Und wo soll das bitte schön sein?«

»Im Dorf. Wo sonst?« Walter strengte seine Augen an. Der Kutter, der vorhin an ihnen vorbeigefahren war, hatte inzwischen am Pier festgemacht und entließ soeben seine menschliche Fracht an Land. Keine Melinda darunter. In seinem Kopf setzte sich ein Gedanke fest, und der jagte ihm Angst ein.

Felix stand vor ihm, die Arme schlaff herunterhängend, und sprach genau das aus, was er selbst gerade gedacht hatte. »Du hast sie über Bord geworfen. Du Schwein hast sie umgebracht.«

5 RICHARD

Am Freitag des Coburger Schlossplatzfestes

»Was machst'n am Wochenende?«, fragte Peter Weingarth in ihrem Vier-Mann-Büro im ersten Stock der Polizeiinspektion Coburg, in dem die Kriminalpolizeiinspektion residierte. Die Frage war zu einem freitäglichen Ritual geworden und die Antwort, die Richard geben würde, war stets die gleiche.

»Mal sehen.«

»Irgendwelche Ritterspiele auf'm Programm?«

Richard atmete tief durch. Bis vor Kurzem hatte keiner in der Inspektion etwas von seinem Hobby geahnt, aber seit ihn ein ehemaliger Knacki während einer Ritterspielveranstaltung mit einem Messer verletzt hatte, um sich für den Tod seines Bruders zu rächen, wusste jeder davon.

Nach anfänglichem Entsetzen und nachfolgendem Mitgefühl wurde seither nur noch darüber gewitzelt. Irgendwann würde sich das Thema totlaufen und die lieben Kollegen müssten sich ein neues Opfer suchen. Bis dahin hieß es: Arschbacken z'amm und durch.

»Nicht, dass ich wüsste«, erwiderte Richard. »Und wenn, würde ich es dir nicht sagen.«

»Warum? Haste Schiss, wir könnten dort auftauchen und mitmischen?«

»Schiss? Vor dir halber Portion? Dass ich nicht lache. Dich bläst doch der kleinste Furz um.«

Hinter ihm kicherten die Kollegen, die zu einem Plausch vom angrenzenden Büro herübergekommen waren.

»Der Peter könnte als Zwerg auftreten«, meinte Biesenecker.

Das Grinsen rutschte aus Peters Gesicht. »Dich leg ich noch allemal flach.«

»Ich bin doch nicht schwul.« Kriminaloberkommissar Franz Biesenecker sah man seine Unsportlichkeit an. Er tat nur das Allernötigste und schob jedes Mal, wenn Sport auf dem Dienstplan stand, Rückenschmerzen vor. Möglich, dass er tatsächlich darunter litt, aber das war Richard egal. Nicht egal war ihm allerdings Bieseneckers oft zur Schau gestellte erzkonservative Gesinnung. Abgesehen davon leistete er gute Arbeit, war aber ein typischer Bürokrat, gut geeignet für Telefonrecherche. Richard drehte sich mit seinem Bürostuhl um und visierte Biesenecker an. »Na, na, höre ich da ein Vorurteil heraus?«

Biesenecker verzog seinen Mund spöttisch. »Solange sie mich in Ruhe lassen, können die Brüder machen, was sie wollen.«

Aus dem Augenwinkel bemerkte Richard eine Bewegung an der Tür.

»Gut, dass alle da sind«, sagte die Frohn im Türrahmen stehend. »Eine Auffrischung eurer Kenntnisse in Sachen Selbstverteidigung könnte nicht schaden.«

»Ich hab Rückenschmerzen«, rief Biesenecker sofort.

»Übernächste Woche Dienstag, 15 Uhr – alle«, antwortete Frohn davon ungerührt. Auch die Herren Biesenecker und Levin, wenn ich bitten darf.«

»Wenn se ölla sächt, meentse auch ölla«, sagte Peter lachend.

Richard lehnte sich zurück, die Beine ausgestreckt und

die Hände hinterm Kopf gefaltet. »Schießtraining wäre besser.«

»Aber außerhalb der festgesetzten Trainingseinheiten zu teuer.« Frohn seufzte. »Ein bisschen Knochenverdrehen ist doch auch nicht schlecht.« Ihr Strahlen erlosch. Sie hatte wohl erkannt, dass sie damit keine Begeisterungsstürme auslösen konnte. Sie tat ihm ein bisschen leid.

»Wir wär's, wenn ich euch zum Angeln mitnehm?«, schlug Peter vor. »Des beruhigt unheimlich.«

»Nein, sie hat recht«, sagte Richard langsam. »Einen Faustangriff abwehren oder einen Täter entwaffnen zu müssen kommt öfter vor, als einen finalen Rettungsschuss abzugeben. Coole Idee.«

Damit war die Sache erledigt, es gab keinen Widerspruch mehr. Jeder kehrte zu seinem Schreibtisch zurück, nur die Frohn blieb in der Mitte des Raums stehen.

Richard erhob sich. »Ich schau mal beim Kriminaldauerdienst vorbei. Vielleicht hat die Auswertung der Spuren im Fall der ertrunkenen Frau schon was ergeben.«

»Die aus dem Brunnen?«, fragte die Frohn.

»Des muss saublöd zugegang' sein«, meinte Peter.

»Kommt Zeit, kommt Erkenntnis«, erwiderte Richard.

»Könnte ein Zusammenhang mit der Vergewaltigung von letzter Woche bestehen?«, fragte sie.

»Auf den ersten Blick würde ich sagen: Nein. Die Dame war vollständig bekleidet.«

»Und was sagt die Gerichtsmedizin?«

Diese Frage ärgerte Richard, schließlich war er kein Anfänger. »Sobald die sich rühren, kriegen Sie die Ergebnisse auf den Schreibtisch – Madame.«

Für eine Frau war die Frohn außergewöhnlich groß, trotzdem musste sie zu ihm aufschauen. Bei ihrem Vorgänger, dem allseits unbeliebten Ersten Kriminalhauptkommissar Weidling, hatte diese Taktik immer gut funktioniert. Tapfer hielt sie seinem Blick stand, im Gegensatz zu Weidling, der meist aufgegeben hatte.

»Dann ist alles in Ordnung«, sagte sie scharf und drehte sich abrupt um. Seitdem sie auf ihre High Heels verzichtete, wippten ihre Hüften weniger, was der Attraktivität ihres wohlgeformten Hinterns aber keinen Abbruch tat.

Hatte er soeben auf ihren Po gestarrt? Am liebsten hätte er sich dafür selbst geohrfeigt. Im Kommissariat war von ihren Führungsqualitäten bisher nur die Wallner überzeugt, alle anderen waren sich darüber einig, dass die Frohn sich gut als Model oder Schauspielerin eignen würde. Das war unfair, aber Richard befürchtete seit einiger Zeit, dass er seine Objektivität verlor, was sie betraf.

»Peter, du begibst dich mit Jan auf Zeugensuche«, sagte er. Kriminalkommissar Jan Schultheiß war das Nesthäkchen unter ihnen und erst seit einem Monat dabei. Ein netter Kerl, blond, Computerfreak und passionierter Handballer.

Peter verzog das Gesicht. »Wegen 'ner Betrunkenen? Wollma net erst den Bericht abwart'n?«

»Ich glaube eher, sie ist ertrunken – und zwar nicht in Alkohol. Ein bisschen Bewegung schadet euch nicht.«

Biesenecker grinste, löste sich vom Fensterbrett und marschierte, gefolgt von der Wallner, durch die offene Tür in sein Büro zurück. Biesenecker bearbeitete zurzeit einen Fall von Brandstiftung in einem Asylantenheim, was höhere Priorität hatte. Schließlich wollte Coburg sich keine Ausländerfeindlichkeit nachsagen lassen, wie der Stadtrat nicht müde wurde zu betonen, wobei er entsprechend Druck gemacht hatte. Es reichte schon, dass Coburg zu Adolfs

Zeiten den ersten Nazibürgermeister Bayerns gestellt hatte, und auch beim Pfingstkongress der Studentenverbindungen gab es regelmäßig Zoff.

Richard verließ das Dienstzimmer und machte sich auf den Weg zum Kommissariat 8, das für den Kriminaldauerdienst, kurz KDD genannt, stand. Das K8 würde kaum besetzt sein, hatte ihn die dortige Assistentin vorgewarnt, da die meisten Kollegen in einem anderen Fall zu einem Auswertungsangriff, wie die Spurensicherung und Datensammlung im Fachjargon hieß, unterwegs seien. »Nix für euch. Ein Einbruch«, fügte sie noch hinzu.

»Aha«, meinte Richard. »Was Größeres?«

»Wenn bei einem Stadtrat eingebrochen wird, ist es immer was Besonderes.«

»Der hatte wohl ein paar Leichen im Keller versteckt? Bei welchem Stadtrat war's denn?«

Die Büroassistentin, eine ältere Dame namens Berta, kicherte. Sie war nicht nur etwas beleibt, sondern auch sehr beliebt. »Beim Doktor Fielbrecht. Kennst du den?«

Richard verneinte. Für die lokalen Politiker interessierte er sich kaum, wusste er doch, dass sie, wie alle Politiker, viel versprachen und wenig hielten. Echte Emotionen, wie man sie beim US-Präsidenten Obama mitunter hatte sehen können, waren Fehlanzeige. »Dann gehe ich eben wieder.«

»Sie haben dir eine Nachricht hinterlassen.« Berta duzte alle, selbst den obersten Chef. Und sprach sie wirklich einmal jemanden mit Sie an, war Feuer am Dach. Sie deutete auf einen länglichen Gegenstand in der Ecke. »Ein Kuhfuß zum Nagelziehen. Den haben sie in der Nähe des Brunnens gefunden.«

»Die Tatwaffe?«

»Das wissen sie noch nicht. Könnte auch von Bauarbeitern stammen. Der Pavillon hinter dem Brunnen wird gerade renoviert. Aber von denen hat angeblich keiner was gesehen, und ob eines dieser Werkzeuge fehlt, konnten sie nicht sagen.«

Erste Zeugenvernehmungen wurden vom Fachkommissariat K8 durchgeführt, das dann seinen Bericht an die zuständige Dienststelle abgab. »Du kriegst die Zeugenprotokolle und den kriminaltechnischen Untersuchungsbericht von der Brunnenleich' per Mail.« Dazu zog Berta ein Gesicht, dem Richard entnahm, dass sie den neuen technischen Errungenschaften, die inzwischen sogar in der Kriminalpolizeiinspektion Coburg Einzug gehalten hatten, wenig abgewinnen konnte.

Viel war an dem eisernen Kuhfuß nicht zu sehen. In Folie verpackt lag er auf dem Ablagetisch des Chefs und sah ziemlich neu aus. Wohl oder übel musste Richard sich gedulden, bis die Ergebnisse der Laboruntersuchungen vorlagen. Er verabschiedete sich und beschloss, den Tatort noch mal in Augenschein zu nehmen, bevor die Leiche obduziert wurde. Außerdem verspürte er Hunger, Mittagszeit.

In der Garage der Einsatzfahrzeuge stieg er in einen VW Golf, da der von ihm bevorzugte schnittige BMW mit einem Kollegen unterwegs war. Für die Innenstadt war der kleinere VW allemal besser geeignet. Man musste die Dimensionen seines Wagens gut kennen, wollte man ihn im engen Parkhaus Mauer unbeschädigt parken.

Für den kleinen Hunger holte er sich wie schon oft zuvor zwei Bratwürste auf dem Marktplatz. Wenn Peter ihn begleitete, behauptete er gern, dass die Nürnberger Bratwürste viel besser schmeckten, nur um ihn damit aufzuziehen. Für die Tauben ließ er einige Krümel auf die Pflastersteine fallen.

»Des is fei verbot'n«, giftete prompt ein älterer Herr. »Die wer'n von der Stadt g'füttert, damit se sich net so sehr vermehr'n.«

Richard verbiss sich eine Antwort.

Mit einer senfbeschmierten Bratwurst in der halben Semmel – oder auf gut Deutsch in dem aufgeschnittenen Brötchen – und einer Papierserviette bewaffnet, machte er sich auf den Weg durch die Herrengasse zum Schlossplatz, auf dem die Festzelte zu dieser Tageszeit noch verwaist waren. Er passierte die Ehrenburg, in der die englische Königin Victoria eine Weile lang gelebt hatte, und stieg hinter den Arkaden die Treppen in den Hofgarten hoch. Jedes Mal aufs Neue imponierte ihm dieser Park mit seinem exotischen Baumbestand. Er hielt sich an der linken Seite der Anlage und erreichte den mit rot-weißen Absperrbändern gesicherten Brunnen. Dort stand die Frohn, die Arme vor der Brust verschränkt. Seine ungestörte Tatortbesichtigung konnte er vergessen.

Ohne ihre Haltung zu verändern, winkte sie ihm, näherzukommen.

»Ich kapier 's nicht«, sagte sie. »Der Brunnen ist so flach, der könnte als Kinderplanschbecken dienen.«

»Na ja, das Geländer außen herum steht nicht ohne Grund da, selbst wenn's nicht hoch ist.«

»Wie ist der Hund hineingekommen?«

»Wahrscheinlich hat sie ihn drübergehoben. War ein kleiner Pudel. Was ist Ihre Meinung: Mord oder Unfall?«

»Ich rate nicht«, antwortete sie steif. »Bei mir zählen Fakten.«

»Das lernt man auf der Polizeischule. Im richtigen Leben zählt auch die Intuition.«

»Nur, dass Sie mit Ihrer Intuition vor Gericht nicht weit kommen.«

Was sie heute wohl gegen ihn hatte? Er näherte sich dem Brunnen, starrte in das grünliche Wasser. Zu gern hätte er gewusst, ob die fehlende Kontaktlinse darin trieb.

»Suchen Sie was Bestimmtes?«, fragte Frohn.

Als er ihr von seiner Beobachtung erzählte, sah sie ihn erstaunt an. »Sie hatte also ihre ursprünglich blaue Augenfarbe durch braune Kontaktlinsen verändert?«

Nachdem er das bejaht hatte, öffnete sie die Verschränkung ihrer Arme und legte den Kopf schief. »Die Dame schien wirklich sehr auf ihr Äußeres bedacht gewesen zu sein, mit all dem Schmuck, den sie trug.«

»Haben Sie sie gesehen? Wir sollten zum Friedhof fahren.«

Die Frohn zögerte, gab sich einen Ruck. »In Ordnung. Danach möchte ich etwas essen. Kommen Sie mit?«

6 MAXI

Am Freitag des Coburger Schlossplatzfestes

Der Anblick von Leichen war nicht gerade Maxis Ding. Sie würde wieder Albträume kriegen. Tote gehörten zwar zum Geschäft, aber ein Vorteil, Chefin zu sein, bestand darin, diese nur auf Fotos in den Berichten vor sich zu haben. Die Distanz zum jeweiligen Geschehen war dadurch groß genug.

Dass Levin ihre Reaktion hatte testen wollen, hatte sie an seinem lauernden Gesichtsausdruck erkannt. Eine Verweigerung hätte er als Zeichen von Schwäche ausgelegt, und das konnte sie sich ihm gegenüber nicht erlauben. Zum Glück war es keine Obduktion, denn die wäre noch ein anderes Kaliber. Eisern zwang sie sich, dem Blick seiner eisgrauen Augen standzuhalten. Täuschte sie sich, oder flackerte darin etwas Wärme auf? Nur nicht nachgeben. Sie war die Chefin, ob ihm das passte oder nicht.

Laut hatte sie deshalb seine Frage bejaht, ob sie ihn zum Friedhof begleiten wollte, und hinzugefügt, anschließend mit ihm essen gehen zu wollen. Nun war es an ihm zu zögern, und er unterbrach kurz den Augenkontakt. Sieg auf der ganzen Linie.

»In Ordnung«, sagte er schließlich, wobei sein Gesicht die gewohnte Kälte zeigte. »Mein Wagen steht im Parkhaus Mauer.«

»Und meiner hier oben.« Sie zeigte in Richtung eines

Baums, hinter dem sie den Dienst-BMW in Blaumetallic abgestellt hatte. »Wenn wir fertig sind, fahre ich Sie zu Ihrem Wagen.«

»Na dann.« Als sie bei dem Auto anlangten, zögerte sie kurz. Sie kannte sich in Coburg noch nicht gut aus, warum ihm also nicht das Steuer überlassen, zumal sie wusste, wie gern er den Wagen fuhr? Sie öffnete die Türverriegelung per Fernbedienung und ging auf die Beifahrerseite zu. »Sie fahren.«

Er nickte, als hätte er nichts anderes erwartet, und stieg ein. Nachdem er sich Sitz und Rückspiegel passend eingestellt hatte, fuhr er, ohne ein Wort zu verlieren, den Festungsberg hinunter. Am Fuße des Berges stand eine in hellem Sandstein erbaute Kirche, von deren Eingangsgiebel ein Türmchen in den Himmel ragte.

»Welche Kirche ist das?«, fragte sie.

»Sankt Augustin«, sagte er. »Ich nehme an, Sie sind katholisch.«

Das war sie tatsächlich. »Die sieht neugotisch aus.«

»Keine Ahnung, wann sie erbaut wurde.« Er deutete nach vorn. »Diese Brücke hier führt über den ehemaligen Wallgraben der Stadt. Dahinter soll früher das Bürglaß-Tor gestanden haben, das in den frühen 70ern abgerissen wurde, damit die Touristenbusse und die Feuerwehr schneller zur Burg hochkommen – hat Peter mir erzählt. Übrigens nicht die einzige Abrisssünde damals.«

»Ehrlich gesagt weiß ich gar nichts über Coburg, obwohl ich ein Faible für Architektur habe.«

»Im Prinzip ähnelt die Geschichte Coburgs der von vielen anderen Städten Frankens. Der von *Nämberch* zum Beispiel, das um 1050 zum ersten Mal erwähnt wurde.« Er zwinkerte ihr zu.

»Sie sind gebürtiger Nürnberger?«

»Jo wärgli. A echder Middelfrangg halt.« Vor dem Bürglaß-Schlösschen bog er links ab und fuhr am Landestheater und an der Ehrenburg vorbei. »Das Herzogtum Coburg-Sachsen wurde erst spät in den 30-jährigen Krieg hineingezogen und war abwechselnd entweder mit Gotha oder Eisenach verbündet. Später hat sich das Herzoghaus durch eine geschickte Heiratspolitik mit den Königshäusern Europas deutlich aufgewertet. Deswegen gibt es hier auch einen echten Prinzen. Queen Victoria von England hat mit ihrem Prinzgemahl Albert sogar einige Zeit hier gelebt.«

»In der Ehrenburg?« Sie betrachtete ihn erstaunt von der Seite. Er wusste erstaunlich viel über die Geschichte Coburgs, obwohl es nicht seine Geburtsstadt war.

Er nickte, fuhr den Wagen hinter der Ehrenburg einen steilen Berg hinauf und folgte einem Hinweisschild zum Friedhof.

»Sie nehmen in Ihrer Freizeit an Ritterspielen teil. Kommt daher Ihr Geschichtsinteresse?«

Seinem Gesicht war anzusehen, dass er nicht gerne darüber sprach. Schließlich sagte er: »Zuerst war das Interesse an Waffen und an der Geschichte ihrer Entwicklung da. Zwangsläufig kommt man dabei auch mit der Historie in Berührung. In der elften Klasse hat's mich voll erwischt. Zum Glück hatte ich eine gute Lehrerin, für die Geschichte nicht nur ein ungeliebtes Nebenfach war. Wir sind da.«

Er parkte den Wagen an einer Friedhofsmauer. Vor ihnen stand ein Grüppchen schwarz gekleideter Frauen und Männer, von denen manche weiße Lilien oder Nelken in der Hand hielten.

Sie folgte ihm an die Seite des Gebäudes und dann eine Treppe hinunter, in einen nach Formalin riechenden Kühlraum. Ein Schild an der Tür mit der Aufschrift »Zutritt nur für Personal« hatte er geflissentlich ignoriert. Ihr wurde übel, aber sie nahm sich fest vor, sich ihm gegenüber keine Blöße zu geben.

Zwei Frauen standen neben einem Tisch, dessen Platte aus einer flachen Metallwanne mit Ablauf bestand. Darauf lag der nackte Körper einer Frau mittleren Alters. Plötzlich wurde ihr klar, dass es doch nicht nur um das Anschauen einer Toten ging, sondern dass eine Obduktion anstand. Ihre Knie wurden weich. Gewöhnlich nahm die Kripo nicht an Obduktionen teil, nur wenn außergewöhnliche Todesumstände es ratsam erscheinen ließen. Doch das war hier kaum der Fall.

Eine der Frauen breitete bereits das Operationsbesteck aus. Wo war der Gerichtsmediziner?

Als die andere Frau sich zu ihnen umdrehte, glitt ein Lächeln über deren hübsches Gesicht, das eindeutig Levin galt. Schlimmer noch, von seinem fiel alle Härte und Verbissenheit ab – sein Blick wurde sanft.

»Hallo, Richard. Schön, dass du es bist«, sagte die Frau mit dunkler, samtiger Stimme. »Wie geht's deiner Schulter?«

Nur mit Mühe konnte sich Maxi ein Augenrollen verkneifen.

»Schmerzt kaum noch«, sagte Levin leichthin, »außer wenn ich den Arm hebe.«

»Dom mault schon, dass er die ganze Zeit auf seinen Kampfpartner verzichten muss.«

»Der mault doch immer, Monika.« Endlich wandte er sich Maxi zu, und sein Gesicht wurde wieder ernst. »Darf ich vorstellen: Kriminalrätin Frohn, meine neue Vorgesetzte.«

Maxi zog scharf den Atem ein. Er stellte sie zuerst der anderen vor, anstatt umgekehrt. Hitze stieg in ihre Wangen. Der Mann konnte seine Provokationen nicht lassen.

Unbeirrt sprach er weiter: »Frau Dr. Monika Lange von der Rechtsmedizin in Erlangen.«

»Freut mich, Sie kennenzulernen.« Die Ärztin reichte ihr die Hand; ein kühler, kurzer Händedruck, gefolgt von einem noch kühleren Blick, der sie zu durchbohren schien. Vermutete die Frau in ihr eine Konkurrentin?

Maxi deutete auf die Leiche. »Können wir?«

»Dazu sind wir hier«, sagte die Medizinerin und gab ihrer Assistentin einige Anweisungen.

»Wenn es Ihnen zu viel wird, können Sie ins Vorzimmer ausweichen, Frau Frohn«, sagte Levin.

»Das ist nicht meine erste Leiche«, antwortete sie tapfer und gruselte sich jetzt schon. Das Gesicht der Toten war aufgedunsen, der Schädel geschoren, die Haut grünlich grau verfärbt. Maxi musste mehrere Male schlucken.

»Da müssen Sie durch«, sagte die Rechtsmedizinerin und zwinkerte ihr verständnisvoll zu. »Aber bevor Sie mir in die offene Bauchhöhle fallen, gehen Sie lieber. Es genügt, wenn Richard dabei ist. Dem graust's vor nix. Okay? Dann wollen wir mal.« Sie sprach einige Daten der Toten in ein kleines Mikrofon am Revers ihres Kittels und ließ die Leiche umdrehen. An ihrem weißen Hinterkopf war überdeutlich eine Platzwunde zu sehen. Frau Dr. Lange beschrieb die Wunde genau, ergriff dann ein langes Skalpell und setzte es an der Schädeldecke an.

Er hatte sie mit seinen starken Armen aufgefangen, in denen sie sich geborgen und beschützt fühlte. Dieses Gefühl währte nur einen Moment lang, dann gewannen

Wut über sich selbst und Scham die Oberhand. Vor ihren Augen begann sich erneut alles zu drehen und ihr Magen rebellierte. Levin zerrte sie zur Toilette. Dort legte er seine Hand auf ihre Schulter, während sie die Kloschüssel mit ihrem Frühstück füllte. Sie bedeutete ihm zu gehen, dem er auch prompt nachkam.

Wie peinlich. Was musste er jetzt von ihr denken? Ihr Vater war Brigadegeneral a. D. und hätte über ihre Schwäche nur den Kopf geschüttelt. Im Waschraum sitzend, kämpfte sie um Contenance, wie ihre Oma zu sagen pflegte. Zum Teufel damit. Sie musste zurück in die Leichenhalle, das war sie ihrem Beruf, aber auch der Toten schuldig. Langsam erhob sie sich, kämpfte gegen den Drang an, zur Kloschüssel zurückzukehren, und spülte sich den Mund mit kaltem Wasser aus. Sie öffnete die Tür und spähte hinaus. Die beiden Damen waren noch bei der Arbeit, beugten sich soeben über den geöffneten Brustkorb der Toten.

Levin drehte sich um und zog die Augenbrauen hoch. Sein Blick drückte Überraschung, aber auch Sorge aus.

»Wieder okay?«, fragte er.

»Geht schon.«

Er holte einen Stuhl und stellte ihn etwas abseits ab. »So können Sie hören, was gesprochen wird. Hätten Sie mir gesagt, dass Sie damit ein Problem haben, hätte ich Ihnen das erspart. Sie sind nicht die Einzige, der es so geht. Unser Kollege Peter kann Obduktionen auch nicht ab. Deshalb schicke ich ihn gar nicht erst hierher, falls wir mal zuschauen müssen. Heute will ich aus erster Hand erfahren, ob es sich um Mord handelt.«

Frau Dr. Lange lächelte ihr aufmunternd zu. Keine Spur von Schadenfreude in ihrem Gesicht. Vielleicht hatte Maxi sich in ihr getäuscht. Vielleicht war Levin wegen der Ärztin hier und nicht, um sie zu testen.

»Stimmt«, sagte die Lange. »Sie sind nicht die erste Polizistin, die dabei umkippt. Berufsanfänger sind besonders empfindlich.«

Anfänger? Obwohl das Wort ohne Zynismus gesagt worden war, stieß es ihr sauer auf. Immerhin war Maxi auf der Überholspur unterwegs. Jurastudium mit summa cum laude, 1. Staatsexamen sowie der Masterabschluss der Polizeihochschule hatten ihr dies ermöglicht. Zum Glück ging die Rechtsmedizinerin nicht weiter auf ihre Unpässlichkeit ein und gab stattdessen ihre Befunde zu Protokoll.

»Wasser in beiden Lungen«, konstatierte sie nach einiger Zeit.

»Sie hat also noch gelebt, als sie ins Wasser fiel«, schlussfolgerte Levin.

»Sie hatte 1,8 Promille, war also ziemlich betrunken.«

»Das reicht nicht, um im knietiefen Wasser des Brunnens zu ertrinken.«

»Kommt darauf an, wie viel Alkohol sie gewöhnt war. Wenn ich so viel intus hätte, wären bei mir alle Lichter aus. Anzeichen für Alkoholismus habe ich allerdings keine gefunden. Es stehen aber noch einige Laboranalysen aus. Wenn du mehr wissen willst, muss ich sie nach Erlangen bringen lassen. Eine genauere Blutanalyse ist bereits eingeleitet, der Mageninhalt wird ebenfalls untersucht. Wir hatten schon mal den Fall, dass ein Drogenkonsument in einer Pfütze ertrunken ist. Das schließe ich hier aber aus.«

»Was dann?«

»Ein Schlag mit einem stumpfen Gegenstand hat sie außer Gefecht gesetzt. Das war Mord, Richard. Da bin ich mir sehr sicher.« Die Lange deutete auf die Leiche.

»Kleinere Hämatome auf dem Rücken und an den Armen sowie Schleifspuren an den Waden, jedoch keine Schädelfraktur. Entweder hat sie jemand vor dem Brunnen niedergeschlagen und hineingezerrt, oder sie ist mit dem Kopf aufs Geländer gestürzt, wurde über den Boden geschleift und ins Wasser geworfen. Sie wird kaum von selbst ins Becken gekrabbelt sein. In beiden Fällen muss nachgeholfen worden sein.«

»Du weißt, wie bei uns der Hase läuft. Der Staatsanwalt will eindeutige Beweise haben, bevor er Ermittlungen wegen Mordes anstößt.«

»Habt ihr außerhalb des Beckens Spuren gefunden?«

»Nein. Vielleicht wollte sie sich abkühlen, ist dabei über das Geländer ins Wasser gefallen.«

Dr. Lange verzog das Gesicht. »Habt ihr das Geländer untersucht?«

»Die Spuren werden noch ausgewertet.«

»Deine Theorie erklärt nicht die Hämatome am Handgelenk.«

»Schwer vorzustellen, dass jemand sie übers Geländer ins Wasser gezerrt hat.«

»Für einen Mann kein Problem.«

»Oder für eine kräftige Frau.«

»Die müsste dann aber Bodybuilderin sein.«

»Oder das Opfer stand am Brunnen, bekam den Schlag und fiel übers Geländer halb ins Becken. Dann musste sie nur noch ein Stückchen weitergeschleift werden, bis sie ganz im Wasser lag. Allerdings tendiere ich ebenfalls zu einem Mann als Täter.«

Maxi zwang sich aufzustehen, hielt ihren Blick dabei starr auf Levin gerichtet. »Die Tote war kein Leichtgewicht, oder?«

»Nein. Sie war zwar schlank, aber auch groß«, antwortete Dr. Lange. »65 Kilo.«

»Zu schwer, als dass eine Frau sie tragen könnte«, sagte Levin.

»Geschleift, wohlgemerkt, und das nicht einmal einen Meter weit, wenn du mir den Tatort richtig beschrieben hast.«

Levin verschränkte die Arme. »Augenfarbe?«

»Blau, sie trug gefärbte Kontaktlinsen.«

Er nickte wie zur Bestätigung. »Haarfarbe?«

Dr. Lange verzog den Mund zu einem Grinsen. »Die Dame war naturblond.«

»Schon komisch, nicht wahr? Heerscharen von Frauen bleichen sich die Haare und sie färbt sie sich schwarz.«

»Warum nicht?«, meinte Maxi, die sich inzwischen besser fühlte und das Gespräch der beiden unterbrechen wollte. »Vielleicht eine Teilnehmerin des Samba-Festivals, die als Brasilianerin auftreten wollte?«

Dr. Lange deutete auf das Gesicht der Toten. »Ihre Augenbrauen sind ebenfalls gefärbt. Das spräche gegen eine kurzfristige Farbänderung.«

»Gefärbt oder getönt?«

»Ich gehe von Ersterem aus. Eine genaue Analyse wird uns Klarheit darüber verschaffen.«

Ob ein Zusammenhang mit der Vergewaltigung bestand, musste auch noch geklärt werden. »Das Samba-Festival war erst letzte Woche«, überlegte Maxi laut. »Ich glaube nicht, dass sie sich deswegen die Haare gefärbt hätte.

»Und warum nicht?«, wollte Levin wissen.

»Weil es eine Perücke auch getan hätte«, antwortete Dr. Lange. »Außerdem deckt eine Tönung das Blond nicht gut ab. Deshalb gehe ich eher von einer Färbung aus.«

Levin sah sie zweifelnd an. Offensichtlich konnte er bei diesem Thema nicht mitreden. »Das kriegen wir raus«, sagte er. »Noch Appetit, Frau Frohn?«

7 RICHARD

Am Freitag des Coburger Schlossplatzfestes

Nach der Obduktion hatte er Maxi vor ihrer Wohnung, die in unmittelbarer Nähe des Landestheaters lag, abgesetzt. Es tat ihm leid, sie mit der Obduktion überfordert zu haben. Da die Teilnahme an einer Leichenöffnung jedoch Bestandteil ihrer Ausbildung gewesen war, war er davon ausgegangen, dass sie damit vertraut war. Während er noch nach den passenden Worten für eine Entschuldigung gesucht hatte, war sie ausgestiegen und hatte die Autotür zugeknallt. Das war unmissverständlich gewesen.

In der Inspektion erwartete ihn die große Leere, und er nutzte die Ruhe, um vor dem Wochenende Unerledigtes abzuarbeiten. Das meiste war Sisyphusarbeit, wie jetzt im Fall der Brunnenleich', wie er sie nannte. Alles musste haarklein dokumentiert werden. Kein Ausweis, keine Vermisstenmeldung – das bedeutete intensive Ermittlungen zur Identitätsfeststellung. Dass sie ihr Aussehen verändert hatte, erschwerte die Suche. Auch ein Abgleich ihrer Fingerabdrücke mit der Datenbank förderte kein Ergebnis zu Tage. Die Dame schien bislang unauffällig gewesen zu sein. Er lehnte sich in seinem Stuhl zurück und wischte sich über die Augen.

Schließlich kamen Peter und Jan laut diskutierend von ihrer Ermittlungsarbeit zurück. Die zwei gaben ein gutes Team ab, obwohl die Kombination von Angler und Computerfreak etwas anderes vermuten ließ. Neben seinem Schreibtisch blieben sie stehen und setzten ihre Unterhaltung über Belangloses unbeirrt fort. Sie mussten doch sehen, dass er arbeitete.

»Habt ihr nichts zu tun?«, raunzte er sie an.

»Oh, oh, Schlechte-Laune-Alarm«, sagte Peter. »Gleich is' Feierabend, und dann geht's ab ins Wochenende.«

»Yeah«, bekräftigte Jan.

»Wollt ihr mich veralbern?«

Peter ließ sich auf seinen Stuhl fallen und feixte. »Des würden wir uns nie trau'n, aber wir ham alles erledigt.«

»Meinst du?«

Schweigen entstand. Peter drehte sich auf seinem Stuhl hin und her.

Richard ergriff seinen Stift und klopfte damit auf die Tischplatte. »Fassen wir zusammen: Wir haben eine Leiche im Brunnen, die keiner vermisst, und keine Ausweispapiere von ihr. Wir wissen nichts – nothing – nada – niente. Folglich …?«

»Du wirst doch nicht?«

»Absolut. Morgen Vormittag: Zeugensuche.«

»Wir könnten einen Aufruf ins Internet stellen«, schlug Jan vor.

»Den liest doch kaum einer. Aber die beiden Tageszeitungen könnten wir einschalten.«

Peter griff zum Telefon. »Mach ich gleich. Vielleicht erwisch ich noch jemanden vor Redaktionsschluss.«

»Trotzdem werdet ihr morgen früh alle Hotels der Umgebung abklappern.«

»Wochenende ade.«

»Du hast es erfasst.«

»Muss des net die Frohn anordnen?«

Das stimmte. Sollte er sie anrufen? Besser nicht. Der Stimmung nach zu urteilen, in der er sie verlassen hatte, bestanden nur geringe Chancen, bei ihr etwas zu erreichen. »Ich ordne nichts an. Es ist nur … Viele Touristen werden dieses Wochenende abreisen und die Chance, einen Zeugen zu finden, wäre damit vertan.«

Peter atmete sichtbar aus. »Na dann, mach mer's halt. Ich wollte fei zum Angeln.«

Jan sah ihn unsicher an. »Wie sollen wir Zeugen befragen, wenn keine da sind? Der Kriminaldauerdienst konnte keine ausfindig machen.«

»Lass gut sein, Jan.« Peter winkte ab. »Zuerst klappern wir alle Gastronomen vom Schlossplatzfest ab, danach mach ma 'nen Zeugenaufruf in den lokalen Zeitungen, und zu den Hotels müss' ma auch noch. Des Übliche halt.«

»Klingt spannend«, sagte Jan. »Ich hab morgen um zwei ein Date.«

»Was haste? Red deutsch, wennste mit mir sprichst.«

»Ein Rendezvous.«

»Aha.« Peter machte ein ungläubiges Gesicht. »Kenn ich se?«

Jan gluckste. »Nein, garantiert nicht.«

»Ich hab auch a Date.«

»Oh, Gratulation.«

»Mit ’nem Fisch.«

Jan lachte laut auf. »Und meines ist mit einer Rollenspielgruppe.«

»Is’ des so was Ähnliches wie des, was der Levin macht?« Peter deutete auf Richard.

»Nein. Bei dem seinen Ritterspielen geht es richtig zur Sache.« So etwas wie Bewunderung zeichnete sich in Jans Gesicht ab. »Wir spielen das online. Ist weniger anstrengend und leichter zu überleben. Also, ich geh jetz’ mal. Bis morgen.«

»Zur gewohnten Zeit«, rief Peter ihm hinterher.

»Den Vormittag werdet ihr verschmerzen können«, sagte Richard.

»Das sagst du. Ich lieb halt mei’ Hobby. Hochseefischen würd mich reizen, aber allein macht’s kein’ Spaß. Wir Angler sterben aus. Uns fehlt der Nachwuchs.«

Richard stand auf. »Wir sehen uns morgen, in aller Frühe. Die Gastronomen übernehme ich, dann seid ihr schneller fertig.«

Auch ihm fiel es schwer, am Samstag Dienst zu schieben, doch sein Gewissen sagte ihm, dass er das der Toten schuldig wäre. Es war wie ein Vertrag, den er mit den Opfern schloss. Sie würden ihn erst in Ruhe lassen, wenn er die Täter überführt hatte.

8 WALTER

17 Jahre vor dem Coburger Schlossplatzfest
Santo Domingo, Dominikanische Republik, Weihnachten

Selten in seinem Leben hatte Walter sich so verlassen gefühlt.

Von Weihnachtsstimmung war in dieser kargen Zelle des Gefängnisses La Fortaleza in La Romana nichts zu spüren. Ein stinkendes Klo, eine bretthante Liege, ein Stuhl, ein Tisch, sonst nichts. Der Putz an den Wänden abgeblättert, der Boden uneben, das Fenster glaslos, dafür mit dicken Gitterstäben versehen. Wenn er sich auf den Tisch stellte, konnte er die Sonne, den Fluss und den Hafen sehen. Manchmal wehte frische Meeresluft zu ihm herein und vertrieb den penetranten Fäkaliengeruch, der aus jeder Pore der Mauern zu dringen schien. Dabei war er noch einer der Glücklicheren, denn er konnte sich eine Einzelzelle leisten, während sich weniger wohlhabende Gefangene mit bis zu 50 anderen in einem der Käfige drängten. Geld regierte die Welt, vor allem aber das Gefängnis dieser Urlauberinsel – und wer keines hatte, musste leben wie eine Ratte.

Vor drei Monaten war er einem Richter vorgeführt worden, der ihn kurzerhand in Untersuchungshaft genommen hatte. Seitdem war Walter von der Außenwelt abgeschnitten. Dass er kein Spanisch und nur ein holpriges Schulenglisch sprach, hatte sich als nachteilig erwiesen. Sein Anwalt besuchte ihn sporadisch und meist nur, um mehr Geld zu fordern.

So hatte er sich Weihnachten nicht vorgestellt. Melinda tot, und er als ihr Mörder verdächtigt, obwohl ihm jede Erinnerung an die Tat fehlte. War ein Auslieferungsantrag gestellt worden? Ging das überhaupt? Melinda war zwar vor der Küste des Inselstaats verschwunden, aber vielleicht schon außerhalb der Dreimeilenzone? Wer war dort zuständig?

Keine Ahnung.

Er hatte keine Vorstellung, wie ein Prozess in der »Dom Rep« ablaufen würde, aber wenn er sich im Gefängnis umblickte, schwante ihm Schlimmes. Erst kürzlich hatte er erfahren, dass hier die Gerichtsmühlen besonders langsam mahlten, weil die Gefangenen für ihre Unterkunft bezahlen mussten. Daher war es für die Kommune von Vorteil, einen gut zahlenden Häftling so lange wie möglich einzubuchten. Es könnte also Jahre dauern, bis er ein Urteil bekäme.

Was würden seine Kollegen sagen, wenn sie davon erfuhren; was seine Eltern?

Er saß auf der Bettkante, hielt seinen Kopf in beiden Händen und schämte sich seiner Tränen nicht – sah sowieso keiner. Zuerst hatte er sich in einem bösen Traum gewähnt und erst allmählich erkannt, dass die Würfel für ihn bereits gefallen waren. Die Hoffnung, es würde sich alles als Irrtum herausstellen, war mit den Herbststürmen, die über die Insel gefegt waren, hinfortgeweht worden. Heute war der Himmel klar, doch trotz der Winterzeit hatten sich die Temperaturen kaum geändert.

Einer der Wärter näherte sich. Ungewöhnlich zu dieser Tageszeit. »Visita«, brummte der grobschlächtige Kerl.

Ungläubig blieb Walter auf der Bettkante sitzen. Er sollte Besuch haben? Sein Anwalt konnte es nicht sein, denn der wurde mit »Abogado« angekündigt. Der Wärter winkte ungeduldig und tippte auf seine Armbanduhr. »Presto.«

Walter erhob sich langsam, das Aufrichten fiel ihm schwer, und auch seine Zelle verließ er nur zögernd, denn außerhalb dieses Raums war er den menschlichen Ratten schutzlos ausgeliefert. Als Weißer, oder Gringo, war er bei den anderen Insassen verhasst, da weiße Dominikaner die Oberschicht bildeten. Er wurde bespuckt, zur Seite gedrängt, sein Essen auf den Boden geworfen. Schlimmer noch waren die Knuffe und Schläge hinter dem Rücken des Wärters, wenn er den anderen zu nahe kam.

Die Frage, die ihm auf der Zunge lag, verkniff er sich, da er kaum Antwort erhalten würde. Schwerfällig folgte er dem Wärter in einen fast leeren Raum. Eine Reihe Metallhocker stand vor der ihm gegenüberliegenden Wand, in die kleine Fenster eingelassen waren, neben denen jeweils ein Schnurtelefon hing. Er setzte sich auf den Hocker, den ihm der Wärter zuvor zugewiesen hatte, und blickte durch das Glas.

Vor sich sah er das Gesicht von Melindas Schwester Ulla. Was die Attraktivität der beiden Schwestern anbelangte, hatte Ulla den Kürzeren gezogen. Sie spielte mit dem Ende ihres langen kastanienbraunen Zopfs – das einzig weibliche Attribut an ihr, alles andere wirkte männlich. Viel wusste er nicht von ihr: Sie mochte intelligent sein, hatte Abitur, war in ihre Pferde vernarrt – das wars.

Ein Schwall Freude überspülte seine Überraschung. Dass Ulla hier war, konnte nur Gutes bedeuten. Er nahm den Hörer, der sich klebrig anfühlte, und stammelte eine Begrüßung in die Sprechmuschel.

Starr hielt sie seinem Blick stand und bewegte den Kopf leicht hin und her. »Sag mal … Was war eigentlich los?«

Das hätte er auch gern gewusst. »Ich soll …« Das Wort blieb ihm im Hals stecken.

»Hast du …?«

»Um Gottes willen – nein!« Verzweiflung schüttelte ihn wie ein Krampf. »Nie im Leben würde ich …!«

»Felix behauptet das Gegenteil.«

Walters Augen brannten, die Kehle wurde ihm eng. »Er lügt«, presste er hervor.

»Ich glaube dir.«

Wie ein Verdurstender das Wasser sog er diese drei Worte in sich auf. Endlich jemand, der auf seiner Seite war. Atemlos erzählte er ihr, was seiner Meinung nach geschehen war, dass er sich an nichts erinnern könne, obwohl er gar nicht viel getrunken habe, dass er unschuldig sei und nicht verstünde, warum Felix ihm einen Mord in die Schuhe schieben wolle. Doch als Polizist wusste Walter, dass es aus Felix' Sicht so aussehen musste, als hätte er das Undenkbare getan.

Er holte tief Luft und sah sie erwartungsvoll an. Seine ganze Hoffnung ruhte jetzt auf ihr.

»Ich glaube dir«, wiederholte sie.

»Warum?«

Sie zögerte. »Weil du ein ehrlicher, vertrauenswürdiger Mensch bist. Deshalb habe ich nie verstanden, warum du zur Polizei gegangen bist. Im Grunde bist du viel zu gut für diese Welt. Mit dieser Meinung stehe ich allerdings ziemlich allein da. Dein Vater ist am Boden zerstört, deine Mutter auch. Alle denken, du hättest es nicht mit Absicht getan, wärst betrunken gewesen, genau wie sie. Ihr wärt über irgendetwas in Streit geraten und du hättest sie ins Wasser gestoßen. Ihr Blut klebte an einem Stock mit deinen Fingerabdrücken darauf, hat einer deiner Kollegen erzählt. Schwierig, das alles. Meine Mutter verflucht dich, und Vater solltest du besser nie mehr unter die Augen treten. Er hat gedroht, dich zu erschießen.«

Walter verstand. Verurteilt ohne Richterspruch. Konnte er wirklich auf Hilfe hoffen? Vermutlich nur durch Zahlung einer großen Summe an den Gefängnisdirektor. Die Frage war, wie er ohne die Unterstützung seiner Familie genug Kohle zusammenbekommen sollte.

»Wir versuchen, über die Deutsche Botschaft ein Auslieferungsersuchen zu erwirken. Damit hättest du's leichter. Vermutlich werden die Dominikaner darauf eingehen, denn schließlich seid ihr beide Deutsche.« Ulla blinzelte. »Hat man sie inzwischen gefunden? Ich habe nichts weiter gehört.«

»Du bist lustig. Mitten auf dem Meer?«

Ulla starrte ihn an. »Das Boot segelte unter deutscher Flagge. Rein theoretisch wäre das Verbrechen dadurch auf deutschem Boden geschehen.«

Dass das Seerecht kompliziert sein konnte, hatte Walter am Rande mitbekommen. »Wir waren auf Fielbrechts altem Boot, das Felix ihm zu einem Freundschaftspreis abgekauft hat.«

»Dr. Fielbrecht setzt sich sehr für dich ein, er will dich nach Deutschland holen. Die Regierung hier hat ein Auslieferungsabkommen mit Deutschland, sagt er, aber ob sie sich in deinem Fall daran halten werden, wissen die Götter.«

Fielbrecht war Melindas Chef, ein Anlage- und Steuerberater. Jemand, dem Walter unter normalen Umständen nur allzu gern mal auf die Finger geschaut hätte. »Hast du etwas von meiner Dienststelle gehört?«

»Du nicht?«

Resigniert schüttelte er den Kopf. »Der einzige Kontakt, den ich habe, ist zu meinem Pflichtverteidiger und den Wärtern. Von denen spricht keiner Englisch, von Deutsch ganz zu schweigen, weshalb der Anwalt einen Dolmetscher dabeihat.«

»Du bist vom Dienst suspendiert.«

Das hatte er erwartet. »Die werden abwarten, wie das Verfahren ausgeht, bevor sie mich feuern.«

»Ich glaube, die wollen dich auch wieder in der Heimat haben.«

Vermutlich hatte die Polizei und nicht der Geldhai Fielbrecht den Auslieferungsantrag gestellt. Typisch für ihn, sich trotzdem in den Vordergrund zu drängen, denn schließlich kandidierte er als Stadtrat. »Hast du eine Ahnung, wie lange so ein Auslieferungsverfahren dauern kann?«

»Nein. Aber ich vermute, dass vor der Gerichtsverhandlung nichts passieren wird. Allerdings scheint unklar zu sein, ob die Dominikaner überhaupt zuständig sind. Vielleicht hilft dir das.«

»Felix müsste wissen, ob sein Boot zum fraglichen Zeitpunkt außerhalb der Dreimeilenzone war.«

»Glaubst du im Ernst, dass er auf deiner Seite steht?«

»Er ist mein Bruder.«

»Der ebenfalls verdächtigt wurde, vergiss das nicht. Er behauptet, es nicht gewesen zu sein, und da er kein Motiv hatte, bist nur du als Verdächtiger übrig geblieben.«

Er schüttelte den Kopf.

»Mensch, Walter.« Sie sah ihn mitleidig an. »Nicht aufgeben. Die Mühlen der Verwaltung mahlen hier besonders langsam. Fielbrecht meinte, die Dominikaner hätten sich deutschen Behörden gegenüber in der Vergangenheit als sehr entgegenkommend gezeigt.«

»Das wäre mir neu. Hoffentlich passiert bald was, sonst gehe ich ein wie eine vertrocknete Primel.«

»Ganz schöne Scheiße, in der du steckst.«

»Danke. Das habe ich jetzt gebraucht.«

Der Wärter tauchte auf, tippte wieder auf seine Uhr, hielt zwei Finger hoch und verzog sich wieder.

»Hör zu, Ulla. In diesem Knast läuft alles über Bestechung. Von Drogen über ein Handy bis zu Nutten kannst du dir alles kaufen. Aber darum geht's mir nicht. Wenn ich meine Zelle nicht mehr bezahlen kann, stecken sie mich in einen der Käfige zu den anderen. Kannst du mir helfen?«

Ulla nickte, ihre Augen füllten sich mit Tränen. »Ich versuch's. Dein Anwalt hat mich angesprochen. Er will mehr Geld. Als Studentin habe ich nicht viel, trotzdem werde ich's versuchen.«

»Meine Eltern …?«

»Vielleicht, wenn ich ihnen deine Situation schildere. Sie sind ziemlich verzweifelt.«

»Das bin ich auch. Sag ihnen, dass es mir leidtut, ihnen so viel Kummer zu bereiten. Und auch, dass ich kein Mörder bin.«

Sie nickte. Der Wärter trat näher und gab zu verstehen, dass die Besuchszeit zu Ende war.

»Pass auf dich auf«, sagte Walter zum Abschied und legte auf. Kaum war er wieder in seiner Zelle, überkam ihn das Bedürfnis, sich unbedingt die Hände zu waschen. Und dann betete er, obwohl er das seit Jahren nicht mehr gemacht hatte. Er betete, dass Deutschland ihn bald zurückholen möge – wie auch immer das Urteil lauten würde – und er raus aus diesem Loch käme.

9 RICHARD

Am Samstag des Coburger Schlossplatzfestes

Am nächsten Morgen erschienen die beiden Kollegen pünktlich wie Maurer im Büro.

»Bleibt's dabei, dass du die Gastronomen machst?«, fragte Peter.

Richard bejahte. Da die beiden Junggesellen waren, hatte Richard keine Gewissensbisse, sie herbeordert zu haben, vor allem, weil sogar die verheiratete Wallner wegen der Vergewaltigung Dienst machte. Sie tauschte sich kurz mit ihm aus. Nein, an einen Zusammenhang glaubte er nicht. »Die Frohn macht Druck«, sagte sie.

»Lass dich nicht beirren. Du machst gute Arbeit.«

Sie schaute zweifelnd und zog sich wieder an ihren Arbeitsplatz zurück. Zeit, die Gastronomen aufzusuchen, die sich auf dem Schlossplatz um das leibliche Wohl ihrer Gäste kümmerten. Schnell wurde ihm klar, dass dabei wenig herauskommen würde, denn entweder war das Servicepersonal vom Donnerstagabend nicht anwesend oder sie winkten ab. »Bei so viel Leuten kann ich mir nicht jedes Gesicht merken«, war die einhellige Antwort, die er auf seine Fragen erhielt. Auf dem Schlossplatz selbst war noch niemand, vielleicht würde er am Abend mehr Glück haben.

Gegen Mittag rief Peter an und klagte sein Leid. Fehlanzeige auf der ganzen Linie.

»Wo seid ihr?«, fragte Richard.

»Am Markt. Des Einzige, was mir jetzt hilft, is a Bratwurscht.«

»Bin gleich da.« Vom Schlossplatz zum Markt waren es nur ein paar Schritte durch die Herrengasse. Er fand die zwei, jeder an einer Bratwurst kauend, am Beginn der Fußgängerzone. In Peters Mundwinkel klebte Senf.

»Seid ihr mit allen durch?«, fragte Richard.

Jan deutete auf sein Handy. »Die Goldene Traube fehlt noch. Gehen wir noch hin oder hören wir auf?«

»Bringen wir's hinter uns.« Das Hotel lag an der alten Stadtmauer in der Nähe des Judenturms und galt als die erste Adresse am Ort, obwohl es natürlich auch andere feine Hotels gab. Über ein paar Stufen gelangten sie zur Rezeption, und wie meistens überließ Richard Peter den Vortritt. Eine Dame im Dirndl lächelte freundlich, bis ihr Peter seine Dienstmarke unter die Nase hielt.

»Soll ich den Chef holen?«, fragte sie.

»Net nötig. Wir suchen Zeugen, die eine Frau gesehen haben.«

»Ach so. Etwa die aus dem Brunnen?«

»Genau die.« Peter beschrieb sie mit knappen Worten und zog ein Foto aus der Tasche. »Nicht der schönste Anblick. Wenn Se mal gucken woll'n?«

Die Dame von der Rezeption schüttelte ihren Kopf. »Nee, das sagt mir nichts, aber ich bin eh nur vormittags da.«

Eine weitere Dame im Trachtenlook lugte aus einem Büroraum hervor. »Sie suchen eine Frau? Vielleicht haben Sie Glück. Wir vermissen nämlich jemanden.«

»Echt?«, fragte Peter.

»Na ja, vermissen ist der falsche Ausdruck. Dem Zimmermädchen ist nur aufgefallen, dass eines der Zimmer seit zwei Nächten nicht benutzt wurde. Das muss nichts bedeuten, aber wir achten natürlich darauf, dass keiner, ohne zu zahlen, durch die Hintertür verschwindet.«

»Und?«

»Die Dame hat ihre ganzen Sachen dagelassen. Natürlich haben wir nichts angerührt. Vielleicht hat sie jemanden kennengelernt oder schläft bei Freunden oder Verwandten.«

»War des Zimmer bezahlt?«

»Wir verlangen in der Regel beim Einchecken eine Kreditkarte als Sicherheit. Das Zimmer war von einer Frau reserviert worden, da war noch ein Mann dabei, der ist jedoch inzwischen abgereist. Fährt einen schwarzen Porsche. Er wollte aber irgendwann wieder zurückkommen. So genau weiß ich das nicht«, antwortete sie und zuckte entschuldigend mit den Schultern.

»Unter welchem Namen ham Se sich ang'meldet?«

Sie studierte den Computerbildschirm. »Zimmer 12, ein Doppelzimmer. Maria Enrico.«

»Könn' Se die Dame beschreiben?«

»Da muss ich die Gustl fragen, die hat die Eintragung gemacht. Soll ich sie holen?«

»Ja, bitte. Könn' wir uns des Zimmer amal anschau'n?«

Sie runzelte die Stirn. »Ich glaube, es ist doch besser, wenn ich den Chef hole.«

»Keine Sorge, wir woll'n nur amal 'nen Blick reinwerfen.«

»Also gut, einen Blick. Aber ohne großes Aufsehen, wenn es geht.«

Das Zimmer erwies sich als Suite mit allem, was das Herz eines Hotelgastes begehrte. Das Bett schien unbenutzt zu sein, zumindest der Teil, den man von der Tür aus sehen konnte. Ein Koffer lag auf der Ablage, daneben eine Handtasche, und eine Damenjacke hing über der Stuhllehne. Auf dem Schreibtisch lag ein aufgeklappter Laptop sowie ein Handy. Peter machte Anstalten hineinzugehen.

»Moment, das war nicht ausgemacht!«

Peter rollte mit den Augen. Auch Richard seufzte innerlich, obwohl er es selbst nicht gutheißen würde, wenn ein Fremder in seiner Abwesenheit seine Sachen durchwühlte.

»Seit Donnerstagabend is' die Frau nimmer im Zimmer g'wesen?«, fragte Peter.

»Soviel ich weiß, ja. Können wir irgendwo auf den Chef warten?«

Ihnen wurde Kaffee angeboten, den sie im Foyer genossen.

Der Chef des Hauses kam hinzu und studierte auffallend lange Richards Dienstausweis. »Was haben Sie jetzt vor?«, fragte der Hotelier.

»Wir schauen schnell ins Zimmer, ohne etwas zu verändern. Sollte sich der Verdacht bestätigen, dass sich unsere Tote darin eingemietet hatte, lasse ich die Tür versiegeln. Den Durchsuchungsbeschluss reiche ich gleich am Montag nach.«

»Geht denn das?« Der Hotelier ging ihnen voraus. »Wie Sie wissen, muss die Privatsphäre meiner Gäste gewahrt bleiben.«

»Wenn wir auf den ersten Blick nichts Verwertbares finden, sind Sie uns sofort wieder los.« Richards freundliches Grinsen schien ihn zu überzeugen, denn er schloss die Tür auf.

Richard durchmaß den Raum und zog sich Handschuhe an. Mit spitzen Fingern spreizte er die Öffnung der Handtasche, lugte hinein und zog einen Pass daraus hervor.

»Bingo«, sagte Jan, der sich bisher bescheiden zurückgehalten hatte.

»Ausgestellt von der Dominikanischen Republik.« Er schlug das Dokument auf. »Nicht die übliche Coburg-Touristin, oder?«

»Samba-Festival?«, schlug Peter vor. »Die Krawallmacher komm' aus aller Herren Länder. Weißt du, wo die alle her sin'?«

Jan schüttelte den Kopf. »Keine Ahnung, aber ›Dom Rep‹ ist schon außergewöhnlich. Ich denk, die kommen eher aus Neustadt, Rio, Rosenheim.«

Richard musste sich ein Lachen verkneifen. Rio de Janeiro und Rosenheim in einem Atemzug zu nennen, war gewagt, aber die Sportfreunde Stiller hatten damit auch kein Problem gehabt. Er wandte sich an den Hotelier, der mit in die Hüften gestemmten Händen in der Mitte des Raums stand. »Wann hat sie eingecheckt?«

»Am Mittwochabend.« Der Herr trat von einem Fuß auf den anderen, fühlte sich offensichtlich unbehaglich. »Mir wäre es recht, wenn Sie etwas Schriftliches vorzeigen würden, bevor Sie weitermachen.«

Richard ignorierte ihn, hielt das Passbild hoch und zeigte es Peter. »Das könnte sie sein, oder? Maria Dolores Enrico, schwarze Haare, braune Augen, 1,75 Zentimeter groß. Passt alles.«

Oma Elke war seine Schwachstelle. Sie hatte ihn und seinen Bruder aufgezogen, als Mutter gestorben und Vater ganz im Dienst beim damaligen Bundesgrenzschutz aufgegangen war. Erst kürzlich hatte sie sich einen Kurzhaarschnitt verpassen lassen, der ihr hervorragend stand. Ein bisschen spitzbübisch sah sie aus, wie sie am Samstagnachmittag in der Essecke der Küche vor ihm saß, umgeben vom Geruch frisch gebackenen Apfelkuchens.

Vor Jahren hatten ihm die Ausbilder des Sonderkommandos der Bundeswehr geraten, sich keine Schwachstellen zu erlauben. Familie konnte man zwar nicht abschaffen, aber auf Distanz halten. Er sollte keine Freundin oder Ehefrau haben, und erst recht keine Kinder. Wer zum Kommando Spezialkräfte ging, war am besten Single. Ehemänner und Familienväter waren keine Draufgänger. Die Einheit wurde zur Familie, die Kameraden Brüder, die Vorgesetzten Väter – nein, so weit ging es nun doch nicht. Doch irgendwie hatte Richard die eingetrichterte Angst, erpressbar zu sein, nie richtig abschütteln können.

Oma Elke bedachte ihn mit einem ihrer langen Blicke, die ihm unter die Haut gingen. Es war, als könne sie seine Gedanken lesen. »Verstehst du dich inzwischen besser mit ihr?«

»Wen meinst du?«, fragte er, obwohl er ihre Antwort bereits wusste.

»Deine Vorgesetzte.«

»Leider konnte ich sie mir nicht aussuchen.«

»Warum kommst du nicht nach Nürnberg zurück?«

»Zu viel Stress hier. In Coburg geht es gemütlicher zu.«

Oma Elke kniff ihre Augen zusammen, was die Anzahl der Fältchen schlagartig erhöhte. »Seit wann sehnst du dich nach Ruhe?«

»Schon lange.« Wie immer, wenn sie ihm auf die Pelle rückte, begann er die Blümchen auf ihrer unmöglichen Tapete zu zählen. Seine Angebote, neu zu tapezieren, hatte sie bislang abgelehnt.

»Du solltest mal Urlaub machen«, sagte sie. »Frag doch deinen Freund Dom, der fährt bestimmt mit.«

Wie auf Bestellung begann die linke Schulter zu schmerzen. »Ich komm schon klar.«

»Du bist gestresst. Ich seh's dir an. Bestimmt wegen deiner Chefin. Die muss eine ganz schöne Zimtzicke sein.«

Damit war klar, dass sie ihr Urteil über Maxi Frohn gefällt hatte. Dabei war die Sache viel komplizierter.

»Ganz schön ist sie in der Tat, aber gewiss keine Zimtzicke.«

Oma zog die Augenbrauen hoch und sah ihn prüfend an.

Um ihrem durchdringenden Blick zu entgehen, beugte sich Richard zu Hexi, einer streitsüchtigen Rauhaardackelhündin, und Sammy, einem scheuen Border-Collie-Mix, herunter und streichelte beide. Vertrauensvoll schmiegten sie ihre Köpfe an seine Hände.

»Der Sammy darf bei mir bleiben, gell?« Ihre Stimme hatte einen ängstlichen Ton angenommen.

»Ich denke schon.«

»Wie geht's der Frau Bauer?«

Das war Sammys eigentliche Besitzerin, die Richard den Hund überlassen hatte, weil sie im Coburger Frauenhaus keinen halten durfte. Ihrem gewalttätigen Ehemann eine auf die Zwölf gegeben zu haben, hatte er nie bereut. »Besser.«

»Also, heute muss man dir wirklich alles aus der Nase ziehen.

»Ich bin müde, tut mir leid.« Er nahm den Blick von den Hunden und sah sie an.

»Wie gesagt, du brauchst eine Auszeit.«

»Ich fürchte, Frau Bauer wird zu ihrem Mann zurückkehren, wie viele Opfer häuslicher Gewalt. Die alte Abhängigkeit zieht stärker als eine unsichere Zukunft, sagt ihre

Betreuerin. Deshalb soll sie so lange wie möglich im Frauenhaus bleiben. Ist auch besser für ihr Kind.«

Oma Elke lächelte sanft. »Das mag ich an dir, dass du dich um andere kümmerst.«

»Manchmal zu viel.«

»Von Empathie kann man nicht zu viel haben.«

Er wollte das Thema beenden. »Ich gehe mit den Hunden Gassi und danach zu Dom. Wir wollen eine Runde schießen.«

»Wer wird gewinnen?«

»Ich natürlich. Dafür darf ich ihm anschließend einen ausgeben.«

Sie nickte. »Frag ihn bei der Gelegenheit gleich das mit dem Urlaub.«

Am Montag machte er sich in aller Frühe auf den Weg zurück nach Coburg. Erst jetzt, während der Fahrt, drehten sich seine Gedanken um den aktuellen Fall mit der Dominikanerin. Merkwürdig. Monika Lange hatte nach der Obduktion einen Mord für wahrscheinlich gehalten und war bislang mit ihren Einschätzungen meist richtiggelegen. Auch sein Instinkt warnte ihn, dass hier etwas Ungewöhnliches im Gange war, was seiner vollen Konzentration bedurfte.

Die Dame an der Rezeption hatte sich erinnert, dass Frau Enrico mit einem Begleiter eingecheckt hatte, der später jedoch allein abgereist sei. Die Beschreibung des Mannes war so dürftig gewesen, dass sie auf die Hälfte der männlichen Bevölkerung zwischen 30 und 40 zutraf. Seinen Namen hatte die Dame leider nicht vermerkt gehabt, da die Reservierung von Frau Enrico gebucht worden war.

Er würde den Staatsanwalt informieren müssen, falls Maxi dies nicht schon getan hatte. Weder sie noch die Assistentin des K1 meldeten sich am Telefon. Die Langschläfer lagen wahrscheinlich noch in der Falle. Er rief deshalb gleich selbst bei der Staatsanwaltschaft in der Ketschendorfer Straße an und erreichte im Gerichtsgebäude sogar jemanden, der seine Bitte um einen Termin aufnahm. Persönlicher Kontakt konnte mitunter von Vorteil sein, wenn es um komplexe Ermittlungen ging. Viel vorweisen konnte er noch nicht, aber dennoch genug, um einen Durchsuchungsbeschluss zu bekommen, wie vom Hotelier gefordert.

Er reduzierte seine Geschwindigkeit, da er wieder mal schneller als erlaubt unterwegs war. Die Frohn müsste auch noch informiert werden, aber das würde er Peter überlassen. Ein bisschen Profilierung könnte ihm nicht schaden.

Verdammt, schon wieder zu schnell. Allerdings war er nicht der Einzige, der Richtung Coburg flog. Ein schwarzer Porsche rauschte an ihm vorbei: männlicher Fahrer, auswärtiges Kennzeichen. Ein Leihwagen, wie er an dem Aufkleber gerade noch erkennen konnte. Vermutlich wollte der Idiot einmal in seinem Leben mit 200 Kilometer pro Stunde bei erlaubten 130 über die Autobahn rasen. Mit seinem Audi hätte er gegen den Tiefflieger keine Chance und außerdem waren für Geschwindigkeitsmessungen die Kollegen der Verkehrspolizei zuständig. Also ließ er ihn unbehelligt davonziehen.

10 MAXI

Am Samstag des Coburger Schlossplatzfestes

Heute musste Maxi sich regelrecht überwinden, zum Dienst zu fahren. Der Abschied von ihrer Mutter war ihr schwergefallen. Maxis Vater gehe es nicht gut, hatte sie gesagt. Und das nicht nur, weil er seit einem Einsatz in Afghanistan im Rollstuhl saß. Über das, was damals vorgefallen war, sprach er kaum, und wenn man nachbohrte, wich er aus. Die ersten Jahre danach waren schlimm gewesen, da der Brigadegeneral außer Dienst sich mit seiner neuen Rolle nicht hatte abfinden wollen. Gestern war sein Geburtstag gewesen, den er, wie alle anderen davor, im engsten Familienkreis begangen hatte.

Die Rückfahrt nach Coburg ging wegen der Urlaubszeit nur schleppend voran. Warum man ausgerechnet jetzt die Autobahn aufreißen musste, erschloss sich Maxi nicht. Früher war ihr das nie aufgefallen, doch seit sie zwischen München und Coburg pendelte, umso mehr. Mit deutlicher Verspätung erreichte sie ihr Büro, was aber kaum jemandem auffiel, da die meisten ohnehin ausgeflogen waren. Nur die Wallner winkte ihr freundlich zu, verzog sich jedoch sofort.

Maxi überflog ihren Terminkalender. Lagebericht an Kriminaloberrat Adler, den Leiter der Kripo Coburg, stand rot eingekreist als Erstes auf dem Programm. Oje, hoffentlich hatte sie alle Informationen beisammen. Sie hätte eher hier sein müssen, um sich ausreichend vorzubereiten. Jetzt war es zu spät, da half nur noch improvisieren. Sie nahm ihren Kugelschreiber zur Hand, um sich ein paar Notizen zu machen, als sie ein Geräusch an der Tür hörte. Richard Levin stand dort, zwei dampfende Kaffeetassen in der Hand.

»Auch einen?«, fragte er.

Einen Moment lang war sie verblüfft. Seit wann kümmerte sich Levin um ihren Kaffeekonsum? Das bedeutete sicher schlechte Neuigkeiten. Auf der anderen Seite könnte er ihr Retter in der Not sein, nicht nur wegen des Kaffees, aber das wollte sie sich auf keinen Fall anmerken lassen. »Gerne«, sagte sie knapp und deutete mit dem Stift auf den Stuhl ihr gegenüber.

Er stellte eine Tasse vor ihr auf dem Schreibtisch ab. Ein kurzer Blick bestätigte, dass er bereits Milch hinzugegeben hatte. Nun war sie vollends überzeugt, dass das dicke Ende gleich kommen würde. Levins Tasseninhalt glänzte so tiefschwarz, dass ein Löffel darin stehen würde.

Ohne das Gesicht zu verziehen, nahm er einen Schluck aus seiner Tasse, stellte sie auf ihrem Tisch ab und schlug ein Bein über das andere.

Jetzt war es so weit.

Doch vorerst blieb es bei der harmlosen Neuigkeit, dass Kollege Weingarth sich krankgemeldet habe. Dann folgte eine Information zu einer älteren Sache sowie ein ausführlicher Bericht über die Brunnentote, die Touristin aus der Dominikanischen Republik, und die spärlichen Ergebnisse der Befragung des Hotelpersonals. Das Hotelzimmer habe er versiegeln lassen und heute habe der Staatsanwalt einer Durchsuchung des Hotelzimmers zugestimmt ebenso wie der Aufenthaltsfeststellung des Begleiters der Toten.

Moment! Zum Staatsanwalt ging sie oder ihr Stellvertreter, aber nicht Levin! Er war mit Ermittlungen beauftragt und hatte sie auf dem Laufenden zu halten. »Sie waren bei der Staatsanwaltschaft?«

Levin verzog keine Miene. »Sie waren noch nicht im Büro.«

»Sie hätten meinen Stellvertreter hinschicken können.«

»Der Herr Kollege hatte keine Zeit. Haben Sie ein Problem damit?«

Maxi lehnte sich zurück. Das klang, als habe er versucht, zumindest ihren Vertreter, den Kriminalhauptkommissar Neumann zu erreichen. Neumann stand kurz vor der Pensionierung, war einer von der alten Garde und würde Levin decken. Aber vielleicht tat sie ihm ja unrecht. Sie seufzte innerlich. Die Männer der Abteilung standen wie eine Phalanx gegen sie zusammen. Dagegen erschien München wie das Paradies.

»Frau Enrico hatte also einen Begleiter?«, fragte sie.

»Von dem wir nicht viel wissen.« Levin zog die Augenbrauen leicht zusammen. »Außer dass er einen schwarzen Porsche fuhr, den er im Hinterhof des Hotels abgestellt hatte.« Sein Blick wanderte seitlich weg.

»Ist doch schon was. Porsches fahren nicht zu Millionen herum.«

»Wie man's nimmt. Es gibt immer noch genügend.« Sein Finger klopfte auf die Tischplatte. »Ich habe Jan noch mal losgeschickt.«

Sie nickte. Wen er für was einteilte, war seine Sache, da wollte sie ihm nicht reinreden. »Bis jetzt wurde sie von niemandem als vermisst gemeldet. Ist auch noch zu früh.«

»Wer soll jemanden aus der Karibik bei uns schon vermissen? Und bis die Botschaft sich rührt, wird einige Zeit vergehen, weil die selbst erst warten müssen, bis sie Informationen aus der Heimat kriegen.

Schon wieder dieser Blick zur Seite. Levin schien etwas zu beschäftigen. Entweder war es zu unwichtig, um es ihr mitzuteilen, oder es gab einen anderen Grund, weshalb er ihr es vorenthielt. Endlich sagte er: »Frau Enricos Begleiter ist spurlos verschwunden. Was wollte sie in Coburg?«

»Vielleicht ein Überbleibsel des Samba-Festivals?«

»Der Hotelier sagt, sie hätte erst am Mittwoch eingecheckt, also danach. Etwas stimmt hier nicht.«

»Haben Sie mit dem Staatsanwalt darüber gesprochen?«

»Er teilt meine Meinung.«

»Sonst noch was?«

Er verneinte, nahm seine Tasse vom Tisch und erhob sich. Als er fast schon aus der Tür war, rief sie ihm hinterher: »Ach übrigens, danke für den Kaffee.«

»Null Problemo.«

Er ließ die Tür offen stehen. Und danke für die freiwillig herausgerückten Informationen, fügte sie spöttisch in Gedanken hinzu.

Zeit, zur wöchentlichen Kripo-Besprechung zu gehen. Kriminaloberrat Adler wollte über die neuesten Entwicklungen in seinen Fachkommissariaten auf dem Laufenden gehalten werden. Bis auf das wenige, was Levin ihr berichtet hatte, würde sie heute nicht viel präsentieren können. Sie packte ihren Laptop sowie den Notizblock samt Stift und marschierte los. Warum hatte Levin bei der Erwähnung des Porsches gezögert?

Im Besprechungszimmer saßen nur wenige Kollegen. Somit war klar, dass sie schnell fertig sein würden. Deshalb gab es wahrscheinlich auch keinen Kaffee und keine Plätzchen wie sonst.

Der leicht untersetzte Kriminaloberrat Adler kratzte sich den weißen Vollbart, den er sich erst kürzlich hatte wachsen lassen, und witzelte mit dem Ersten Kriminalhauptkommissar Schultz über seinen kommenden Urlaub.

Schultz zwinkerte ihr zu. Er war Leiter des Fachkommissariats Vermögens- und Wirtschaftskriminalität, Adlers Stellvertreter und ein attraktiver Endvierziger, der in und außerhalb seiner Abteilung großen Respekt genoss. Wie immer fühlte Maxi sich im Kreis der »alten Herren« fehl am Platze. Die höfliche Zuvorkommenheit, die sie ihr entgegenbrachten, war wahrscheinlich eher ihrem Aussehen geschuldet als ihrer Arbeit. Das würde sich bald ändern.

Doch vorerst hatte sie wenig Neues beizusteuern. Dafür berichtete der Stellvertreter des Kommissariats 2, Eigentumskriminalität, über einen Einbruch bei dem Stadtrat Dr. Fielbrecht. Maxi hörte nur mit halbem Ohr zu, während sich Adler sehr engagiert zeigte. Logisch, bei einem Stadtrat.

»War's das?«, fragte Adler. »Ich gehe ebenfalls in Urlaub. Kollege Schultz wird mich vertreten.«

Damit war die Sitzung beendet. Maxi sammelte ihre Sachen ein, aufmerksam verfolgt von Schultz. »Bleiben Sie bitte noch einen Moment, Frau Frohn.«

Erstaunt hielt sie inne. Schultz erhob sich und stellte sich direkt vor sie. »Das Coburger Finanzamt verfolgt eine Sache wegen Steuerhinterziehung«, sagte er geheimnisvoll. »Eine Firma aus der Dominikanischen Republik soll darin verwickelt sein. Wenn sich mit ihrer Toten was Neues ergibt, geben sie mir bitte Bescheid. Vielleicht besteht da ein Zusammenhang.«

War das die Antwort auf die Frage, was Frau Enrico in Coburg wollte? Als sie zurück zu ihrem Büro ging, war Levin der Einzige ihrer Abteilung, der an seinem Schreibtisch saß und eifrig die Tastatur seines Computers bearbeitete. Sie erzählte ihm von Schultz' Bemerkung, hatte jedoch den Eindruck, dass er ihr gar nicht richtig zuhörte.

»Meinen Sie, es ist Zufall, dass die Kollegen vom Finanzamt gegen eine Firma ermitteln, die Verbindungen in die Dominikanische Republik haben soll?«, fragte sie provozierend.

Levin nahm seine Finger von der Tastatur und zuckte mit den Schultern. »Gut möglich. Um was geht es denn genau? Um eine Briefkastenfirma?«

»Das hat er nicht gesagt.« Sie biss sich auf die Unterlippe, Levin hatte sie kalt erwischt. Sie hätte nachfragen müssen. »Ich glaube nicht, dass unsere Tote etwas damit zu tun hat.«

»Wenn es das Finanzamt interessiert, geht es meistens um Steuerhinterziehung.« Er nahm einen Stift und machte sich eine Notiz. »Oftmals haben diese Firmen einen Strohmann an der Spitze, der in dem Land der jeweiligen Steueroase residiert.«

Fast war sie geneigt, ihn zu fragen, woher er das wisse, aber damit hätte sie ihre Bildungslücke zugegeben, und das wollte sie auf keinen Fall.

»Ich werde mich mal umhören, okay?«, sagte er und wandte sich wieder seinem Computer zu. Damit war sie abgemeldet.

11 RICHARD

Nach dem Coburger Schlossplatzfest, Montag

Der Porsche hatte es ihm angetan. Obwohl man sich in der Kriminalistik nicht auf Zufälle verlassen sollte, konnten viele Fälle nur aufgrund von zufällig anwesenden Zeugen gelöst werden.

Heute früh hatte ihn ein schwarzer Porsche mit überhöhter Geschwindigkeit überholt. Das musste nichts mit seinem Fall zu tun haben. Dennoch schickte er eine Anfrage an die Mietwagenfirma, wer mit einem schwarzen Porsche von ihnen unterwegs war. So viele konnten es nicht sein. Er wollte unbedingt mit dem Begleiter von Frau Enrico sprechen.

Montage waren nie dazu geeignet, seine Stimmung zu heben, zumal ausstehende Untersuchungsergebnisse selten am Wochenanfang eintrudelten. Monika würde den Obduktionsbericht noch nicht fertig haben, ebenso wenig wie die Spurensicherung den des Auswertungsangriffs am Tatort und im Hotelzimmer. Peter hatte sich wegen einer Magenverstimmung krankgemeldet. Auf Richards Kommentar hin, das komme davon, wenn man Fische roh verzehre, hatte Peter offenbar gekränkt aufgelegt.

Der Tag versprach ein typischer Dienst-Montag zu werden. Bevor er sich entscheiden konnte, welcher Spur er folgen sollte, kam Jan zurück, übers ganze Gesicht strahlend.

»Hast wohl einen größeren Fisch als Peter gefangen, weil du so grinst?«, fragte Richard amüsiert. »Oder hat dich dein *Date* geküsst?«

Das Strahlen auf Jans Gesicht erlosch. »Hat Peter was gesagt? Die alte Labertasch'n.«

»Du kennst ihn doch.«

»Eben, deswegen. Wo steckt der Kerl überhaupt? Er wollte mich begleiten.«

»Krank. Also, was steht an?«

»Ich war mit der Spurensicherung im Hotel. Dort fanden wir zwei Flugtickets. Businessclass von Santo Domingo nach Frankfurt, auf die Namen Maria Enrico und Felix Hauptmann. Vermutlich ihr Partner.«

Sofort entstand in Richards Kopf ein Bild. Die Dame hatte wertvollen Schmuck getragen, flog in der teuren Klasse. Vielleicht war Geld das Motiv? Den Schmuck könnte der Mörder ihr gelassen haben, um vom wahren Grund abzulenken.

»Etwa 8.000 Euro für zwei – laut Lufthansa«, beantwortete Jan seine unausgesprochene Frage.

»Gute Arbeit.«

»So schwer war's net.«

»Trotzdem.«

»Ich hab gleich mal den Namen in Verbindung mit Santo Domingo gegoogelt. Felix Hauptmann bietet dort Segel- und Tauchtörns an.«

»Hm. Gibt es auch eine Verbindung von ihm zu Coburg?«

»Übers Handy ist da schwer was rauszufinden. Mal schau'n, was unsere Datenbank ausspuckt.«

»Dann mach das mal.«

Jan begab sich an seinen Schreibtisch, auf dem zwei

Monitore standen. Als Computerspezialist war er der geeignete Kandidat für das neue Fachkommissariat Cyberkriminalität, über das in letzter Zeit viel gemunkelt wurde. Er würde ihn vermissen, das wusste Richard jetzt schon.

»Noch was«, sagte er, »ich habe vorhin eine Anfrage an die Mietwagenfirma geschickt. Hauptmann ist vermutlich mit einem schwarzen Porsche unterwegs. Die brauchen uns nicht die ganze Liste der Mieter schicken, sondern nur, ob Hauptmann einen gemietet hat. Frag auch nach dem Rückgabetermin des Wagens.«

Richard schaute auf seine Notizen. Was, wenn bei Frau Enrico nicht nur die Augenfarbe unecht gewesen war, sondern auch ihre Identität? Er klopfte mit zwei Fingern auf den Schreibtisch. »Wissen wir, in welcher Sprache sich Frau Enrico mit dem Hotelpersonal unterhalten hat?«

Jan lugte zwischen den Monitoren hervor. »Nein, aber das kann ich gleich herausfinden.«

»Das mache ich selbst. Ich habe Hunger und brauche ein bisschen Bewegung. Ruf mich an, wenn du was Neues hast.« Richard stand auf und ging zu Maxis Tür. »Lust auf ein Mittagessen in der Goldenen Traube? Dort isst man hervorragend, und wir können vielleicht noch etwas mehr über die Tote erfahren. Das ›Esszimmer‹ hat allerdings nicht offen.«

Sie erhob sich mit einem Lächeln. »Nur, wenn davor keine Obduktion stattfindet«, sagte sie.

»Nein, versprochen.«

»Was ist das ›Esszimmer‹?«

»Ein Sternerestaurant. Empfehlenswert und sicher etwas für Geschäftsreisende und Businessclassflieger.«

Auf dem Weg zum Auto klärte er sie über die Flugtickets und den Porsche auf.

»Das würde zu ihrem Outfit passen«, meinte sie.

»Und wer weiß, wozu noch.«

Wenig später nahmen sie im sonnendurchfluteten Anbau des modern eingerichteten Restaurants Platz. »Geschmackvolle Einrichtung«, sagte Maxi.

»Dann sollten Sie besser nicht bei mir daheim vorbeischauen.«

Sie lachte und ihr Gesicht verlor die sonst üblichen ernsten Züge, sah richtig sympathisch aus. »Eine Junggesellenbude also?«

Die Alarmsirenen schrillten. Zum Glück erschien die Bedienung und enthob ihn einer Antwort.

Maxi bestellte sich ein stilles Wasser und einen Salat, während Richard sich ein Steak und ein alkoholfreies Bier genehmigte.

»Ich hab's nicht so mit Fleisch«, sagte sie.

»Niemand ist vollkommen.«

Sie lachte. »Stimmt.«

Der Small Talk nahm eine ungefährliche Richtung, und er entspannte sich. Warum sollte er nicht mit ihr zusammen zu Mittag essen? Bei einem Mann als Vorgesetztem wäre das kein Thema gewesen. Das Essen kam. Dienstliches wurde in der Öffentlichkeit generell nicht besprochen, deshalb beließen sie es bei ein paar Andeutungen. Zudem fand er heraus, dass sie klassische Musik und ansonsten von Rock bis Pop alles querbeet mochte, und das gefiel ihm, denn ihr Geschmack deckte sich mit seinem.

Als sie mit ihrem Salat fast fertig war, sagte sie: »Soll die Einladung eine Entschuldigung für Freitag sein?«

Erwischt. »Wie man's nimmt. Vielleicht wollte ich die Arbeitswoche auch nur mit etwas Positivem beginnen.«

»Sind Sie gerne in Coburg?«

»Absolut. Und Sie?«

»Na ja, wenn man eine Großstadt gewöhnt ist, kommt es einem hier ziemlich provinziell vor.«

»Auch eine ländliche Gegend kann mitunter sehr aufregend sein.«

»Wie in Afghanistan zum Beispiel?«, erwiderte sie wie aus der Pistole geschossen.

Treffer – versenkt. Er verschluckte sich, japste nach Luft.

»Soll ich …?«, bot sie an und hob ihre Hand.

Er schüttelte den Kopf. Nachdem er einen Schluck getrunken hatte, ging es wieder. »Wie kommen Sie ausgerechnet darauf?«

Maxis Fingerspitzen berührten sich, dann legte sie beide Hände neben den Teller. »Mein Vater kam gelähmt aus Afghanistan zurück. Aus seinen Erzählungen weiß ich, dass dort die Lebensumstände auf dem Land sehr einfach sind.«

Ihm fiel es wie Schuppen von den Augen: Frohn. Natürlich. Brigadegeneral Frohn. Was für ein Zufall. Ihr Blick wanderte zu seiner rechten Hand, die das Steakmesser umklammert hielt.

»Vater hat nie erzählt, was genau er bei diesem Einsatz gemacht hat, hat immer abgewiegelt, wenn das Thema zur Sprache kam. Eines Tages kam er querschnittsgelähmt zurück und ist seitdem total verbittert. Richard – ich darf doch Richard sagen –, Sie waren ebenfalls in Afghanistan. In welcher Funktion, wenn ich fragen darf? Vielleicht können Sie mir helfen zu verstehen, wie es dort zuging und was damals passiert ist.«

In diese Falle hatte er sich selbst manövriert. Warum war er nicht auf die Idee gekommen, dass sie die Tochter seines ehemaligen Vorgesetzten sein könnte, und entsprechend Distanz gewahrt? Schließlich war Frohn kein

Allerweltsname. Was sollte er sagen? Die Wahrheit verbot sich von selbst. Sie alle hatten sich zu Stillschweigen verpflichtet. »Es war ein ISAF-Einsatz der Bundeswehr, der aus Wache schieben, Patrouille fahren und afghanische Truppen ausbilden bestand, um das Land zu stabilisieren.« Er kam ins Stottern, fing sich wieder. »Ich kann Ihnen da nicht helfen.«

Sie zögerte, suchte offenbar nach den richtigen Worten. »Er ist frühzeitig in den Ruhestand verabschiedet worden – Wehrbeschädigung nennen sie das, glaube ich«, fügte sie hinzu.

Er zuckte demonstrativ mit den Schultern. »Tut mir leid, aber ich kann nicht jeden kennen, der dort war. – Da kommt die Bedienung, die können wir gleich mal nach Frau Enrico fragen.«

Maxi blinzelte. »Ich will nur wissen, was mit meinem Vater passiert ist.«

»Da bin ich der Falsche. Wenn er selbst nichts sagt …?« Er stand auf, um einem weiteren Nachhaken zu entgehen. »Ich frag mal das Personal, ob denen was aufgefallen ist.« Ihre Fragen hatten ihn ins Schwitzen gebracht. Er ließ sie sitzen, ging nach vorn an die Rezeption und stellte sich vor.

»Es geht um die Tote aus dem Brunnen, gell? Ja, an die Dame kann ich mich erinnern«, sagte ein hübsches Mädchen, »weil sie trotz ihres spanischen Namens Coburger Dialekt sprach.«

»Sie sprach also Deutsch?«

»Sehr gut sogar.«

»Haben sie und ihr Begleiter im Restaurant gegessen?«

Die Dame sah in einem Buch nach. »Ja, im ›Esszimmer‹. Am Mittwochabend.«

Richtig vermutet. »Wer hat sie bedient?«

»Vom Servicepersonal ist jetzt niemand da, weil das Restaurant nur abends und an bestimmten Wochentagen aufhat. Aber der Sommelier müsste hier sein. Ich schau mal nach ihm.«

Während er wartete, gesellte sich Maxi zu ihm, ihr Gesicht gerötet. »Sorry«, sagte sie leise. »Vielleicht erzählen Sie mir irgendwann, wie es in Afghanistan war. Würde mir sehr helfen.«

Lebensgefährlich war es gewesen, besonders wenn man dem Kommando Spezialkräfte angehört hatte. Er kniff die Lippen zusammen, verfluchte sein Schicksal. Er hatte sich nach Coburg versetzen lassen, um Ruhe zu finden. Näherer Kontakt mit Maxi wäre fortan tabu für ihn, nicht nur weil sie seine Vorgesetzte war. »Bei passender Gelegenheit«, antwortete er ausweichend.

Der Sommelier war eine Frau, die sich gut an das Paar aus der Karibik erinnern konnte. »Beide gut aussehend und elegant gekleidet. Die kannten sich mit gutem Essen und teuren Weinen bestens aus und sprachen fließend Deutsch, nicht nur mit uns, sondern auch untereinander«, fasste sie zusammen.

»Merkwürdig, das Ganze«, sagte Maxi auf der Rückfahrt.

Dem stimmte er zu. »Unsere Spezialisten sollen Frau Enricos Pass mal unter die Lupe nehmen. Ich wette, der ist genauso falsch wie ihre Haarfarbe.«

12 WALTER

Zwei Jahre vor dem Coburger Schlossplatzfest
Santo Domingo, Dominikanische Republik, im Mai

15 Jahre Qual, 15 Jahre verlorenes Leben. In Walters Erinnerung verschmolz die Zeit im Gefängnis von La Romana in der Monotonie des Alltags, der vom Überlebenswillen geprägt war.

Am Anfang hatte er noch geglaubt, dass sich alles zum Guten wenden würde, doch mit der Zeit war diese Hoffnung gestorben. Der schier endlose Prozess durch alle Instanzen zermürbte ihn. Neun Monate Untersuchungshaft, auf die eine vorläufige Anhörung folgte, dann Haftverlängerung und endlich die Gerichtsverhandlung. Der Anwalt legte gegen das Urteil von 20 Jahren Haft Berufung ein, was weitere Jahre der Ungewissheit hinter Gittern bedeutete. Schließlich wurde das Urteil in der zweiten Instanz bestätigt, aber das spielte zu diesem Zeitpunkt schon keine Rolle mehr. Mit der Hoffnung war auch sein Lebenswille gestorben.

Ulla war die ganze Zeit über seine einzige Verbindung zur Außenwelt. Sie und ihr bisschen Geld ermöglichten es ihm, weiterhin nicht mit anderen 50 Gefangenen um einen Stehplatz am Fenster eines der Käfige kämpfen zu müssen. Irgendwann waren Gerüchte umgegangen, dass sich die Bedingungen des Strafvollzugs verbessern würden. Ausgelöst hatten dies vermutlich Touristen, die zufällig in die Mühlen des Grauens geraten waren. Eines Tages waren alle

Häftlinge verlegt worden, denn das Gefängnis sollte in ein Kulturzentrum umgebaut werden, damit die Kreuzfahrtpassagiere nicht als Erstes die Kehrseite der »Dom Rep« zu Gesicht bekämen.

Die Tristesse dieses Tages wurde unterbrochen, als ein korrekt gekleideter Herr seine Zelle betrat und sich als Konsulatsangestellter vorstellte. Neben ihm postierte sich ein Wärter. Der Mann im Anzug sprach Deutsch, auch wenn Walter Spanisch inzwischen einigermaßen beherrschte. »Gute Nachrichten, Herr Hauptmann«, sagte er. Schweißperlen standen auf seiner Stirn.

»Die wären?«, erwiderte Walter. Die Worte klangen in seinen Ohren etwas ungelenk, denn er hatte seit 15 Jahren, abgesehen von Ullas Besuchen, nicht mehr Deutsch gesprochen.

»Sie werden freigelassen.«

»Was? Jetzt schon?«

»Für dominikanische Verhältnisse ist das tatsächlich sehr frühzeitig. Die sind mit ihren Strafbemessungen lange nicht so zimperlich wie wir Deutschen.«

Walter streckte sich. Für seine Tat hatte er eine harte Strafe erhalten, denn inzwischen war er selbst davon überzeugt, seine Frau umgebracht zu haben. War er ein Mörder, dann hatte er es verdient. »Wann?«

»Mir sofortiger Wirkung.«

»Und weshalb sagen *Sie* mir das?«

»Weil Sie abgeschoben werden. Man will Sie hier nicht länger haben. Deshalb hat man sich an uns gewandt, damit wir dafür Sorge tragen, dass Sie das Land umgehend verlassen. Deutschland wird Sie zurückholen.«

»Wozu? Um mich für weitere Jahre in den Knast zu stecken?«

»Da bin ich überfragt. Ich hole Sie ab und fahre Sie zum Flughafen, um sicherzustellen, dass Sie einsteigen.«

»Das Ticket?«

»Haben wir bereits.«

Dann musste es wohl stimmen. Viel besaß Walter nicht, eigentlich nichts. Er nahm einen Stapel nicht abgeschickter Briefe und steckte ihn, zusammen mit seinen paar Habseligkeiten, in eine Tüte, die ihm der Wärter in die Hand drückte. Ein Mix aus zweierlei Gefühlen schwappte über ihn hinweg: Freude und Angst. Ein Leben außerhalb seiner Zellenwände … Ging das überhaupt? Was würde ihn draußen erwarten? 15 Jahre ohne ein Wort der Eltern. 15 Jahre weg vom Leben.

Er musste sich umziehen und bekam seine alten Sachen zurück, die er bei seiner Inhaftierung getragen hatte. Sie passten nicht mehr, hingen an ihm wie an einer Vogelscheuche. Seine Armbanduhr hatte ihren Geist aufgegeben, die Batterie war längst tot. Er tauschte seine billigen Plastik-Flipflops gegen die Leinenschuhe, auf die er einst stolz gewesen war.

Vor dem Ausgang blieb Walter stehen. Gleißendes Licht stach in seine an Dunkelheit gewöhnten Augen.

»Kommen Sie«, drängte der Herr vom Konsulat.

Walter holte tief Luft und machte seinen ersten Schritt in die Freiheit. Tränen schossen ihm in die Augen.

Als Transportmittel hatten sie einen schwarzen SUV bereitgestellt – welch ein Hohn. Der Fahrer und der Konsulatsbeamte saßen vorn, während er auf der Rückbank Platz nehmen durfte. Sie ließen La Romana hinter sich und fuhren an der Küste entlang nach Santo Domingo. Ortschaften mit Wellblechhütten, ärmlich aussehenden Menschen auf Mofas und Motorrollern, dazwischen Zeichen von Wohlstand und Abfall an jeder Ecke. Walter konnte sich nicht sattsehen. Die Welt huschte draußen vorbei, mal schnell, meistens langsam. Die Bebauung wurde dichter, die Häuser größer und stabiler. Sie hatten Santo Domingo erreicht, die geschäftige Stadt mit dem spanischen Fort. Er erinnerte sich an Melinda, seine Melinda, wie sie in der Nacht, bevor sie losgesegelt waren, miteinander geschlafen hatten. Wäre er doch mit ihr gestorben.

Der Wagen fuhr direkt zum Flughafen. An einem Nebeneingang erwarteten ihn bereits zwei Securityleute, die ihn zur Passkontrolle begleiteten.

»Direktflug nach Frankfurt«, sagte der Konsulatsbeamte und drückte ihm ein Kuvert in die Hand.

»Um sicherzustellen, dass ich auch in Deutschland ankomme?«

Kein anderes Land würde sie einreisen lassen und die Fluggesellschaft möchte kein Risiko eingehen. Daher konnten wir Sie auch nicht von La Romana losfliegen lassen. Das wird nur von Chartergesellschaften angeflogen und die nehmen keinen wie Sie mit.«

Keinen wie Sie. Wie sich das anhörte! Das Gefängnistattoo, das er sich auf den Oberarm hatte stechen lassen, hätte genauso gut auf der Stirn sitzen können.

Eingekeilt zwischen Touristen und Geschäftsreisenden saß er in der Mittelreihe der Kabine und fühlte sich immer noch wie in einem Traum. Die Flugbegleiter behandelten ihn wie jeden anderen Fluggast, und er bekam sogar ein Gläschen Wein serviert. Er schnupperte daran. Der Wein mochte billig sein, er schmeckte ihm trotzdem.

Auf einem Bildschirm in der Rückenlehne des Sitzes vor ihm konnte man ein Unterhaltungsprogramm auswählen. Die Bedienung erfolgte durch Berührung. Neben ihm las ein Passagier etwas auf einem kleinen flachen Gerät. War das ein Buch? Der Laptop eines anderen war papierdünn, und einer seiner Sitznachbarn tippte wie wild auf einem kleinen Ding herum – vielleicht ein Handy, aber keines zum Aufklappen?

Schweiß brach ihm aus. Von den technischen Neuentwicklungen hatte er im Gefängnis kaum etwas mitbekommen. Dort hatte es Drogen en masse gegeben; aber auch Sex – und den nicht nur unter den Insassen. Wer Geld hatte, konnte sich alles leisten, sogar Huren. Ullas Zuwendungen hatten ihm zumindest eine Einzelzelle ermöglicht und manchmal etwas zum Rauchen.

Wer würde ihn abholen? Wusste überhaupt jemand, dass sie ihn entlassen hatten, mit nichts in der Hand außer den 100 Euro, die das Kuvert beinhaltete? Wie viel D-Mark waren das? Er erinnerte sich, dass der Euro eingeführt werden sollte, hatte die neue Währung bislang jedoch noch nie zu Gesicht bekommen.

Nachdem er gelandet war und die Einreiseformalitäten hinter sich gebracht hatte, stand er mit seiner Tüte in der Hand wie verloren in der Ankunftshalle des Flughafens. Wohin sollte er gehen?

Nach Hause. Egal, was ihn dort erwarten würde. Ein anderes Ziel fiel ihm nicht ein. Vor 15 Jahren war er glücklich und frei losgezogen, und jetzt kam er als gebrochener Mann in die Heimat zurück.

Da die Preise der Bahn recht happig waren, wählte er eine günstigere langsame Zugverbindung. Er war todmüde, die Zeitumstellung brachte ihn völlig aus dem Konzept. Am Nachmittag erreichte er Kronach, wo er seine Eltern vermutete. Während seines Fußmarsches fuhren Automodelle an ihm vorbei, die er noch nie gesehen hatte. Manches war gleich geblieben, vieles hatte sich verändert. Die Festung Rosenberg stand aber wenigstens noch.

Sollte er es wirklich wagen, das Haus seiner Eltern aufzusuchen? Was würde ihn dort erwarten?

Er stutzte. Der Name »Hauptmann« auf dem Klingelschild war durch »Müller« ersetzt worden. Was jetzt? Er klingelte trotzdem.

Als die Haustür geöffnet wurde, stand ihm ein fremder Mann gegenüber. Dahinter erkannte er endlich doch noch ein bekanntes Gesicht: Mutter. Schreck, Angst und Freude tobten gleichzeitig in seinem Herzen. Das lange entbehrte Gefühl von Hoffnung, nun könnte sich alles zum Guten wenden, keimte wieder auf.

»Kennst du den Mann, Gerlinde?«, fragte der Kerl.

»Das ist … Walter?« Wie zur Salzsäule erstarrt, den Mund offen, blickte sie ihn an. Kein Zeichen von Wiedersehensfreude, nur blankes Entsetzen. »Das ist mein Sohn.«

»Ich denke, der sitzt?«

Sie legte dem Fremden die Hand auf die Brust und flüsterte ihm zu: »Beruhige dich, Rudi. Ich schicke ihn zu seinem Vater.«

Walter begriff. Mutterliebe konnte alle Hindernisse überwinden, doch ihr Herz hing offenbar ausschließlich an Felix. »Wo ist Vater?«

»In Wildenheid bei Neustadt. Wir sind geschieden.« Sie biss sich auf die Unterlippe. »Wie konntest du uns das nur antun, Walter?« Sie brach in hemmungsloses Schluchzen aus.

Was sollte er antworten? Anscheinend waren nie Zweifel an seiner Schuld aufgekommen, außer bei Ulla vielleicht.

Als Mutter sich ein wenig beruhigt hatte, gab sie ihm Vaters neue Adresse. Das würde ein langer Fußmarsch werden. Sie bot ihm weder an, ihn hinzufahren, noch sonst irgendetwas. Dabei sehnte er sich so sehr danach, von ihr einfach nur in die Arme genommen zu werden. Doch Mutter wandte sich wortlos und ohne ihn eines weiteren Blickes zu würdigen von ihm ab.

In La Romana hatte seine Welt wenigstens einen Rhythmus gehabt, aber hier war sie trostlos.

13 RICHARD

Nach dem Coburger Schlossplatzfest, Montag

Als Erstes öffnete Richard die Fenster des Büroraumes und ließ die Tür offen, damit zumindest ein leichter Luftzug entstand. Es war ein typischer Juli in diesem Jahr: Es regnete und blieb kühl, wenn man im Freien etwas vorhatte, und es wurde heiß und sonnig, sobald man arbeiten musste. Eine Klimaanlage wäre hilfreich gewesen, aber es würde eher Weihnachten auf Neujahr fallen, bevor dafür Gelder bewilligt würden.

Jan winkte ihm mit einer Colaflasche zu, in der anderen Hand hielt er eine Tüte mit dem bekannten M darauf. Hinter ihm kam Peter herein, blass um die Nase und ebenfalls mit einer Tüte derselben Fastfoodkette bewaffnet.

»Nanu«, sagte Richard, »ich denke, du bist krank.«

»Geht scho' wieder. Vor lauter Langeweile hab ich mich entschlossen, wieder g'sund zu werden.«

»Und das sagt einer, der stundenlang auf den Schwimmer seiner Angel glotzt.«

Peter winkte ab. »Ich glaub, der Jan hat was für dich.«

Jan breitete seine Beute auf dem Schreibtisch aus, nahm einen kräftigen Bissen vom Burger und wischte sich seine Finger ab.

»Mach zu«, sagte Richard. »Ich habe keine Lust, dir beim Schmatzen zuzuhören, oder war's das schon?«

»Natürlich nicht.« Mit deutlichem Stolz drehte Jan den Flachbildschirm auf seinem Schreibtisch so, dass Richard ihn besser sehen konnte. Er zeigte einen gut aussehenden Mann mit weißer Kapitänsmütze vor einem Segelboot, im Hintergrund türkisfarbenes Wasser, eine Landzunge mit weißem Sandstrand und Palmen. Wie aus dem Urlaubskatalog.

»Wow. Ist das Felix Hauptmann?«

»Die beiden scheinen echt Kohle zu haben«, sagte Peter. »Gehört ihm die Yacht?«

Jan nickte. »Er vermietet sie für Segeltörns in der Karibik.«

»Dann isser wohl doch net so reich.«

»Warte.« Jan holte ein anderes Bild auf den Bildschirm. Google Earth zeigte ein Haus mit Pool, Palmen, mehreren Garagen. »Ihr Wohnhaus bei La Romana, ein Touristenort in der ›Dom Rep‹.«

»Donnerwetter«, entfuhr es Richard.

»Das Haus ist auf deren Namen eingetragen.«

»Woher weißt du das?«

»Muss man ein bisschen tricksen. Ich hab im ›Oficina de Registro de Títulos‹ nachgesehen. Sie haben die Villa erst kürzlich gekauft.«

Richard nickte, denn er verstand genug Spanisch, um zu wissen, dass es sich dabei um das Grundbuchamt handelte. »Und was ist mit Felix Hauptmann?«

»Der hat bei unserem Einwohnermeldeamt den Wohnsitz in der ›Dom Rep‹ angegeben.«

»Sonst noch was?«

»Maria Dolores Enrico besitzt eine Firma namens ›Domingo-Invest‹ mit Sitz in Santo Domingo. Ein Beratungsunternehmen für Firmengründer.«

»Damit kann man dort Geld verdienen?«, fragte Peter.

»Offensichtlich genug.« Richard überlegte, was er sich unter einer solchen Firma vorzustellen habe. Maxis Bemerkung über die Verwicklung einer Coburger Firma mit der Dominikanischen fiel ihm ein. »Weitere Informationen?«

»Nicht viel. Keine Einträge über Vorstrafen. Die beiden sind sauber. Soll ich eine Interpolanfrage abschicken?«

»Mach das. Hast du herausgefunden, welche Verbindung die zwei zu Coburg haben?«

»Nur bei Felix Hauptmann. Er ist in Kronach geboren und aufgewachsen, also ganz in der Nähe. Vater Alfons, Mutter Gerlinde, Bruder Walter.«

Peter kratzte sich im Genick. »Hm.«

»Juckt es dich oder denkst du nach?«, fragte Richard.

»Letzteres. Alfons Hauptmann. Ich glaub, den kenn ich.«

»Hätte mich gewundert, wenn nicht.«

Peter hörte auf, sich zu kratzen. »Genau. Ein Alfons Hauptmann angelt bei uns im Verein.« Er nickte, wie um sich selbst zu bestätigen. »Der wohnt jetzt in Neustadt und is g'schieden. Da war noch was, aber des fällt mir im Moment net ein.«

Jan vertiefte sich wieder in seinen Bildschirm. »Ich hab's«, sagte er nach Kurzem. »Alfons Hauptmann in Wildenheid.« Er nannte Straße und Hausnummer.

»Was noch?«

»Hauptmann hat bis zum nächsten Sonntag einen schwarzen Porsche gemietet, was auch dem Abflugdatum auf den Tickets entspricht. Und einen anderen Flug hat er nicht gebucht.«

Richard klopfte Jan auf die Schulter. »Wenn du so weitermachst, wird noch was aus dir. Ich werde jetzt dem alten Hauptmann mal einen Besuch abstatten.«

»Kann ich mit?«, fragte Peter.

»Von mir aus, aber kotz mir den Wagen nicht voll.«

»Ich kann ja die Burgertüte mitnehmen.«

»Irgendeinen Auftrag für mich?«, fragte Jan.

»Lass den Pass des Opfers überprüfen und finde raus, ob sie irgendwann einmal anders geheißen hat.«

»Okay, Boss.«

Als Richard aufblickte, sah er Maxi mit verschränkten Armen an der Wand stehen. Dass Jan ihn mit »Boss« angesprochen hatte, musste sie kränken, trotzdem würde er das nicht korrigieren. »Dann fühlen wir dem Herrn Hauptmann mal auf den Zahn«, sagte er zu ihr.

Alfons Hauptmanns Häuschen im Neustadter Ortsteil Wildenheid war anzusehen, dass es schon vor der Teilung Deutschlands erbaut worden war. Es war recht unscheinbar: Spitzdach, eineinhalb Stockwerke, überdachte Eingangstür. Der Weg zum Eingang war mit grauen quadratischen Steinen gepflastert und der von einem Jägerzaun umgebene Garten sah aus, als wäre er mit der Nagelschere bearbeitet worden.

Peter hatte sich während der Fahrt ungewöhnlich wortkarg gegeben, und als Richard nun vor dem Haus anhielt, sagte er: »Irgendwas war mit den Hauptmanns.«

»Das hast du schon mal gesagt. Wenn es was Kriminelles war, werden wir es rauskriegen.«

»Des ist a komischer Kauz. Wenn du dem blöd kommst, schmeißt er uns hochkantig raus. Am besten, du lässt mich reden.«

»Dann mach mal.« Richard schälte sich aus dem Wagen, folgte Peter durch die geöffnete Gartentür und schloss sie hinter sich. Im Gebüsch neben ihm raschelte es.

Ein älterer Mann mit Strohhut und Gärtnerschürze richtete sich auf, in der Hand ein Schäufelchen, an dem schwarze Erde klebte. Er stutzte und zog die Nase hoch. »Was wollt ihr? Wir nix kaufen.«

»Mensch, Alfons, schau ich aus wie a Hausierer?«, sagte Peter, der seine Handflächen dem Mann zeigte. »Kennst mich nimmer?«

Alfons Hauptmann kniff die Augen zusammen. »Ach, der Peter. Was machst'n du hier, und wer ist des da?« Die Schaufel deutete auf Richard und verlor dabei den letzten Dreckklumpen.

»Des ist mei' Chef«, sagte Peter.

»Und?«

Peter warf Richard einen Blick zu, der ihn warnen sollte. »Von dir woll'n wir nix, wir komm' wegen dem Felix«, sagte er vorsichtig. »Isser da?«

Der Mann fixierte weiterhin Richard. Gleich würde die Schaufel geflogen kommen. »Nee, ich bin allein.«

»War der Felix vor Kurzem amal hier?«

»Was wollt ihr von dem? Der war scho' a halbe Ewichkeit nimmer bei uns. Ihr geht jetzt besser. Wenn die Nachbarn mitkrieg'n, dass die Bullen bei mir warn, geht des gleich im ganzen Dorf rum.«

Jemand, der ihn so titulierte, stand bei Richard auf der Abschussliste. »Ist Felix dort drinnen?«

»Wie oft denn noch …«

Richard holte seinen Ausweis hervor und hielt ihn seinem Gegenüber vor die Nase. »Ihr Sohn könnte ein wichtiger Zeuge sein. Wir können uns hier in aller Freundschaft über ihn unterhalten oder Sie in einem Streifenwagen zu unserer Dienststelle nach Coburg bringen lassen. Sie haben die Wahl. Also?«

Hauptmann biss sich auf die Unterlippe. »Felix war scho' seit fast zwanzich Jahren nimmer bei mir. Der schuldet mir noch 40.000 Mark. Deswegen traut er sich nimmer her. Hat er was ausgefressen? Ist er überhaupt in Deutschland?«

»Er war in Coburg.«

Die Schaufel fiel ins Gras. »Mich leckst am Arsch. Und warum hat er sich net bei mir gemeldet?«

Die Frage hatte er zuvor schon selbst beantwortet, aber anscheinend überwog die Vaterliebe die Liebe zum Geld. »Wir wissen nur, dass er mit einer gewissen Maria Enrico in einem Coburger Hotel übernachtet hat.«

»Und wer soll des sein?«

»Das wollen wir von Ihnen wissen. Die Frau stammt aus der Dominikanischen Republik.«

»Nie gehört, den Namen. Aber der hat scho' immer auf südländische Weiber g'standen.«

»Haben Ihre beiden Söhne sich getroffen?«

»Des müsst ihr den Walter scho' selber fragen. Mir hat er jedenfalls nix erzählt. Die zwei konnten sich noch nie riechen.«

»Wo ist der Walter jetzt?«

»Auf der Arbeit, wo sonst?«

»Bei welcher Firma?«, fragte Peter.

»Beim Willi in Neustadt. Der repariert Autos und alles, was sonst noch fährt. So, jetzt reicht's. Von wegen Freund und Helfer. Von euch hab ich die Schnauze voll. Runter von mei'm Grundstück.«

14 MAXI

Nach dem Coburger Schlossplatzfest, Montag

Trotz der geöffneten Fenster staute sich die Hitze in Maxis Büro. Sie hing ihren Gedanken nach, in denen Levin immer mehr Raum beanspruchte, meistens, weil sie sich über ihn ärgerte. So auch jetzt. Es war kaum möglich, dass Vater und

Levin sich kannten, denn Vater war beim KSK in Afghanistan gewesen, während Levin einer regulären Einheit des Kontingents angehört haben musste. Was war nur in sie gefahren, ihn mit ihren privaten Problemen zu belästigen?

»Wir haben eine heiße Spur«, sagte die Wallner, die urplötzlich in der Tür stand.

»Zu was?«, fragte Maxi verwirrt.

»Na, zu der Vergewaltigung nach dem Samba-Festival.«

Mit ihrer leicht vorgeschobenen Unterlippe sah die Wallner fast ein wenig beleidigt aus – und das zu Recht. Wie konnte Maxi nur vergessen, an was die Wallner derzeit so hartnäckig arbeitete? Ein betrunkenes Mädchen war im Hofgarten vergewaltigt worden und nach dem Leichenfund im Herzog-Alfred-Brunnen, knapp eine Woche später, rumorte es in der Gerüchteküche gewaltig.

»Entschuldigung, ich war in Gedanken woanders«, sagte Maxi. Sofort überkamen sie Zweifel, ob das angemessen gewesen war oder ob sie nicht besser die Emotionen ihrer Mitarbeiter ignorieren sollte. Schließlich war sie dazu da, sie zu führen und nicht um auf deren Befindlichkeiten Rücksicht zu nehmen. »Was genau haben Sie herausgefunden?«

»Wir haben einen Zeugen, der zur fraglichen Zeit einen Mann im Hofgarten gesehen haben will. Eine Personenbeschreibung haben wir: Mitte 30, mittelgroß, schwammiges Gesicht, gelbes Shirt, auf dem vorne was drauf ist.« Wallner zuckte mit den Schultern. »Außerdem helle Shorts, weiße Socken bis zur Wade, Schlappen.«

Eine merkwürdige Ansammlung von Details. »Und das alles will der Zeuge nachts im Dunkeln gesehen haben?«

»Er behauptet, eine benachbarte Straßenlaterne hätte genügend Licht gespendet. Der fragliche Mann hätte sich auffällig benommen, und sich in die Büsche verdrückt, wenn jemand kam.«

»Reicht es für eine Zeichnung?«

»Wir arbeiten daran.«

»Hat er sonst noch etwas gesehen?«

Nadine Wallner lächelte kurz. »Der Mann hätte Frauen beobachtet.«

»Aha. Vielleicht eher ein Spanner oder Exhibitionist?«

»Sieht so aus. Ich werde das Gefühl nicht los, dass der Zeuge selbst einer ist.«

Maxi verstand. »Solange er davon ausgeht, dass wir ihm nichts anhängen wollen, wird er kooperieren.«

»Gut«, sagte die Wallner und nickte. »Da ist noch etwas. Der Zeuge war auch beim Schlossplatzfest unterwegs.«

»Da schau einer an. Und hat dort denselben Mann gesehen?«

»Er ist sich nicht sicher, meint aber, dass er es gewesen sein könnte. Deshalb habe er sich gemeldet, weil ihm das verdächtig vorgekommen wäre.«

»Das könnte ein wichtiger Hinweis sein. Oder der Zeuge ist unser Mann? Soll schon vorgekommen sein, dass jemand Storys erfunden hat, um von sich selbst abzulenken.«

»Auch kein schlechter Gedanke.«

»Ich werde ein Auge auf ihn haben.« Nach einem kurzen »Ciao« verließ die Wallner Maxis Büro. Reichte das soeben Gehörte aus, um einen Durchbruch in beiden Fällen zu erzielen, oder wäre es nur ein Schuss in den Ofen? Mangels Erfahrung hatte sie in der Vergangenheit mit ihren Einschätzungen mitunter danebengelegen. Deshalb war es zu früh, um euphorisch zu sein, zumal Zeugen oft Dinge sahen, die sich im Nachhinein als falsch herausstellten.

Maxi wandte sich ein paar E-Mails zu, die beantwortet werden mussten, doch ihre Gedanken schweiften immer wieder zu Levin und ihrem Vater ab. Insgeheim musste sie Levin zustimmen, dass es die Entscheidung ihres Vater war, ob er sich öffnen wollte oder nicht. Er hatte dem KSK seit dessen Gründung angehört und über seine Tätigkeiten dort stets Stillschweigen bewahrt.

Ein Telefonanruf auf ihrem Privathandy riss sie aus ihren Überlegungen: Mutter. Das konnte nur etwas Schlechtes bedeuten, da sie normalerweise nicht während der Dienstzeit anrief.

»Vater ist gestürzt. Ich musste ihn ins Krankenhaus bringen«, sagte Mutter aufgeregt.

Maxi sprang auf. Von Coburg nach München zu ihren Eltern würde sie knapp drei Stunden brauchen. »Wie schlimm?«

»Er hat sich den Arm gebrochen.«

Die Verletzung war bestimmt sehr schmerzhaft. Maxi schloss die Augen. Mutter würde Hilfe beim Versorgen ihres Mannes brauchen. Die Sorgen wurden nicht weniger. »Wie ist das passiert?«

»Du kennst ihn doch. Er ist einfach zu stolz, um sich bei irgendetwas helfen zu lassen.« Mutters Stimme kippte ins Weinerliche. Ihr Mann war der geborene Befehlshaber, der selbst in einer hoffnungslosen Lage niemals aufgeben und eine falsche Entscheidung unter keinen Umständen zurücknehmen würde. Jahrelang war er mehr im Einsatz als bei seiner Familie gewesen und Mutter hatte lernen müssen, mit den Problemen des Alltags allein fertigzuwerden. Nun saß Vater die ganze Zeit zu Hause, und die beiden ließen ihren Ärger und Frust aneinander aus.

Er musste schwer gestürzt sein, und Maxi war froh, nicht

dabei gewesen zu sein. Vater war auf der erhöht angelegten Terrasse mit seinem Rollstuhl an einem Stein hängen geblieben. Bei dem Versuch, wieder freizukommen, war er mit einem Rad auf weichen Untergrund gekommen. Der Rollstuhl war gekippt und mit ihm die Böschung hinabgestürzt.

»Soll ich heimkommen?«, fragte Maxi, obwohl sie die Antwort bereits kannte.

»Nein, nicht nötig.«

»Wirklich nicht?«

»Für einen Tag lohnt sich das kaum. Er wird gerade ambulant versorgt, und dann werden sie ihn nach Hause entlassen.«

Kopfschmerzen setzten ein, obwohl in Coburg kein Föhn herrschte. »Halte mich auf dem Laufenden«, bat sie Mutter, bevor sie auflegte.

Sie brauchte jetzt dringend Ruhe und einen Cappuccino. Im Küchenraum stand eine Kaffeemaschine. Kaum zurück, schob sich der Kollege Schultz breit grinsend durch die Tür und ließ sich auf den Stuhl auf der anderen Seite ihres Schreibtisches fallen.

»Na, Frau Kollegin, was gibt es Neues im Fall Ihrer Dominikanerin?«, fragte er mit seinem sonoren Bass.

Widerstand regte sich in ihr. Wie sollte es so schnell was Neues geben? Die Besprechung war erst vor einigen Stunden gewesen.

»Nichts«, sagte sie spitz. »Die Kollegen sind noch unterwegs.«

»Schade.«

»Wir lassen ihren Pass überprüfen.«

»Bin gespannt, was dabei herauskommt.«

»Wir auch.«

»Informieren Sie mich bitte über das Ergebnis. Wie Sie

wissen, ermitteln wir mit den Kollegen von der Steuerfahndung ebenfalls in Richtung Dominikanische.«

»Selbstverständlich. Das Thema wird sowieso in der Kripo-Besprechung behandelt werden.«

Er nickte und erhob sich langsam. »Sie sind neu hier. Lassen Sie sich von den Kollegen nicht auf der Nase herumtanzen.«

»Meinen Sie jemand Bestimmten?«

Schultz kräuselte seine Lippen. »Sie wissen, wen ich meine.«

15 RICHARD

Nach dem Coburger Schlossplatzfest, Montag

Richard überließ Peter das Fahren, denn der kannte sich in der Gegend besser aus. Hinter Neustadt bog er nach rechts Richtung Sonneberg ab und hielt nun auf den Muppberg zu, einen Inselberg, der vom Prinzregententurm gekrönt wurde. Das um die Jahrhundertwende entstandene Bauwerk war Kaiser Wilhelms Erbprinzen gewidmet. Später hatte man eine nette Gaststätte daneben gebaut. Für jeden Neustadter war ein Ausflug dorthin ein Muss, während die Coburger nur gelangweilt abwinkten, hatten sie doch ihre Veste, die deutlich größer und bedeutsamer war als ein einzelner Turm.

»Warst schon mal da oben?«, fragte Peter.

»Klar. Und du?«

»Aus Versehen, mit mei'm Angelverein. Nach dem Aufstieg schmeckt des Bier b'sonders gut.«

Das konnte er sich lebhaft vorstellen. Sie wollten die Kfz-Werkstatt aufsuchen, in der Walter Hauptmann arbeitete, und Richard zweifelte keine Sekunde daran, dass Peter deren Inhaber Willi kannte. Doch an der nächsten Kreuzung zögerte Peter.

»Sag bloß, du weißt nicht, wohin?«, stichelte Richard.

»In Neustadt gibt's mehr als nur einen Willi.«

»Mit einer Kfz-Werkstatt? Wie heißt der gute Mann eigentlich mit Nachnamen?«

»Hm. Fällt mir g'rad net ein. Da vorn ist es, gleich an der früheren Grenze zur ehemaligen DDR.«

Von der nichts mehr zu sehen war. Nahtlos gingen die Wiesen und Felder ineinander über. Die Neustadter hatten die Grenze aus nächster Nähe erlebt. Nur Meter hatten sie vom Todesstreifen getrennt. Mittlerweile hatte Richard gelernt, dass sich die Neustadter von jeher mehr mit dem benachbarten Sonneberg als dem weiter entfernt gelegenen Coburg verbunden fühlten.

»Ich war elf Jahre alt, als die DDR aufgelöst wurde«, sagte Richard.

»Und ich vier.« Peter hielt vor einem Haus mit einer kleinen Werkhalle daneben, vor der ein älterer Mann mit einem ölgetränkten Putzlappen in der Hand neben einem rostigen Traktor stand. Der Mann war zu alt, um der Gesuchte zu sein.

»Das ist der Willi«, sagte Peter. »Der angelt und renoviert Traktoren.«

»Hier angelt anscheinend jeder? Damit erübrigt sich die Frage, woher ihr euch kennt. Was war nun mit dem Walter?«

»Da gibt's 'ne Geschichte, aber der muss ich erst nachgehen. Der Walter soll vor zwei Jahren aus der ›Dom Rep‹ zurückgekommen sein, wo er lang g'lebt hat.«

»Das könnte wichtig sein. Irgendeine Ahnung, was er dort getrieben hat.«

»Nee, aber der Alfons, sei' alter Herr, soll net b'sonders glücklich über sei' Rückkehr g'wesen sein.«

Das war merkwürdig, denn normalerweise freute sich ja ein Vater, wenn er seinen Sohn wiedersah. Würde sich sein eigener Vater freuen? Richard zögerte mit der Bejahung, denn er fürchtete sich fast vor einer Begegnung nach alldem, was er seinem alten Herrn an den Kopf geworfen hatte.

Sie stiegen aus.

»Guten Tag. Das ist doch ein altes DDR-Modell?« Richard deutete auf den Traktor.

Willis Gesicht erhellte sich. »Ein Aktivist RS03. Nix B'sonders, a Standardmodell in Blockbauweise.« Er wischte die Hände an seinem Overall ab, der Spuren seiner Tätigkeit zeigte.

»Toll, dass es so was noch gibt.«

»Einen ›Fortschritt‹ findet man noch öfter. Was wollt ihr? Ihr seid doch bestimmt net wecha dem Traktor hergekomm'.«

»Wir haben nur ein paar Fragen an Walter Hauptmann.« Richard fingerte nach seinem Ausweis. »Der soll hier arbeiten.«

Willi winkte ab. »Weiß scho' B'scheid. Ihr seid von der Kripo. Der Alfons hat ang'rufen. Der Walter is hinten in der Werkhalle. Hat er was ausg'fressen?«

Walter Hauptmann schien sie erwartet zu haben. Er war Mitte 40, mittelgroß, hager, hatte scharfe Linien im Gesicht und hielt ebenfalls einen Putzlappen in der Hand. Seine Hände zitterten, der Blick war unruhig. Der Mann hatte Angst. Sofort kroch Misstrauen in Richard hoch. Viele Menschen reagierten nervös, wenn sie es mit der Polizei zu tun bekamen, selbst wenn sie nichts auf dem Kerbholz hatten. Doch das hier war etwas anderes. Der Mann zeigte die Angst eines Verbrechers, der wusste, dass sie ihm auf die Schliche kommen würden.

Peter stellte sie beide vor und zückte seine Dienstmarke.

Walter blinzelte. »Mein Vater hat sie angekündigt.«

»Hat er Ihnen auch gesagt, was wir von Ihnen wollen?«, fragte Richard und fixierte den Mann, der einen Schritt zurückwich.

»Nein.«

»Wir brauchen ein paar Auskünfte über Ihren Bruder Felix.«

Walter stutzte, seine Augenbrauen trafen sich. »Fe... Felix?« Er spuckte den Namen förmlich aus. »Von dem weiß ich nichts.«

»Wir suchen ihn als Zeugen.«

»Den werden Sie hier nicht finden.« Walter senkte die Schultern. Er entspannte sich offensichtlich, da es nicht um ihn ging. »Seit wann kümmert ihr euch um eine Sache, die vor Jahren in der ›Dom Rep‹ passiert ist?«

Also doch. Walter hatte nicht zum ersten Mal mit der Polizei zu tun. »Tun wir nicht. Es geht um etwas, was hier geschehen ist.«

»Da seid ihr umsonst hergekommen. Meines Wissens lebt er nach wie vor in der Karibik. Macht dort irgendwas mit Segeln oder so.«

»Wie lange schon?«

»Soviel ich weiß seit einigen Jahren. Sie sprechen mit dem Falschen. Ich muss zurück an meine Arbeit.«

»Wann haben Sie ihn das letzte Mal gesehen?«

»Vor 17 Jahren«, sagte Walter scharf.

Seiner Reaktion nach musste zwischen ihm und seinem Bruder einiges vorgefallen sein. »Seitdem nicht mehr?«

Walter legte den Kopf schief, die Augen zusammengekniffen. »Nein.«

Was ging in dem Mann vor? Auch Peter schien Zweifel an seiner Aussage zu haben, denn er sagte: »Sie war'n doch auch in der ›Dom Rep‹ und sin' erst vor zwei Jahren zurückgekomm'. Da habt ihr euch doch bestimmt getroffen.«

Walter lachte hämisch auf. »Stimmt, ich war auch dort. Was aber nicht heißt, dass ich ihn zu Gesicht bekommen habe. 15 verdammte Jahre nicht. Aber das werdet ihr schon noch rausbekommen.«

Gefängnis, schoss es Richard durch den Kopf. Er hatte einen ehemaligen Knastbruder vor sich. Das würde sein Verhalten erklären. Einmal Verurteilte entwickelten während der Verbüßung ihrer Strafe häufig eine permanente Angst vor der Polizei. »Von Ihnen wollen wir nichts, Herr Hauptmann.« Fast hätte er ein »noch« hinzugefügt, denn sein Instinkt sagte ihm, dass es nicht bei dieser einen Begegnung bleiben würde. »Felix ist in Deutschland. Wussten Sie das?«

Walter starrte ihn an. »Nein. Und wo da?«

»Erst letzte Woche war er in einem Coburger Hotel zu Gast; zusammen mit einer Maria Enrico. Kennen Sie eine Frau mit diesem Namen?«

Langsames Kopfschütteln, die Knöchel seiner Hand, die den Putzlappen umfassten, wurden weiß. »Sagt mir nichts. Wird seine Lebensgefährtin sein. Felix war schon immer ein Weiberheld, und daran wird sich bis heute nichts geändert haben.«

Das Letzte glaubte Richard ihm. Und auch, dass er die Tote nicht gekannt und seinen Bruder im Ausland gewähnt hatte. Er verabschiedete sich von ihm und ging mit Peter zum Wagen zurück. Als er sich umdrehte, blickte Walter ihnen immer noch hinterher.

»Ein Ex-Knacki«, sagte Richard im Auto zu Peter.

»Meinste?«

»Ganz sicher. Prüf das mal nach. Mit den Brüdern stimmt was nicht.«

»Also ich hab nix bemerkt. Normalerweise spür ich des im Urin, wenn was faul is'.«

»Ich weiß nicht, wo bei *dir* das Hirn sitzt, bei mir jedenfalls im Kopf.«

»Ich red vom Bauchgefühl.«

»Das hat man auch nicht in der Blase.«

Damit herrschte für den Rest des Rückwegs zur Inspektion Funkstille zwischen ihnen. Richard kam das gelegen, denn so konnte er in Ruhe seinen Gedanken nachhängen. Erst bei der Auffahrt ins Parkhaus rührte Peter sich wieder. »Eigentlich müsst' ich des wissen, wenn der Walter im Knast war.«

»Stimmt.«

Die Daten trafen postwendend ein und waren so verblüffend, dass Richards Hand, die den obligatorischen Nachmittagskaffee zum Mund führen wollte, auf halbem Weg innehielt. Er starrte auf den Bildschirm. »Donnerwetter.«

»Bin ganz Ohr«, meinte Peter. »In unserer KAN ist nichts vermerkt.«

»Dort nicht, aber INPOL hat was. Eingesessen in La Romana, DR. 15 Jahre wegen Mordes an seiner Frau, Melinda Hauptmann, geborene Schuster. Vor 17 Jahren war das bereits. Er soll sie erschlagen und dann ins Meer geworfen haben.«

»Wieso *soll*?«

»Die Leiche wurde nie gefunden. Es geht noch weiter, und das ist der Hammer. Walter war einer von uns: Polizeimeister in Coburg.«

Jan gesellte sich zu ihnen und baute sich hinter ihm auf. »Wow.«

»Kannst du mehr Details über ihn herausfinden, Jan? Der Kurzeintrag gibt leider nicht mehr her.«

»Ich versuch's mal.«

»Notfalls müssen wir uns an die Botschaft wenden.«

»Wir könnten vor Ort recherchieren«, schlug Peter feixend vor.

»Auf einem hochseetauglichen Angelboot vermutlich?« Der Gedanke war verlockend. Urlaub, vielleicht eine karibische Schönheit kennenlernen, den Bürokram hinter sich lassen und machen, was man wollte.

»Ich möchte auch mit«, sagte Jan.

»Klar, wir machen einen Abteilungsausflug. Jetzt müssen wir nur noch unsere Madame davon überzeugen, dass wir uns den verdient haben.«

»Wovon soll *Madame* überzeugt werden?«, fragte Maxi. Sie stand plötzlich mitten im Raum.

»Dass wir alle in die ›Dom Rep‹ fliegen.« In knappen Worten klärte er sie über Walters Vorgeschichte auf.

»Das könnte euch so passen«, sagte sie.

Peter verdrehte die Augen.

»War nur ein Scherz«, sagte Richard entschuldigend.

»Das war mir klar. Übrigens, wenn einer fliegt, dann ich – und zwar allein. Halten Sie mich auf dem Laufenden, was Ihre Ermittlungen hier vor Ort ergeben.« Abrupt drehte sie sich um und verließ den Raum.

16 WALTER

Zwei Jahre vor dem Coburger Schlossplatzfest
Neustadt bei Coburg im Mai

Ein Lastwagenfahrer hatte sich Walter erbarmt und ihn in Mitwitz bei strömendem Regen aufgelesen und bei Neustadt an einem Kreisverkehr abgesetzt, den es zu seiner Zeit noch nicht gegeben hatte. Die Umgebung schien dichter bebaut zu sein als früher. Wasser rann ihm in den Kragen, seine Klamotten waren durchweicht, die Schuhe gaben beim Laufen schmatzende Geräusche von sich. Trotzdem mochte er das Wetter, genoss es geradezu, den Regen auf der Haut zu spüren. 15 Jahre lang hatte er Regen nur durch vergitterte Fenster gesehen.

Dem Verwaltungsgebäude des Glasfaserwerks fehlte das Firmenlogo Siecor und dem des benachbarten Kabelwerks das von Siemens. Stattdessen stand jetzt »Corning« dort. Was war passiert? Vater hatte damals im Siemens-Kabelwerk gearbeitet und für die Position eines Gruppenleiters im Drahtwerk den Anfahrtsweg von Kronach in Kauf genommen. Ob er seinen Job noch hatte? Ein Zaun trennte jetzt das alte Fabrikgelände in zwei Teile. Seit 1937 hatte das Werk Starkstrom- und Nachrichtenkabel produziert. Erstaunlich, was sich in der Zwischenzeit alles geändert hatte.

Er marschierte am Werkszaun entlang Richtung Stadtmitte. Sein Ziel war der Ortsteil Wildenheid, der am anderen Ende lag. Viel wusste er von Neustadt nicht, nur dass es nicht viel hergab, weil es zu lange Zeit direkt vor dem Eisernen Vorhang gelegen war. Er war in Kronach aufgewachsen und hatte seine Großeltern in Wildenheid nur selten besucht. Seine Mutter vertrug sich nicht mit ihrer Schwiegermutter.

Doch auch in Neustadt sah er Veränderungen: Es gab mehr Verkehr als früher. Dort hinten ging es zum Bahnhof, zur Realschule und zum Arnold-Gymnasium. Und hier in einer Kneipe hatte es mal eine Rauferei gegeben, als er noch mit dem Kollegen Heinlein Streife gefahren war. Wenn Heinlein bis heute bei der Polizei sein sollte, musste er inzwischen befördert worden sein. Auf der linken Straßenseite lag das Altenheim der AWO, und dahinter musste er links abbiegen, um nach Wildenheid – oder, wie die Einheimischen sagten, Willhäd – zu gelangen.

Wie würde er empfangen werden? Wohin sollte er gehen, falls Vater ihm die Tür wies, wie es Mutter getan hatte? Walter verlangsamte seine Schritte. Wie viel von dem Kommenden würde er ertragen können?

Die Dunkelheit brach bereits herein, als er endlich Vaters neue Adresse erreichte. Wenigstens hatte es zu regnen aufgehört. Im Haus brannte Licht, davor stand ein alter Opel, der Garten machte einen gepflegten Eindruck; eindeutig Vaters Werk. Felix hatte ihn und seine Ordnungsliebe nicht ausstehen können, Walter ihn nur mit Mühe erduldet.

Lebte Felix inzwischen in Deutschland? Vielleicht sogar hier? Auf eine Begegnung mit ihm war er nicht vorbereitet.

Walter betrat den Weg zu dem einfachen Häuschen, klingelte an der Haustür und wartete mit immer enger werdenden Kehle.

Schritte waren zu hören. Die Tür sprang auf, und dann stand er vor ihm – starr und stumm.

»Vater, bitte«, sagte Walter und schluckte den Kloß im Hals runter. »Ich weiß nicht, wohin.«

Immer noch sprachlos trat Vater zur Seite und ließ ihn ein. »Da lang«, sagte er rau und zeigte auf das Ende des Flurs.

»Darf ich?« Walter öffnete die tropfnasse Jacke und hing sie an der Garderobe auf. Das Wohnzimmer war im Stil der 50er-Jahre eingerichtet. Es roch nach Zigarettenrauch und Bier, und auf dem Wohnzimmertisch lag in einem Karton eine halbe Pizza. Walters Magen meldete sich, in seinem Mund sammelte sich Speichel. Seit seiner Ankunft auf dem Flughafen hatte er nichts mehr gegessen.

»Setz dich«, sagte Vater. »Hast du Hunger?«

»Sehr sogar.«

»Dann iss.«

Das ließ sich Walter nicht zweimal sagen. Die Pizza schmeckte fettig und war kalt. Im Gefängnis hatte es eine einfache Variante davon gegeben, so oft, bis sie ihm zu den Ohren herausgekommen war. Egal, diese hier wanderte mitsamt den Peperoni rein, denn scharfes Essen war er gewohnt. Durstig griff er nach der nasskalten Bierflasche, die ihm Vater reichte. Welch köstlicher, lang entbehrter Geschmack.

Langsam fühlte er sich wieder wie ein Mensch. Er wischte sich die Finger an der Hose ab.

»Wie war's damals wirklich?«, fragte Vater.

»Da gibt es nicht viel zu erzählen. Keine Ahnung, was passiert ist. Ich weiß es nicht. Melinda wurde nie gefunden.« Ein Gefühl der Trauer schnürte seinen Brustkorb ein, er verstand nicht, was ihm damals widerfahren war. »Und sonst: verurteilt, eingebuchtet, vergessen. Bis gestern. Da haben sie mich aus dem Land geworfen.« Er lachte trocken. »Mit nichts als 100 Euro.«

»Des is net viel. Des langt net lang.«

»Wo soll ich hin?«

»Warst du bei deiner Mutter?«

Walter bejahte. »Ihr seid nicht mehr zusammen?«

»Sie hat 'nen Neuen. Hat net verkraftet, dass du a Mörder bist und Felix nimmer kommt.«

»Wieso das denn?«

»Felix hat g'sagt, dass er mit uns nix mehr zu tun haben will. Sie schiebt des auf dich, wegen der Schande und dem Unglück, des du uns gebracht hast.«

Der Vorwurf schmerzte, aber auf eine Verletzung mehr oder weniger kam es auch nicht mehr an. »Warum hast du dich nie gerührt?«

Vater zuckte die Schulter und hob die Hände in einer hilflosen Geste. »Wie denn? Zuerst gab's ein Riesendurcheinander, weil des keiner glauben konnt'. Dann kamen die Reporter und die Nachbarn, die alle wissen wollten, warum du se umgebracht hast.«

»Ich habe sie nicht …«

Vater winkte ab. »Is auch egal. Jedenfalls wurd' mir des alles zu viel. Ich konnt' net amal mehr zu mei'm Stammtisch, weil die andauernd blöde Fragen g'stellt ham. Gerlinde war richtig hysterisch. Und auf der Arbeit … Na ja, überall desselbe Theater.«

»Was ist da eigentlich passiert? Das Siemens-Schild fehlt.«

»Die ham des Werk verkloppt. Eine Hälfte ging an die Itaker, die andere an die Amis. Mit ei'm Schlag ham se 2.000 Leut' auf die Straß' g'setzt. Nur 1.000 ham überlebt.«

»Und du?«

»Mich ham se in den Vorruhestand g'schickt.« Vater griff zur Bierflasche. »Zuerst des mit dir, dann hat mich die Gerlinde 'nausg'schmissen, weil des Haus ihren Eltern g'hört hat, und am Ende des mit der Firma.«

Hoffnungslosigkeit breitete sich in Walter aus. Er kannte dieses Gefühl zur Genüge, hatte es in all seinen Variationen erlebt. Für eine Weile herrschte zwischen ihnen Schweigen, bis sich ihm eine Frage aufdrängte, die er loswerden musste. »Was ist mit Melindas Familie?«

Vater schnaubte. »Die war'n total fertig. Der alte Schuster hat gedroht, dich zu erschießen, wennste noch amal auftauchst.«

Melindas Vater war Jäger und hatte als solcher Waffen im Haus. Er war ein komischer Kauz, mit dem nicht zu spaßen war, während seine Frau ein Schatz war.

»Sei Alte is' letztes Jahr g'storben. Angeblich an gebrochenem Herzen, aber in Wirklichkeit hat se Krebs g'habt. Die is' nie über den Tod ihrer Meli hinweggekomm'. Für den alten Schuster war des alles zu viel, der säuft bloß noch. Nur die Ulla macht noch genauso weiter wie früher.«

»Sie hat mich immer unterstützt. Ich hoffe, sie hasst mich inzwischen nicht.«

»Frag se doch.«

»Hat sie einen Mann gefunden?«

»Die nimmt doch keiner.«

Im Gefängnis hatte es Zeiten gegeben, da hätte er jede genommen. »Ulla hat ein gutes Herz.«

»Nee, die hat Haar auf die Zähn'.«

Die Pizza war aufgegessen, das zweite Bier getrunken. »Hast du etwas von meinen Kollegen gehört?«

»Du meinst wohl von deinen ehemaligen. Nee, nix. Bloß a Schreiben hammer gekriegt, dass de g'feuert bist.«

Das war zu erwarten gewesen. Ulla hatte so etwas angedeutet. »Ich brauche einen Job.«

»Ich auch. Mich will keiner mehr, und du … Des wird schwer.«

»Irgendetwas wird sich finden. Ich kann einfache Arbeiten übernehmen, wie zum Beispiel Abwaschen oder Paletten bauen.«

»Du musst nach Coburch aufs Jobcenter, damit du Hartz IV kriegst, bis du was g'funden hast.«

»Was ist das denn?«

»Des kannste noch net kenn'. Des is Arbeitslosen- und Sozialhilfe für die, die noch arbeiten könn'. Is aber weniger als früher. Zum Sterben zu viel und zum Leben zu wenig.«

Walter fühlte sich mit all dem Neuen überfordert. Die Zukunft erschien ihm immer mehr wie eine riesige schwarze

Wand, die zusammenzubrechen und ihn zu erschlagen drohte, ähnlich dem Albtraum aus seinen Kindheitstagen. »Kann ich eine Weile bei dir bleiben, bis ich wieder Fuß gefasst habe?«

»Von mir aus. Du musst aber was beisteuern. Die lumpigen 400 Euro, die ich krieg, reichen hinten und vorn net. Wenn Opa mir des Häusle net vermacht hätt, säh's zappenduster aus.«

»Danke. Ich schau mal, ob ich die Ulla ausfindig machen kann.«

»Die is in Coburch.« Vater stand auf, schlurfte zur Anrichte und zog eine Schublade auf, der er ein abgegriffenes Notizbuch entnahm. »Des is ihre Nummer. Telefon steht in der Küch'.«

Mit der Wählscheibe und dem schweren Hörer mutete das Gerät vorsintflutlich an. Bevor die Zeit für ihn stehengeblieben war, hatte man mit Tasten gewählt.

Allen Neuerungen zum Trotz wählte das Relikt brav durch, bis das Rufzeichen aus dem Hörer tutete. Schon wollte er auflegen, als es in der Leitung knackte. Sein Hals schnürte sich erneut zu.

»Ja?«, sagte eine weibliche Stimme.

»Spreche ich mit Ulla Schuster?«, fragte er.

»Was wollen Sie von mir?«

Logisch, dass sie misstrauisch war. »Ich bin's, der Walter.«

Es folgte eine Pause. Dann: »Was? Du?«

»Ich …«

»Seit wann bist du draußen?« Ihre Stimme wurde laut. »Du hast es geschafft? Oh Gott!«

Endlich jemand, der sich freute. Er schloss die Augen und genoss es, dass ihn wenigstens einer vermisst hatte.

»Sie haben mich abgeschoben. Gestern bin ich in Frankfurt am Main gelandet.«

»Wahnsinn! Ich freue mich riesig.«

»Du kannst die Überweisungen an das Gefängnis einstellen.«

»Das habe ich nicht gemeint, ich freue mich, dass du da bist. Hast du Zeit? Können wir uns irgendwo treffen?«

»Zeit ist das Einzige, das ich habe.«

»Wie dumm von mir. Du bist bestimmt müde. Wie wär's mit morgen? Morgen Abend? Wo bist du überhaupt? Hast du ein Auto?«

Wie früher überrumpelte Ulla ihn auch heute wieder mit ihrer überschwänglichen Art. Sie war es gewesen, die ihn und Melinda zusammengebracht hatte.

Vaters Opel kam ihm in den Sinn. Aber war sein Führerschein, dieser rosa Lappen mit dem Teenagerpassbild, überhaupt noch gültig?

»Ich bin bei meinem Vater in Wildenheid.«

»Ich hole dich ab«, sagte sie. »Morgen Abend um sieben. Ich lade dich zum Essen ein. Magst du Pizza? Ich freue mich so!«

Er wusste nicht, ob er ihre Freude teilen sollte, denn in ihm herrschte plötzlich eine gähnende Leere, in der kein Platz für Gefühle war.

17 RICHARD

Nach dem Coburger Schlossplatzfest, Dienstag

Endlich hatte er alle derzeit verfügbaren Informationen beisammen und konnte sie bearbeiten. Wie immer ging er dabei systematisch vor, übertrug zuerst seine Notizen und Ergebnisse chronologisch geordnet in eine Excel-Tabelle, ordnete diese der jeweiligen Person zu und legte zu jeder ein File an, weiterhin eins mit offenen Fragen sowie eine Noch-zu-erledigen-Liste. Die war frustrierend lang, während die anderen Tabellen eher dürftig ausfielen. Wichtig war, kein Detail zu übersehen, denn die Vergangenheit hatte ihn gelehrt, dass darin oft die Lösung des Falls verborgen lag.

Für den späten Nachmittag hatte die Frohn eine Zusammenfassung der Ermittlungsergebnisse verlangt. Kriminaloberrat Adler wollte von ihr informiert werden, bevor er in den Urlaub verschwand.

Hinter Jans Bildschirm waren stöhnende und schmatzende Geräusche zu hören, manchmal knurrte der Kollege sogar. Die Geräuschkulisse begann Richard aufzuregen. Zuerst hatte er versucht, sie zu ignorieren, doch jetzt platzte ihm der Kragen.

»Sag mal, was treibst du da eigentlich?«, fragte er und fuhr herum.

Jans Rechte hielt die Maus fest umklammert, seine Linke flog hoch, als wollte er ein Auto stoppen. »Moment. Nicht stören, hab's gleich.«

Das ärgerte Richard noch mehr. Was bildete sich dieser Jungspund eigentlich ein? »Spielst du?«

Jans Linke senkte sich, die Rechte bewegte die Maus in fahrigen Bewegungen hin und her und hielt plötzlich inne. Ein kurzer Blick zu ihm. »Nein, nein.«

Auf ihren Computern waren keine Spiele installiert, aber jemand wie Jan verstand es sicherlich, das System auszutricksen.

»Ehrlich?« Levin stand auf.

»Sorry, ich habe nur was probiert.«

»Und was, wenn ich fragen darf?«

Jans Wangen begannen rot zu leuchten. »Nichts Schlimmes.«

»Wie meinst du das?« Richard stellte sich neben ihn und schaute auf die zwei Bildschirme. Zahlenfolgen strömten in einer Matrix darüber, wie in dem gleichnamigen Film. »Hackst du gerade ein externes System?«

»So würde ich das nicht nennen.«

»Wie dann?« Richard deutete auf die Zahlencodes.

»Ach das. Das ist bloß Spielerei.« Jan klickte mit der Maustaste und das Bild verschwand. »Hier. Genau das, wonach wir gesucht haben.«

»Wir suchen eine Menge.«

»Die Details über Walter Hauptmanns Verhaftung und den Prozess. Alles auf Spanisch.«

Richard beugte sich vor. Es handelte sich um schlechte, aber lesbare Ablichtungen von Dokumenten. Viele der Wörter waren ihm unbekannt, doch er konnte zumindest erraten, um was es ging.

»Du kannst Spanisch?«, fragte Jan.

»Mittelprächtig. Reicht gerade, um ein Bier und Tapas zu bestellen.«

»Für so was gibt’s den Google Translator.«

»Also ich benutze lieber mein Hirn als meinen Zeigefinger. Wie bist du an die Dateien gekommen?«

Jan hüstelte. »Ganz legal.«

Wer’s glaubte. Richard fuhr sich über die Schläfe. »Wenn das rauskommt … Ich weiß von nichts.«

»Keine Sorge. Bin doch kein Anfänger. Aber wenn es dich beruhigt: Die Dokumente sind frei zugänglich. Man muss nur wissen, wo sie zu finden sind.«

Ganz glaubte Richard ihm das nicht, ließ es jedoch dabei bewenden. »Drucke alles aus und lass es von einem unserer vereidigten Dolmetscher übersetzen, damit es vor Gericht Bestand hat. Mit Online-Übersetzern kannst du denen nicht kommen.«

Jan nickte eifrig. Nachdenklich ging Richard an seinen Arbeitsplatz zurück. Nach allem, was er gelesen hatte, war Walter Hauptmann aufgrund der Zeugenaussage seines Bruders verurteilt worden. Die Brüder waren mit Walters Ehefrau Melinda auf einem Segelboot unterwegs gewesen und eines Morgens war Melinda mitten auf dem Meer verschwunden. Vorausgegangen sei dem ein heftiger Streit zwischen den Eheleuten. Walter hatte seine Unschuld beteuert. Darüber, was in der Nacht ihres Verschwindens passiert ist, konnte er allerdings keine Angaben machen, da er einen Blackout gehabt habe. Deshalb hatte Felix’ Aussage letztendlich schwerer gewogen. Kein Wunder, dass Walter nichts mehr mit seinem Bruder zu tun haben wollte.

Zeit, der Frohn die gewünschten Informationen zu geben. Richard griff nach den Ausdrucken der Dokumente und marschierte damit zu ihrem Büro. Sie telefonierte gerade, winkte ihn trotzdem herein. »Das war Kollege Schultz. Er lässt einfach nicht locker.«

»Was hat er denn auf dem Herzen?«

»Eine Steuergeschichte. Er will wissen, ob zwischen seinem Fall und unserer Frau Enrico ein Zusammenhang besteht.«

»Und? Gibt es einen?«

»Das müssen Sie mir sagen.«

»Dazu ist es zu früh. Auf Anhieb fällt mir dazu nichts ein, außer die Frau wäre in der deutschen Firma beschäftigt gewesen.«

»Davon ist mir nichts bekannt.«

»Also kein Zusammenhang. Die Frau war nie in Deutschland gemeldet und nur zu Besuch hier.« Er setzte sich und schlug ein Bein über das andere. Er wunderte sich über ihre abweisende Körperhaltung, doch dann lehnte sie sich zurück und tat es ihm gleich. »In Rapport gehen« nannte man das. Es sollte dem Gegenüber die Spannung nehmen und Harmonie entstehen lassen. Menschen, die sich mochten oder in ihrer Meinung übereinstimmten, taten dies unbewusst, Manipulatoren mit Absicht. Man konnte damit sogar testen, wer mit wem in einem Team auf einer Wellenlänge lag.

Er wischte die Gedanken beiseite und erzählte ihr von den Brüdern Felix und Walter Hauptmann, in welcher Beziehung sie zueinanderstanden und dass Felix nach wie vor nicht aufzutreiben war.

»Vielleicht ist er in die ›Dom Rep‹ zurück?«, fragte sie und machte sich Notizen.

»Dann müsste er hingeschwommen sein, denn geflogen ist er unter seinem Namen bisher nicht. Sein Rückflug ist auf kommenden Sonntag gebucht. Da ich ihn zur Aufenthaltsfeststellung ausgeschrieben habe, kommt er nicht durch die Passkontrolle. Die Frage ist, ob er sich noch in Deutschland aufhält. Theoretisch kann er überall in Europa sein.«

Wieder machte sie sich nur eine Notiz; keine Änderung ihres Gesichtsausdrucks, keine Bemerkung.

Etwas aus dem Konzept gebracht fuhr er fort: »Der vorläufige Bericht der Rechtsmedizin ist eingetroffen. Frau Enrico hatte Alkohol und Spuren von Kokain im Blut.«

»So viel, dass es auch ein Unfall gewesen sein könnte?«

»Eher nein.«

»Und der Schlag auf den Kopf?«

»Könnte mit dem Kuhfuß erfolgt sein, der in der Nähe des Tatorts gefunden wurde, obwohl wir keine verwertbaren Spuren darauf gefunden haben. Er gehört übrigens zur Baustelle oberhalb des Tatorts. Dafür haben wir auf dem Brunnengeländer Blutspuren und Haare sichergestellt, die entweder von einem Sturz herrühren oder davon, dass die Frau darübergeschleift wurde. Das ist alles noch sehr unsicher. Ansonsten hatte sie eine Schädelverletzung, die vermutlich zur Bewusstlosigkeit führte.«

»Ich weiß, die Auswertung der Spuren dauert länger.«

»Außerdem hat der Fall keine Priorität, weil zurzeit alle mit dem Einbruch bei diesem Stadtrat beschäftigt sind.«

Er pflegte keinen besonderen Kontakt zu den Langfingern, wie er die Kollegen des K2 nannte, die für Eigentumsdelikte zuständig waren. Für die Koordination und den Informationsfluss mit den anderen Kommissariaten war die Frohn zuständig. »Wir warten, was die Überprüfung des Passes der Toten ergibt. Der liegt immer noch in Bamberg rum.«

»Ich werde dort mal anrufen, um den Vorgang zu beschleunigen.«

»Das wäre hilfreich. Ich habe da nämlich einen Verdacht.« Jetzt hatte er ihre volle Aufmerksamkeit.

Sie studierte sein Gesicht. »Meinen Sie, sie könnte unter falschem Namen gereist sein? Wozu?«

Er nickte. Seit er Walters Vorgeschichte kannte, hatte sich ein Szenario in seinem Kopf festgesetzt. »Walter Hauptmann war einer von uns: Polizeiobermeister der Schutzpolizei hier in Coburg. Ich habe mir seine Personalakte geben lassen. Nichts Auffälliges. Nichts, aus dem man schließen könnte, dass er zu einem Mord fähig ist. Als Motiv käme in Betracht, dass er seine Frau verdächtigte, mit seinem Bruder ein Verhältnis zu haben, wie er im Laufe des Gerichtsprozesses zugab.«

»Dennoch trauen Sie Walter den Mord an seiner Frau nicht zu?«

»Den in der Karibik nicht.« Er wusste, was er damit andeutete. Sollte sich sein Verdacht bewahrheiten, dass Walter einem perfiden Betrug zum Opfer gefallen und seine Frau als Maria Enrico von den Toten auferstanden war, hätte Walter ein nachvollziehbares Motiv gehabt: Rache.

»Richard ...« Sie zögerte. »Eines verstehe ich nicht. Sie gehen systematisch und organisiert vor, entwickeln aber diese – wie soll ich sagen – fantasievollen Konstrukte. Das mag bei einem Buchautor funktionieren, bei uns allerdings nicht.«

Sie lächelte. Zum Glück, denn ihm lag bereits eine scharfe Antwort auf der Zunge. Ja, er war gut organisiert, obwohl er eigentlich zum Chaos neigte. Jahrelang hatte man ihm Disziplin und Gehorsam eingebläut. Er setzte das überschlagene Bein auf dem Boden ab und versuchte seinen Zorn zu zügeln. »Das sind keine aus der Luft gegriffenen Theorien, wenn's recht ist. Ich klopfe nur alle Möglichkeiten ab. Man kann mir vieles zum Vorwurf machen, aber bestimmt nicht, dass ich auf den nächstbesten Zug aufspringe und mich dann wundere, wenn ich am falschen Bahnhof lande.«

Jetzt stellte auch sie ihr Bein auf den Boden, was ihn irritierte. Warum machte sie das? Wollte sie ihn manipulieren? Er beugte sich vor, wollte weiterreden, doch sie hob die Hand. Noch ein Autostopper.

»Schon gut, Richard. War nicht so gemeint. Mir geht es nur um den Dialog mit der Staatsanwaltschaft. Die wollen wissen, was Sache ist, genauso wie unser oberster Boss. Welcher Nationalität gehörte das Opfer an? Bedenken Sie die Auswirkungen, wenn sie Ausländerin war. Diese Frage hätte ich gerne bis Ende der Woche geklärt.«

Sie sprach mit ihm, wie er zuvor mit Jan gesprochen hatte, nur dass es dabei einen gewaltigen Unterschied gab. Jan war Anfänger, der noch einer gewissen Führung bedurfte. Sie beide hingegen waren, was ihre Erfahrung betraf, auf gleicher Höhe. Sie war nach dem Studium direkt in den Polizeidienst eingetreten, er hatte den Umweg über die Bundeswehr gewählt und es dort bis zum Leutnant gebracht. Sie war deshalb Kriminalrätin, weil sie Abitur und ein abgeschlossenes Studium hatte, während er nur einen Abschluss der Fachhochschule vorweisen konnte. Plötzlich war ihm schleierhaft, warum er sie sympathisch gefunden hatte. Da war ihm der inzwischen pensionierte Weidling noch lieber gewesen, obwohl der die Hinterhältigkeit in Person gewesen war. Am meisten ärgerte ihn, dass er keine Idee hatte, wie er seine Gefühle unter Kontrolle bekommen könnte.

»Mal schauen, ob ich bis Freitag etwas herausgefunden habe.« Er erhob sich und hätte am liebsten die Tür hinter sich zugeknallt.

»Moment, ich rufe schnell in Bamberg an«, sagte sie und schenkte ihm ein zuckersüßes Lächeln. Was war jetzt in sie gefahren?

An den Türrahmen gelehnt, wartete er, bis sie fertig war. Das Lächeln war verschwunden, eine kleine Falte erschien zwischen ihren Augenbrauen. »Sie hatten recht mit Ihrer Vermutung. Der Pass ist gefälscht. Zwar eine sehr gute Arbeit, aber nichtsdestotrotz gefälscht.«

»Darauf genehmige ich mir jetzt erst mal einen«, sagte er.

18 MAXI

Nach dem Coburger Schlossplatzfest, Dienstag

Die Schwüle wurde unerträglich, während sich eine schwarze Wolkenwand über die Stadt schob. Eine ganze Weile schon hörte Maxi dem Donner zu, der immer häufiger und lauter wurde. Nun zuckten auch Blitze, und dicke Tropfen klopften ans Fenster. Sie riss es auf, war froh über den frischen Wind, der ihr ins Gesicht blies. Er roch nach nassem Asphalt. Ein naher Blitz, gefolgt von einem Donnerschlag, ließ sie zusammenzucken. Unwillkürlich wich sie einen Schritt zurück. Aus einzelnen Tropfen wurde prasselnder Regen. Seit ihrer Kindheit hatte sie Angst vor lauten Knallgeräuschen. Daher kam auch die Schussangst, die ihr im Fach Waffenhandhabung beinahe die Abschlussprüfung vermasselt hätte.

Vater lag nach wie vor im Krankenhaus, und der stille Vorwurf, dass sie nicht nach Hause käme, stand zwischen ihr und ihrer Mutter.

Hinter sich hörte sie ein Geräusch, und sie fuhr herum. Insgeheim hoffte sie Levin zu sehen, aber statt ihm füllte die stattliche Figur des Chefs den Türrahmen. Das war ungewöhnlich, denn normalerweise wurde sie in sein Büro zitiert, wenn er etwas von ihr wollte.

»Störe ich?«, fragte er.

Was außer nein hätte sie antworten sollen, zumal er bereits im Zimmer stand. Er nahm vor ihrem Schreibtisch Platz, während sie sich auf ihren Bürostuhl setzte. Die Sitzanordnung war gewöhnungsbedürftig, denn normalerweise war es umgekehrt.

»Ich möchte Sie nicht lange von Ihrer Arbeit abhalten«, sagte Adler und legte die Fingerspitzen aneinander.

Das verhieß nichts Gutes, Maxi versteifte sich.

»Wie Sie wissen, Frau Frohn, gehe ich bald in Urlaub. Daher mache ich mir Gedanken um die jeweiligen Stellvertretungen.«

Mit Sicherheit meinte er damit nicht seine eigene. Es wäre vermessen, anzunehmen, dass sie dafür infrage käme. Dennoch sagte sie: »Ich dachte, der Kollege Schultz übernimmt das.«

»Richtig. Aber mir geht es um Ihre. Ihr Stellvertreter hat mir erneut bekräftigt, dass er sich in den Ruhestand verabschieden möchte. Meinen Vorstoß, ihn zu einem weiteren Jahr zu bewegen, hat er sofort abgeblockt. Er wolle noch etwas von seiner Pension haben.«

»Das verstehe ich.«

»Unsere Intention war, Ihnen einen erfahrenen Kollegen zur Seite zu stellen.«

Wer war »uns«? Das Polizeipräsidium in Bayreuth oder das Bayrische Landeskriminalamt in München? »Ich komme gut allein zurecht.«

Unter seinem Bart und deshalb kaum sichtbar verzog Adler den Mund. »Sie wissen doch selbst, dass es mit der Leitung der Abteilung ein wenig zu früh für Sie ist.«

Das war ihr bekannt. Ihr Vorgänger hatte sie das bei jeder Gelegenheit spüren lassen. Ärger stieg in ihr hoch. Auf was wollte Adler hinaus? Dass man ihr jemanden vor die Nase setzte? »Wie ich sagte …«

Adler fiel ihr ins Wort. »Es geht für Sie darum, Erfahrung zu sammeln. Da bot sich unsere relativ kleine und mitunter ruhige Dienststelle geradezu an.« Seine Stimme bekam einen scharfen Unterton. Offenbar mochte er die Entscheidung des Präsidiums in Bayreuth nicht. Aber das war nicht ihre Schuld. »Wie Sie wissen, ist Kollege Brenner letztes Jahr leider überraschend gestorben.«

Brenner war als neuer K1-Chef gehandelt worden und war der Stellvertreter ihres Vorgängers gewesen, bis ihn ein Herzinfarkt aus dem Leben und somit auch aus der Stellenplanung gerissen hatte. Daher war sie zum Zug gekommen. »Ich kenne die Pläne meine Karriere betreffend nicht«, erwiderte sie wahrheitsgemäß. »Ich versuche nur, mein Bestes zu geben.«

Adler nickte bedächtig. Seine Zeigefinger bildeten eine Pfeilspitze, die auf sie gerichtet war. »Geh wieder nach München«, wollte er damit offenbar ausdrücken, und sie stimmte ihm zu. Zur Hölle mit der Karriere. Lieber ein Ende mit Schrecken als ein Schrecken ohne Ende.

»Kollege Schultz fürchtet«, fuhr Adler fort, »Levin könnte Sie an die Wand spielen wollen. Doch das halte ich für Unsinn.«

Maxi sammelte sich, sie musste jetzt Stärke zeigen. »Er unterstützt mich hervorragend. Ich kann mich nicht beklagen.«

»Das passt prima, denn ich habe vor, ihn als Ihren Stellvertreter zu benennen. Seine Beförderung zum Hauptkommissar steht an, aber das behandeln Sie bitte vertraulich. Nachdem sich nunmehr herausgestellt hat, dass er während seiner Dienstzeit in Nürnberg in Notwehr gehandelt hat, ist der Weg für ihn frei. Wenn Ihr Stellvertreter Ende dieses Jahres geht, hätten Sie mit Levin einen kompetenten Mann an Ihrer Seite. Dies wird einigen Herren zwar nicht schmecken, doch für diese Position ist nun mal nicht jeder geeignet.«

Dass Levin Hauptkommissar werden sollte, war okay, es freute sie sogar für ihn. Ihr fiel keiner ein, der sonst als ihr Stellvertreter infrage käme. Allerdings würde diese Konstellation alles nur noch verkomplizieren. Es war schwierig genug mit ihm, wie würde es werden, wenn er in die Führung der Dienststelle eingreifen konnte?

Ihr Chef musterte sie mit Adleraugen. Es wäre besser gewesen, er hätte seine Personalpläne vorher mit ihr besprochen, statt sie vor vollendete Tatsachen zu stellen. Aber ihre Meinung dazu war offenbar irrelevant. Hätte Adler dies bei einem Mann genauso gehandhabt? Nicht Levin, sondern, er hatte sie an die Wand gespielt. Sie ermahnte sich, sachlich zu bleiben.

»Levin war bei der Bundeswehr Leutnant«, fuhr Adler fort. »Da hat er einiges von Innerer Führung mitbekommen. Die Kollegen mögen ihn, und selbst in den anderen Kommissariaten ist seine Meinung gefragt. Er wird Sie großartig unterstützen, davon bin ich überzeugt.«

Adler erhob sich und verließ nach kurzem Gruß ihr Büro. Durfte man seinem Chef einen Gegenstand hinterherwerfen? Wohl kaum, wollte man in Ehren aus der Provinz in die glorreiche Hauptstadt zurückkehren. Mit ihm hatte sich auch das Gewitter verzogen.

Zähne zusammenbeißen und durch, ermahnte sie sich, denn schlimmer konnte es kaum werden.

19 RICHARD

Nach dem Coburger Schlossplatzfest, Mittwoch

Im Obergeschoss des Gebäudes der Polizeiinspektion war es am Nachmittag wieder drückend heiß, die Abkühlung des gestrigen Gewitters war vergessen. Peter meldete sich ab, indem er etwas von Freizeitausgleich und Freibad gemurmelt hatte. Da er jede Menge Überstunden vor sich herschob und nicht einmal seinen Jahresurlaub komplett nahm, ließ Richard ihn ziehen. Draußen auf dem Gang hörte er, wie Peter sich von der Frohn mit einem saloppen »Tschüss« verabschiedete. Sie lachte ungezwungen und irgendwie befreit, was ihn seltsam berührte.

Jan tippte hinter seinem Computerbildschirm wie wild auf der Tastatur herum, dass es nur so klapperte, untermalt vom Surren seines Tischventilators. Ohrhörer verstöpselten seine Ohren, da ohne Lärmkulisse bei ihm anscheinend nichts lief. Oder machte sich hier bereits ein Generationsunterschied bemerkbar?

Richard wandte sich seinem Rechercheergebnis zu, das als Blutsverwandte von Melinda Hauptmann, geborene Schuster, ihre Schwester Ulla Schuster sowie ihren Vater Herbert auswies. Die Mutter war bereits verstorben. Er könnte die Herrschaften anrufen, wollte sich jedoch zuerst einen Eindruck von den Lebensumständen der Familie verschaffen.

»Auf geht's, Jan«, sagte er. »Du darfst heute mal mit.«

Jan sah ihn verwirrt an, zog zuerst den einen Ohrstöpsel und dann den anderen heraus, sein Mund stand offen. »Ich komm schon«, sagte er, blieb aber sitzen.

»Das war mein Ernst.«

Endlich kam Bewegung in den jungen Mann, der aufstand und nach seinem Handy griff.

»Nimm einen Notizblock mit. Das wird von uns erwartet.«

Weit kamen sie nicht, denn die Frohn versperrte ihnen den Weg. »Herr Schultheiß, gut, dass ich Sie treffe. Könnten Sie mir behilflich sein? Mein Computer hat sich aufgehängt.«

Richard ersparte sich seinen Einspruch, nickte Jan zu, der ihm einen fragenden Blick zuwarf. Die Frohn stutzte, öffnete den Mund, um etwas zu sagen.

»Passt schon. Ober sticht Unter, und für Aufgehängte sind wir nun mal zuständig«, sagte Richard und ließ die beiden stehen.

Als Erstes nahm er sich Melindas Vater vor. Mit 69 Jahren müsste der längst im Ruhestand sein. Herr Schuster wohnte auf dem Judenberg in einem Reihenhaus, das sicher schon einmal bessere Tage gesehen hatte, ebenso wie viele andere altersschwache Häuser der Nachbarschaft. Dennoch sah man vielen Anwesen die Fürsorge ihrer Besitzer an. Diesem nicht.

Er parkte den BMW halb auf dem Gehsteig, Jacke und Dienstwaffe ließ er im Auto, nahm nur sein Notizbuch mit, in das er ein Foto der Toten gesteckt hatte. Vor dem Reihenhaus sah er sich um.

Weit und breit keine Menschenseele. Er ging zur Haustür und klingelte. Es dauerte eine Weile, bis ihm geöffnet wurde. Dass sein Besuch nichts bringen würde, wurde ihm auf den ersten Blick klar, denn Herr Schuster konnte sich kaum auf den Beinen halten. Ein nasser Pissstreifen zog sich auf der hellgrauen Trainingshose von der Körpermitte nach unten, auf der Jacke klebte Kotze, und eine Schnapsfahne wehte ihm voraus. »Was ’n los?«

»Ich komme später wieder«, verabschiedete sich Richard schnell, obwohl er wenig Hoffnung hatte, den Mann jemals in nüchternem Zustand anzutreffen. Da er ansprechbar war und sich offensichtlich in keiner Notsituation befand, überließ er ihm seinem Schicksal. Sollte er ihn noch befragen müssen, würde der Suffkopp wahrscheinlich erst eine Nacht in der Ausnüchterungszelle verbringen müssen. Doch vorerst war das nicht nötig, denn als Nächste stand dessen Tochter Ulla auf Richards Liste. Dem Melderegister nach wohnte sie in einem der Jugendstilhäuser hinter dem Gerichtsgebäude. Wenn er Zeit hatte, sollte er selbst sich auch einmal etwas Stilvolleres als Bleibe suchen, denn das Mietshaus, in dem er wohnte, gehörte nicht gerade zu Coburgs besten Adressen.

Aber da gab es auch noch Fischbach bei Nürnberg. Irgendwann würde Oma Elke den Lebensalltag nicht mehr bewältigen können, und dann müsste er zu ihr zurückziehen.

In dem leicht verwilderten Vorgarten des Fachwerkhauses wurde er von einer laut miauenden Katze begrüßt. Sie rieb sich an seinem Hosenbein, hinterließ dabei einige Haare. In der Ferne rollte Donner. Er hatte wenig Hoffnung, die Gesuchte anzutreffen, denn schließlich arbeiteten um diese Zeit die meisten Menschen.

Wie befürchtet, rührte sich nichts. Er probierte es ein zweites Mal, bis sich endlich unter dem Dach ein Fenster öffnete und eine grauhaarige, gepflegte Dame ihren Kopf herausstreckte.

»Ich möchte zu Frau Schuster«, antwortete er auf ihre Frage, was er wolle.

»Sie ist noch auf der Arbeit, kommt aber bald heim.«

»Wie bald ist bald? Lohnt es sich zu warten?«

Er wurde prüfend gemustert, ob er vertrauenswürdig war. Dass er Kripobeamter war, wollte er der Frau nicht auf die Nase binden, um Ulla Schuster nicht in Verlegenheit zu bringen.

»Wenn Sie eine Stunde Zeit haben?«, sagte die alte Dame.

Die hatte er nicht. Er bedankte sich und fuhr zu der von ihr genannten Firma. Dort wies er sich aus und wurde von einem der Pförtner zu einem Büro geführt. Ulla Schuster stellte sich als Leiterin der Buchhaltung heraus. Sie sah der Toten ähnlich, war fast genauso groß wie sie, allerdings dunkelhaarig und deutlich stämmiger. Sie trug Hose, Bluse und einen Zopf, der ihr bis zur Hüfte reichte.

»Ein Herr von der Kripo möchte Sie sprechen«, sagte sein Begleiter, der sofort den Raum verließ. Frau Schuster wirkte überrascht, aber gefasst.

Richard stellte sich vor, zeigte seinen Ausweis und schüttelte die ihm entgegenstreckte Hand. Sie bot ihm einen Platz an einem Besprechungstisch an und setzte sich ihm gegenüber.

»Was verschafft mir die Ehre?«

»Nur eine Frage.« Er schlug sein Notizbuch auf und zog das Foto heraus, aufmerksam verfolgt von Frau Schuster. »Kennen Sie diese Frau?«

Zögernd nahm sie das Foto in die Hand, betrachtete es lange, wobei sie leicht zitterte. »Ich bin mir nicht sicher, aber sie hat eine gewisse Ähnlichkeit mit meiner verstorbenen Schwester.«

Richard war verblüfft, denn er hatte nicht erwartet, dass sich sein Verdacht bestätigen würde. »Melinda, nicht wahr?«

Sie nickte stumm.

»Verschollen in der Karibik.«

»Das wurde uns jahrelang glauben gemacht.«

»Glauben gemacht?«, wiederholte er herausfordernd.

Sie gab ihm das Bild zurück. »Ich war immer überzeugt davon, dass Walter unschuldig ist. Er ist kein kaltblütiger Mörder. Doch sie blieb verschwunden. Mutter klammerte sich bis zuletzt an die Hoffnung, dass Meli noch lebt. Ich bin sogar in die Dominikanische Republik gereist und habe auf eigene Faust Nachforschungen angestellt – allerdings ohne Ergebnis.«

»Halten Sie es für möglich, dass sie ihren Tod inszeniert hat?«

Zum ersten Mal wich Frau Schuster seinem Blick aus. »Wir dachten eher, dass sie einen Gedächtnisverlust erlitten haben könnte. Es gab Blutspuren auf dem Boot. Vielleicht ist sie gestürzt oder hat einen Schlag auf den Kopf erhalten, ist daraufhin über Bord gegangen und ans Ufer geschwommen oder wurde von einem anderen Boot aufgefischt. Wer weiß.« Sie zuckte mit den Schultern.

»Möglich, aber eher unwahrscheinlich, finden Sie nicht auch?« Fast wünschte er sich, dass es sich bei der Toten nicht um Melinda handelte, denn sollte sich herausstellen, dass sie tatsächlich unter einer neuen Identität gelebt hatte, würde das das Leid der Familien nur verschlimmern. Doch jetzt war sie wirklich tot, wenn seine Vermutung sich bewahrheitete. »Würden Sie mich auf den Friedhof begleiten, um die Tote zu identifizieren?«

»Muss das sein?«

»Ich fürchte, ja. Vermutlich müssen wir auch eine DNA-Analyse durchführen, um jeden Zweifel auszuschließen.«

»Wie kommen Sie darauf, dass dies Melinda sein könnte? Die Frau auf dem Bild hat schwarze Haare. Meine Schwester war naturblond.«

»Das ist die Tote auch. Ihre Haare sind gefärbt, außerdem trug sie farbige Kontaktlinsen. Der Pass ist ebenfalls gefälscht. Sie reiste in Begleitung eines Felix Hauptmanns. Sagt Ihnen der Name etwas?«

Zum ersten Mal zeigte Frau Schuster eine deutliche Gefühlsregung: Abscheu. »Allerdings. Das ist Walters Bruder. Ein Taugenichts. Er hat ihn ins Gefängnis gebracht. Ist er hier?«

»Er war hier. Ist mit unbekanntem Ziel abgereist. Haben Sie eine Ahnung, wo er stecken könnte?«

Sie lachte freudlos. »Nein. Der Mann ist mir zutiefst unsympathisch.«

»Ich dachte, er ist ein Frauentyp?«

»Eben deswegen.«

»Ach so.« Richard steckte das Foto wieder in sein Notizbuch, war nunmehr überzeugt von der wahren Identität der Toten. »Ich arrangiere einen Termin für morgen Vormittag. Geht das in Ordnung?«

Frau Schuster nickte. »Nach 10 Uhr, wenn es geht«, fügte sie hinzu, wobei sie den Blick gesenkt hielt. Er verabschiedete sich von ihr. Am Ausgang des Gebäudes blieb er stehen, denn zwischenzeitlich goss es wie aus Kübeln, was ihm Zeit gab, das Erlebte Revue passieren zu lassen.

Der Regen ließ nach, die Luft war jetzt angenehm kühl. Eine Runde Joggen wäre gut und danach etwas essen. In seinem Kühlschrank zu Hause herrschte gähnende Leere, denn das Einkaufen fiel meistens den Überstunden zum

Opfer. Wenn er sich dann endlich Dienstschluss befahl, waren die Läden oft schon geschlossen.

»Noch da?«, fragte eine Frauenstimme neben ihm. Frau Schuster öffnete einen Regenschirm. »Darf ich Ihnen einen trockenen Platz unter meinem Schirm anbieten?«

»Danke, aber der Regen lässt bereits nach. Eine Frage hätte ich noch.«

»Hätte mich gewundert, wenn nicht.«

»Das gehört zu unserem Job. Was hat Melinda früher beruflich gemacht?«

»Sie war Anlageberaterin.«

Das passte zu ihrer Firma in der Dominikanischen. »Selbstständig?«

»I wo! Sie war bei der Kanzlei Fielbrecht angestellt. Sie wissen schon, der Stadtrat und aktuelle Bürgermeisterkandidat.«

Na sauber. Jetzt wurde es spannend.

20 WALTER

Zwei Jahre vor dem Coburger Schlossplatzfest
Neustadt bei Coburg im Mai

Er konnte nicht mit Ulla schlafen, es ging einfach nicht. Sie erinnerte ihn zu sehr an Melinda. Dass sie deswegen enttäuscht war, spürte er, doch es war nun mal nicht zu ändern. Er streichelte ihren nackten Rücken, was natürlich kein Ersatz für richtigen Sex war. Ein bisschen Zärtlichkeit war das Einzige, was er ihr bieten konnte, mehr war nicht drin. In ihm herrschte eine Leere, die keinen Platz für Gefühle zuließ.

»Es hat nichts mit dir zu tun«, sagte er.

»Aber mit Melinda.«

»Ja, in gewissem Sinne.«

»Du liebst sie noch immer?«

»Ich denke schon.«

»Obwohl, du …?«

»… sie umgebracht hast?«, ergänzte er ihren Satz. »Ich dachte, du glaubst an meine Unschuld.«

»Tu ich auch.« Sie stützte den Kopf auf ihre Hand. »Und du selbst?«

Gute Frage. Die Anwälte, Polizei, Richter, Reporter, alle hatten auf ihn eingeredet, er solle es zugeben und es damit sich selbst und ihnen erleichtern. Wie sollte das gehen, wenn er sich an nichts erinnern konnte? Mit der Zeit waren seine Zweifel, ob er sie vielleicht doch getötet hatte, immer stärker geworden, bis er schließlich überzeugt gewesen war, es getan zu haben. Doch jetzt, in der Freiheit, änderte sich seine Meinung erneut. »Mein Herz sagt mir, ich war's nicht, aber mein Kopf fragt: Wer sonst? Das Schuldgefühl ist allgegenwärtig, es umgibt mich wie eine Hülle, die mich zu ersticken droht. Manchmal bekomme ich kaum Luft.«

Er betrachtete die hohe mit Stuck verzierte Zimmerdecke von Ullas Altbauwohnung. Ein Messingleuchter hing herab, der mit den dunklen Eichenmöbeln harmonierte. Der Perserteppich in Rot und Beige auf dem Dielenboden vervollständigte die Einrichtung des Schlafzimmers. Melinda hätte dieses Ambiente gehasst, hätte einen modernen minimalistischen Stil bevorzugt; schwarz-weiß und viel Chrom, zudem rote und gelbe Tupfen als sparsam eingesetzte Farbakzente. Ihm war das zu kalt, zu unpersönlich erschienen, Ullas Stil sagte ihm eher zu. Überhaupt hätte sie von ihrer ganzen Art her besser zu ihm gepasst, aber dafür war es längst zu spät.

»Immer Melinda. Kommst du denn nie von ihr los?«, fragte sie. »Seit Jahren warte ich auf dich, und sie steht nach wie vor zwischen uns.«

»Gib mir etwas Zeit.«

Ulla schüttelte langsam den Kopf. »Nein, das wird nichts mehr mit uns. In allem war sie besser als ich. Schön und perfekt. Mutters Liebling.«

»Genau wie Felix in meiner Familie.«

»Der auch?«

Bitterkeit stieg auf. »Freilich. Sogar heute noch, obwohl er sich nie mehr blicken lässt. Mutter war richtig enttäuscht, als ich vor ihrer Tür stand – und nicht Felix. Ihn hätte sie nicht abgewiesen, hätte ihn mit offenen Armen empfangen. Er sei ihr viel ähnlicher als ich, der angeblich eindeutig nach unserem Vater kommt.«

»Wie bei uns. Wovon lebt Felix eigentlich?«

»Was weiß ich? Von Luft und Liebe. Irgendeine reiche Witwe, die mal was Junges im Bett braucht, wird ihn schon durchfüttern. Die Lebensversicherung hat er bestimmt längst verjubelt.«

»Welche Lebensversicherung?«

»Na, die von Melinda.«

»Hatte die eine?«

»Sogar eine ganz beträchtliche. Sie wollte uns versorgt wissen.«

»Uns?«

»Mich.«

»Dich? Dass ich nicht lache. Und die Summe hat Felix eingestrichen? Die hätte doch meinen Eltern zugestanden.«

»Aber nicht, wenn Felix als Begünstigter eingesetzt war.«

Ulla fuhr herum, wobei ihre Brüste mitschwangen. Vielleicht könnte sich bei ihm doch noch was regen, doch ihre Worte erstickten jede Lust im Keim.

»Weißt du, was du da sagst?«, fragte sie aufgebracht. »Dann könnte er sie doch umgebracht haben. Also wenn das kein Motiv ist? Hast du das bei deinen Vernehmungen nie zur Sprache gebracht?«

»Doch, natürlich, wiederholt sogar. Aber Blut klebte an meinen Händen und an meiner Kleidung. Außerdem wurden meine Fingerabdrücke an dem Stock gefunden, nicht seine, verstehst du? Felix hat behauptet, Melinda wäre überzeugt gewesen, ich würde sie ermorden. Deshalb hätte sie die Lebensversicherung von meinem auf seinen Namen umgeschrieben.«

»Wann soll sie das getan haben? Während ihr in der Karibik herumgedümpelt seid? Im Leben nicht! Wenn sie Angst vor dir hatte, warum ist sie dann mit dir auf ein kleines Boot gegangen?«

»Du meinst, sie hat das noch in Coburg geändert?«

»Warst du jemals als Begünstigter eingesetzt?«

Das hatte er nie hinterfragt. Er setzte sich auf und zog die Bettdecke über seinen Unterleib. Der romantische Abend war endgültig dahin. »Ich denke ja.«

»Hast du eine Ahnung, wie lange das mit Felix ging?«

Hierauf wusste er keine Antwort. Manchmal kam es ihm vor, als hätte er einen Teil seines Hirns im Gefängnis gelassen. »Er hat mit ihr geflirtet, als er sie kennengelernt hat, bis ich protestiert habe. Immerhin war er mein Trauzeuge, wie du weißt.« Ulla war Melindas Trauzeugin gewesen, und die Kollegen der Polizeiinspektion hatten Spalier gestanden. Die Erinnerung daran schmerzte. Er sollte sie aus seinem Kopf verbannen. »Als er sich danach in die Karibik verabschiedete, war zwangsläufig Ruhe.«

Sie angelte nach ihrem Slip und BH, die auf dem Boden lagen. »Ich wollte es dir nie sagen, aber einmal musst du es erfahren. Melinda hat dich nie geliebt. Sie wollte mir nur eins auswischen. Aber das spielt jetzt keine Rolle mehr.«

Warum behauptete sie das? Die Antwort war leicht zu erraten: Ulla war eifersüchtig. Seitdem sie sich auf einer Party im Reitverein getroffen hatten, war sie in ihn verliebt gewesen. Er hatte nie etwas davon bemerkt, hatte ausschließlich Augen für die schöne Melinda gehabt. Ulla war ein Kumpel gewesen, mehr nicht. Von dem Moment an, als sie ihm Melinda vorgestellt hatte, war alles schiefgelaufen. Er richtete sich auf und angelte nach seiner Unterhose.

»Nimm's leicht«, sagte sie.

»Greif Melinda nur an, jetzt, wo sie sich nicht mehr verteidigen kann.«

Ulla zog ihren BH an, hielt plötzlich inne, legte ihre Stirn in Falten und starrte ihn an. »Du glaubst mir nicht, stimmt's? Allmählich wird es Zeit, dass du dich damit abfindest und dein Leben neu ordnest. Sonst hättest du gleich dortbleiben können.«

»Kein schlechter Vorschlag, zumal ich auf Staatskosten Vollpension hatte. Ich fürchte nur, sie wollen mich nicht mehr.«

Die Falten auf ihrer Stirn verschwanden. »Ach, Walter, was soll nur aus uns werden?«

»Hab ein wenig Geduld. Ich muss erst wieder Fuß fassen, einen Job finden und einen Sinn im Leben sehen. Hilf mir dabei. Ich habe sonst niemanden.«

Sie schlüpfte in ihre Jeans, dann in ihr T-Shirt, wobei der Zopf im Weg war. »Irgendwann schneide ich ihn mir ab.«

»Warum hast du ihn dir überhaupt wachsen lassen?«

»Weil …« Sie setzte sich neben ihn und legte die Hand auf sein nacktes Bein. »Eine fixe Idee. Ich erzähl dir später, warum.«

Er kannte sie gut genug, um nicht weiter in sie einzudringen. Außerdem interessierte es ihn nicht besonders. Auch er zog sich an, wobei er sich unbefriedigt und depressiv fühlte.

»Soll ich dich heimfahren?«, fragte sie.

»Nicht nötig, ich nehme den Zug.«

»Da musst du dich sputen. Hast du Geld für die Fahrkarte?«

Und wenn er ihn verpasste, war es auch egal. Dann würde er eben auf einer Parkbank schlafen wie ein Obdachloser.

Sie geleitete ihn zur Haustür, griff in ihre Handtasche, die an der Garderobe hing, und zog einen Zwanziger aus dem Geldbeutel. »Hier. Aber nicht versaufen.«

Wie tief war er gesunken, dass man ihm Geld gab, ohne eine Gegenleistung zu erwarten. Er machte einen halbherzigen Versuch, die milde Gabe abzulehnen.

»Schon gut«, sagte sie. »Ruf mal wieder an, okay?«

Im Treppenhaus blieb er stehen und lauschte nach oben. Hinter der geschlossenen Wohnungstür hörte er Ulla laut aufschluchzen. Mit einer großen Leere in Kopf und Bauch ging er hinaus in die Nacht.

21 RICHARD

Nach dem Coburger Schlossplatzfest, Mittwoch

»Ja, das ist Melinda«, sagte Ulla Schuster, als der Friedhofswärter mit steinernem Gesicht das Tuch über dem Kopf der Leiche zurückschlug. »Ich bin mir absolut sicher.«

Ein leichter Formalingeruch hing in der Luft, und der Raum bot eine angenehme Kühle, denn das Gewitter des vorigen Tages hatte nur eine kurzzeitige Abkühlung gebracht.

Von der Obduktion waren keine Spuren zu sehen, Monika hatte gute Arbeit geleistet. Der Friedhofsbedienstete trat diskret zurück. Richard stand bereit, um, falls nötig, Frau Schuster stützen zu können, aber sie bedurfte keiner Hilfe, stand felsenfest, die Arme an den Körper gepresst. Ihre Haare hatte sie heute hochgesteckt, und ihren Hals zierte eine indianische Silberkette mit Türkissteinen, dazu die passenden Ohrhänger mit Federn aus Silber.

Sie seufzte leise. »Ach, Meli, war das wirklich nötig?«

Die erste Gefühlsregung, die sie zeigte. Frau Schuster musste eine starke Frau sein.

»So viel Unglück hast du uns gebracht. Zwei Familien zerstört. Was hast du dir nur dabei gedacht?«

Das lief anders als erwartet, doch ihre Vorwürfe waren verständlich. Er schwieg, wollte ihre Zwiesprache mit der Toten nicht stören.

»Du hättest doch einfach in der Karibik bleiben können. Keiner hätte dir das übelgenommen, außer Walter vielleicht, aber der wäre drüber hinweggekommen.« Unvermittelt drehte sie sich zu ihm um. »Okay, Sie kriegen's allemal raus.«

»Kriege was raus?«, fragte er verwirrt.

»Sie hat sich am Donnerstagabend bei mir gemeldet.«

»Sie hat was?«

»Mich angerufen. Ich weiß nicht, woher sie meine Handynummer hatte. Erstaunlich, nicht wahr? Ich konnte es kaum fassen, Herr Levin. Das war der Schock meines Lebens.«

»Das glaube ich gern.«

»Einfach so. Sagte: ›Hallo, Ulla‹, als hätten wir uns erst gestern gesehen. Ich wäre beinahe in Ohnmacht gefallen, musste mich auf den Boden setzen. Und das mitten im Supermarkt.«

»Das ist ziemlich heftig, was Sie mir da erzählen. Das hätten Sie mir gestern schon sagen müssen.«

»Ich wusste nicht, dass sie die Tote aus dem Brunnen ist. Das ist sie doch?«

»Ihr Bild war in der Zeitung.«

Sie schüttelte den Kopf. »Ich hatte sie anders in Erinnerung. Vielleicht wollte ich es einfach nicht wahrhaben.«

»Was wollte sie von Ihnen?«

»Mich treffen. Auf dem Schlossplatzfest und mir alles erklären.«

Er musste diese Information erst einmal verdauen. Melinda hatte Kontakt zu ihrem alten Leben gesucht, was ihren Besuch in Coburg erklären könnte. Aber warum ausgerechnet jetzt? Könnte das ihr Todesurteil bedeutet haben? »Das wäre auch notwendig gewesen.«

»Allerdings.«

»Und? Haben Sie sie getroffen?«

»Nein. Ich konnte es einfach nicht glauben, dachte, da will mich jemand auf den Arm nehmen.«

Das klang glaubwürdig und war nachvollziehbar. »Sie müssen trotzdem mitkommen und eine offizielle Aussage machen. Auch darüber, wo Sie zur fraglichen Zeit waren.«

»Von welchem Zeitraum sprechen Sie?«

»Von der Nacht von Donnerstag auf Freitag.«

»Da war ich im Bett. Alleine. Mein Pech.«

»Ich wette, die meisten Coburger haben kein besseres Alibi, und das schließt mich ein.«

»Ich hätte gern einen DNA-Vergleich, um ganz sicher zu sein. Sie haben bereits angedeutet, dass das möglich wäre. Schließlich könnte es sich um eine Betrügerin handeln, die Melinda nur ähnelt.«

»Machen wir.«

»Wird das eine Blutanalyse?«

»Ein Speicheltest. Den Abstrich können wir bei uns in der Inspektion nehmen.«

»Werden meine Daten gespeichert?«

»Nein, weil die Entnahme keinen kriminellen Hintergrund hat. Sie dient ausschließlich der Identitätsfeststellung. Danach wird alles gelöscht.«

»Gut.«

»Wissen Sie, ob Melinda – falls sie es ist – noch mit jemand anders Kontakt aufnehmen wollte?«

»Keine Ahnung. Darüber haben wir nicht gesprochen.« Ihr Blick wurde wachsam. »Wer sollte das sein?«

»Vielleicht Ihr Vater oder Ihre Mutter?«

Frau Schuster legte den Kopf schief. »Das glaube ich nicht. Obwohl … Vermutlich wusste sie nicht, dass Mama bereits gestorben ist.«

»Und ihr Ehemann?«

»Eher unwahrscheinlich. Dem hätte sie einiges beichten müssen.« Sie fuhr sich über die Augen. »Können wir gehen? Das ist alles ein wenig viel für mich.«

Richard gab dem Friedhofswärter ein Zeichen und wandte sich zur Tür, während Frau Schuster mitten im Raum stehen blieb und an ihrer Unterlippe nagte. »Als nächste Verwandte müsste ich mich um ihre Beerdigung kümmern, oder?«

»Wenn … sie freigegeben ist.« Das Wort »Leiche« konnte er gerade noch runterschlucken. »Gehen wir?«

Einen Tag später trafen die Auswertungen von Melindas DNA ein. Der Abgleich bestätigte Richards Vermutung: Die Tote war zweifelsfrei Melinda Hauptmann, was dem Mord eine völlig neue Dimension verlieh. Prompt hatte

Maxi Frohn ihn zu sich gebeten, was er mit gemischten Gefühlen befolgte.

Sie trug ein schlichtes, korallenrotes ärmelloses Kleid, das ihre Figur hervorragend zur Geltung brachte. Ihre nackten Füße steckten in Sandalen mit filigranen Bändern. Verdammt, warum musste sie so sexy aussehen? Und ihr aus dem Weg zu gehen, war ein Ding der Unmöglichkeit. Wie das weitergehen sollte, war ihm schleierhaft. Er hielt sich an seinen Aufzeichnungen fest.

»Meinen Sie, Melinda hat ihren Tod vor 17 Jahren mit Absicht eingefädelt oder hatte sie einen Unfall und sich erst jetzt wieder erinnert?«, fragte sie.

»Gegen Letzteres spräche der gefälschte Pass. Wer sich gerade nach jahrelangem Koma langsam wieder erinnert, wer er tatsächlich ist, besorgt sich keinen falschen Ausweis.«

»Könnte sie gefangen gehalten worden sein?«

»Das hört sich ziemlich abwegig an.«

»Ausschließen kann man es nicht.«

»Trotzdem.« Er wagte einen Blick in ihr Gesicht. Der Lippenstift passte farblich zum Kleid und betonte ihre Lippen. »Frau Schuster hat ausgesagt, dass sie von ihrer Schwester am Vorabend ihres Todes angerufen wurde. Sie wollten sich auf dem Schlossplatzfest treffen, Frau Schuster sei aber nicht hingegangen, weil sie dem Ganzen nicht traute.«

»Was verständlich ist. Ein gesundes Misstrauen ist heutzutage angebracht, weil überall Betrüger lauern.«

Richard dachte nach, versuchte die Puzzlestücke richtig einzuordnen, was sich als sehr schwierig erwies. »Mich würde interessieren, warum sie ihren Tod vorgetäuscht hat.«

»Wegen eines Manns?«

Das war weiblich gedacht, jedoch nicht von der Hand zu weisen. Er zog die Kopie einer Fotografie aus seinem Notizbuch. »Das ist Felix Hauptmann vor 17 Jahren. Er war in der Zeitung abgebildet, als das alles passierte. Sah ganz gut aus, der Bursche.« Er reichte ihr das Bild.

Sie betrachtete es, nickte langsam. »Attraktiv, groß und schlank, dunkelhaarig, darauf stehen Frauen.« Sie grinste spitzbübisch.

Er zuckte zusammen, fing sich aber schnell wieder. Er selbst war kein Frauentyp, zu hager im Gesicht und zu verschlossen Frauen gegenüber. Sie zog ihn auf. »Jetzt weiß ich wenigstens, warum ich noch Junggeselle bin. Außerdem mangelt es mir an Charme.«

»Stimmt.«

Das kam wie aus der Pistole geschossen, also musste es ehrlich gemeint sein. Ihm gefiel das. Er lehnte sich zurück, schlug ein Bein über das andere und entspannte sich. »Um auf den Fall zurückzukommen …«

»Vielleicht gab es eine Lebensversicherung, die ihr ein sorgloses Leben ermöglichte.«

»Die Auszahlung wäre ihrem Ehemann zugefallen.«

»Der als ihr Mörder verurteilt wurde. Wer wäre der nächste Begünstigte?«

»Normalerweise ihre Eltern, das prüfe ich nach.«

»Ein verzwickter Fall, nicht wahr?«

Das klang mitleidsvoll. Wenn ihr Vorgänger etwas in diesem Tonfall gesagt hatte, war meistens eine Bosheit gefolgt. Aber ihre Gesichtszüge blieben offen. »Das kann man wohl sagen«, pflichtete er ihr bei. »Eine Frau täuscht ohne ersichtlichen Grund ihren Tod vor und lebt fortan unter falschem Namen mit dem Bruder ihres Mannes in einer Villa in der Karibik. Was wollten die beiden in Coburg, nach all den Jahren? Wen haben sie besucht? Sie werden kaum aus Heimweh zurückgekommen sein.«

»Womöglich besteht doch eine Verbindung zu dem Steuerbetrug?«

»Kann sein. Die Kollegen von der Steuerfahndung sollten uns nähere Informationen zukommen lassen.«

Brav machte sie sich eine Notiz, während er die Gesprächsliste von Melindas Handys entfaltete, die ihm Jan ausgedruckt hatte. Da ihr Handy bei einem dominikanischen Anbieter registriert war, hatten sie sich an dessen deutsche Partnerfirma wenden müssen. Deshalb standen ihnen nur die in Deutschland getätigten Anrufe zur Verfügung. Die Antwort ihrer Anfrage bei der dominikanischen Telefongesellschaft stand noch aus. Im Moment interessierte ihn ohnehin vor allem, welche Gespräche sie wann in Deutschland geführt hatte. »Drei Telefonate am Donnerstag, davon eins mit einer ausländischen Nummer mit der Vorwahl der Dominikanischen Republik.«

»Die von Felix Hauptmann?«

»Mag sein. Wir werden es rauskriegen. Die deutsche Handynummer ist die ihrer Schwester Ulla. Die dritte eine Festnetznummer aus Coburg. Ich lasse feststellen, zu wem sie gehört. Sicher weder ihrem Ex noch ihrem Vater, die wohnen woanders.«

»Wen könnte sie in Coburg angerufen haben?«

»Den Grund ihres Hierseins?«

Sie legte ihren Zeigefinger an den Mund und nahm entschlossen den Telefonhörer in die Hand. »Wir probieren's einfach mal.«

Auch eine Methode. Er diktierte ihr die Nummer, und nachdem sie sie eingetippt hatte, drückte sie die Lautsprechertaste. Nach dem vierten Rufzeichen meldete sich eine männliche Stimme auf einem Anrufbeantworter: »Sie sind mit dem Anschluss von Doktor Fielbrecht verbunden. Leider bin ich …«

Maxi legte auf. »Wow! Da schau her.«

22 MAXI

Eine Woche nach dem Coburger Schlossplatzfest, Donnerstag

Die Antwort auf Maxis Anfrage bei der Steuerfahndung stand noch aus. Sie hatte den Ersten Kriminalhauptkommissar Schultz um Vermittlung gebeten, da sie wusste, dass er eng mit den Kollegen des Finanzamts zusammenarbeitete. Schultz hatte sich sichtlich gefreut, dass er ihr helfen konnte.

»Prima«, sagte er. »Dann hatte ich also den richtigen Riecher, dass zwischen den beiden Fällen ein Zusammenhang bestehen könnte.«

»Vorerst ist es nur ein Verdacht. Melinda hat unter falschen Namen in der Dominikanischen Republik gelebt und dort eine Investitionsfirma betrieben. Früher war sie Anlageberaterin in Coburg, und jetzt wird gegen eine Coburger Firma wegen Steuerhinterziehung ermittelt. Das passt gut zusammen. Wir wollen deshalb wissen, mit wem die Coburger Firma zusammengearbeitet hat und welche Erkenntnisse sonst noch vorliegen.«

»Aber was soll das mit Herrn Dr. Fielbrecht? Ihnen ist hoffentlich bewusst, dass er im Stadtrat sitzt, weshalb Vorsicht geboten ist.«

»Vor dem Gesetz sind alle gleich.« Dessen ungeachtet wusste sie, wie kritisch es sein konnte, wenn Politiker involviert waren. »Melinda Hauptmann war vor ihrem Verschwinden bei Fielbrecht beschäftigt. Sie hat ihn vor ihrem Tod angerufen. Wir würden gerne wissen, warum.«

Schultz verzog sein Gesicht. »Nichtsdestotrotz wird die Staatsanwaltschaft äußerst vorsichtig sein. Besser alle Vorwürfe dreimal checken.«

»Das machen wir sowieso.« Seine Bemerkung ärgerte sie, denn Sorgfalt bei den Ermittlungen war immer angesagt, egal ob es sich um einen Obdachlosen oder den Bundespräsidenten handelte, was sie ihm auch sagte.

»Schon richtig«, druckste er herum. »Ich wollte Sie nur davor bewahren, zur Zielscheibe zu werden; vor allem in den eigenen Reihen.«

Schon wieder diese Anspielung auf Levin; oder meinte er Biesenecker? Der war für ein paar Tage im Urlaub und zudem mit anderen Fällen betraut. Was hatte Schultz gegen Levin?

»Da sehe ich kein Problem, ich kann mich auf meine Mitarbeiter verlassen«, sagte sie fest. » Die Vermutung, dass zwischen Fielbrecht und der Brunnenleiche eine Verbindung bestehen könnte, ist auf meinem Mist gewachsen. Ich werde mit dem Herrn Stadtrat sprechen, weil er uns eventuell Hinweise zum Mord geben kann und nicht, weil wir ihn für den Täter halten.«

»Dann ist alles in Ordnung.«

»Bei ihm wurde eingebrochen, nicht wahr?«

»Stimmt. Das K2 arbeitet daran. Wir können gleich mal nachfragen.«

Offenbar wurde sie ihn nicht los, denn er ging ihr voran zu den Räumen des K2. Auch dort schienen viele Urlaub zu haben, denn sie fand nur einen Kollegen vor, der eifrig am Computer arbeitete. Auf die Frage, ob er über den Fall Bescheid wisse, schüttelte er den Kopf. »Nicht wirklich, aber ich kann Ihnen die Unterlagen raussuchen.«

»Das wäre nett. Wir warten hier darauf«, sagte Schultz.

Wenig später hielt sie einen Computerausdruck in den Händen. Schultz versuchte von der Seite, einen Blick darauf zu werfen.

»Am Donnerstagabend wurde in Dr. Fielbrechts Büro eingebrochen«, las sie vor. »Die Scheibe wurde aufgeschnitten und das Fenster dann von innen geöffnet. Keine Fingerabdrücke, keine zurückgelassenen Werkzeuge. Das Merkwürdige daran: nichts fehlte; jedenfalls nach Aussage des Geschädigten.«

»Da hat jemand nach Informationen gesucht«, sagte Schultz und kratzte sich am Kopf. »Die Sache gefällt mir nicht.«

Dem konnte Maxi nur beipflichten, zumal sie seine Vorbehalte teilte. Sie bedankte sich bei dem Kollegen und auch bei Schultz, der sich noch immer nicht abschütteln ließ und sie zurück in ihr Büro begleitete. Erst hier drehte er ab und ging.

»Da haben Sie sich einen Verehrer eingefangen«, sagte Sabine Neumayer, die Assistentin des K1. Strahlend war sie heute früh aus dem Urlaub an ihren Arbeitsplatz zurückgekehrt.

»Offensichtlich.«

Frau Neumayer war 30 Jahre alt und zog ihre zwei Kinder allein auf. Da sie auf der Suche war, prüfte sie jeden Mann mit wachem Blick auf seine Ehetauglichkeit. Maxi mochte sie und ihren Humor. Sie hätten gute Freundinnen werden können, aber Maxi scheute sich aus vielerlei Gründen davor; unter anderem auch deshalb, weil Frauen mit Kindern meistens nur ein Thema kannten, und da konnte sie nicht mithalten. Der Kinderwunsch war bei Maxi bislang nie aufgekommen, weil zum einen der richtige Mann noch nicht aufgetaucht war und zum anderen die Karriere Vorrang gehabt hatte. Es ging auch ohne Mann und Kinder ganz gut.

»Machen Sie mir bitte einen Termin mit Herrn Dr. Fielbrecht.«

Frau Neumayer stutzte kurz und nickte dann. »Hat der Unsympath was ausgefressen?«

»Nein. Aber er könnte ein Zeuge sein. Und schicken Sie mir bitte Herrn Levin rein.«

Es dauerte eine Weile, bis er kam. Wie meistens blieb er auch dieses Mal im Türrahmen stehen, in der Hand hielt er den Autoschlüssel des BMW. »Dr. Fielbrecht hat jetzt für uns Zeit«, sagte er.

Die Kommunikation außerhalb ihres Büros funktionierte offenbar hervorragend. Mitunter fühlte sie sich wie auf einer Insel. Levin das Du anzubieten könnte helfen, doch etwas in ihr sträubte sich dagegen. Sie griff sich ihre Handtasche. »Dann wollen mir mal.«

Dr. Fielbrechts Bürogebäude lag im Nordosten der Stadt im Gewerbegebiet Lauterer Höhe; ein schwarzer, zweistöckiger Glasquader-Neubau inmitten einer Brache. Verschiedene Einkaufsmärkte sowie die HUK-Arena befanden sich in der Nähe und waren über die Autobahn gut zu erreichen.

»Parkplatzprobleme gibt es keine«, sagte Levin und stellte den BMW genau vor der Eingangstür ab.

»Wohnen wird er nicht hier draußen.«

»Seine derzeitige Adresse ist in Coburg im Probstgrund.«

Wo immer das war. Sie drückte die Glastür am goldfarbenen Griff auf. Drinnen glänzte weißer Marmor mit grauen Schattierungen, auf dem schwarze Büromöbel standen. Wer hierherkam, um Geld anzulegen, war an der richtigen Adresse, versprach das Ambiente.

Eine ältere Dame in hellem Kostüm geleitete sie über eine Freitreppe in den ersten Stock in Fielbrechts Büro. Der hagere Mann erinnerte entfernt an den Prinzgemahl Philip in jüngeren Jahren. Er begrüßte sie mit Handschlag. Seine Rhetorik war geschliffen, die Gesten wirkten einstudiert. Kurz, ein Unsympath, wie er im Buche stand. Maxi ging auf seinen Small Talk ein, um keine Missstimmung aufkommen zu lassen.

»Kommen wir zum Punkt«, sagte Levin unvermittelt. »Es geht um einen Telefonanruf.«

»Ich mache keinen Telefondienst.«

»Auf Ihrer Privatnummer.«

Sofort zogen sich Fielbrechts Augenbrauen zusammen, alles Leutselige fiel von ihm ab. »Was geht Sie meine Privatnummer an? Haben Sie einen richterlichen Beschluss? Den möchte ich sehen!«

»Nicht Ihr Telefon wurde überprüft«, beschwichtigte sie, »sondern das einer anderen Person, und dazu hatten wir die entsprechende Verfügung und einen Anlass.«

Fielbrechts Gesicht glättete sich etwas, die Falte zwischen den Augenbrauen blieb jedoch hartnäckig bestehen. »Mich soll jemand, der überwacht wird, privat angerufen haben? Das wäre unerhört. In meinem Bekanntenkreis ist keiner, der die Aufmerksamkeit der Polizei auf sich zieht.«

Levin legte einen Auszug der Telefonliste auf den Tisch. »Eine Frau Enrico aus der Dominikanischen Republik hat Sie am Donnerstag um 19 Uhr auf Ihrer privaten Nummer angerufen.«

»Ach so.« Fielbrecht griff danach, studierte die kurze Übersicht. »Frau Enrico ist eine Geschäftspartnerin in der Karibik. Sie wollte einen Termin mit mir vereinbaren.«

»Ist das nicht ungewöhnlich? Warum nimmt eine Ausländerin die Hilfe einer Coburger Anlageberatungsfirma in Anspruch?«

»Erstens sind wir international aufgestellt, und zweitens hat Frau Enrico kein Geld bei uns angelegt. Wir verwalten die Kapitalanlagen von deutschen Staatsbürgen in der Karibik. Sie agiert quasi als Vermittlerin.«

»Frau Enricos Unternehmen firmiert unter dem Namen ›Domingo-Invest‹. Da dachte ich, es ginge um die Vermittlung von Immobilien oder Ähnlichem in der Dominikanischen Republik.«

»Wir sind eine seriöse Firma. Unsere Kunden investieren nicht in spekulative Immobilien.«

»Hört sich gut an«, sagte Maxi, um dem Gespräch die Spitze zu nehmen. »Wir haben keine Veranlassung, dies zu bezweifeln.«

»Warum sind Sie dann hier, Frau …« Fielbrecht warf einen

Blick auf ihre Visitenkarte, »Frau Kriminalrätin Frohn?« Er nickte anerkennend und deutete auf Levin. »Er ist nur Oberkommissar, richtig? Ihr Gehilfe sozusagen.« Jetzt lächelte er breit. »Nichts für ungut. War nur ein Witz, Herr Levin.«

Levin reagierte nicht, behielt ein neutrales Gesicht und beugte sich vor. »Frau Enrico ist tot. Kannten Sie ihren wahren Namen?«

Fielbrecht wurde blass. »Das … Das wusste ich nicht. Tot? Um Himmels willen …«

»Sie wurde in einem Brunnen ertränkt.«

Levin konnte unbarmherzig sein, wenn er jemanden zu seinem Feind erkoren hatte. Schultz' Warnung fiel ihr ein. Sie hob die Hand ein wenig, um Levin zu bedeuten, sich zu mäßigen.

Fielbrecht fuhr zurück, die Augen weit geöffnet. Die Falte zwischen seinen Augenbrauen war verschwunden. »Wieso …?«

»Ihr wahrer Name war Melinda Hauptmann. Sie stammte ursprünglich aus Coburg. Wussten Sie das?«

Seine Augenlider flatterten. »Nein. Mein Gott. Frau Enrico nahm vor Jahren von Santo Domingo aus Kontakt mit mir auf. Ich hatte mich schon gewundert, woher sie von uns wusste. Und diese Frau … Hauptmann, sagen Sie, ist tot?«

»Richtig.« Levin nahm die Telefonliste und steckte sie ein. »Was wollte sie von Ihnen? Woher hatte sie Ihre Privatnummer?«

»Einen Termin ausmachen, wie ich bereits sagte. Meine Privatnummer hatte ich ihr gegeben, als wir unser Büro vor zwei Jahren von Coburg hierher verlagert hatten. Damals war alles im Umbruch begriffen, und wir wollten in Kontakt bleiben.«

»Sie wohnen in Coburg?«

»Ja.« Sein Gesicht nahm wieder den Ausdruck eines aalglatten Politikers an. »Ich habe ein nettes Häuschen im Probstgrund in der Nähe des Hofgartens. War das alles, was Sie wissen wollten, Frau Kriminalrätin?«

»Für den Moment ja, Herr Dr. Fielbrecht.« Sie erhob sich, streckte ihm die Hand entgegen. »Falls Ihnen noch etwas einfällt, haben Sie meine Karte.«

Er drückte ihre Hand kräftig und sagte: »Die habe ich«, und stolzierte zu seinem Schreibtisch zurück, wobei er Levin völlig ignorierte. Kaum waren sie aus dem Gebäude, knurrte Levin: »So ein verlogenes Arschloch.«

23 RICHARD

Eine Woche nach dem Coburger Schlossplatzfest, Donnerstag

Typen wie Fielbrecht hatte er gefressen. Es gab einige Politiker, denen er Respekt zollte, aber Fielbrecht gehörte mit Sicherheit nicht dazu. Dabei hatte ihn weniger die Bemerkung mit dem »nur Oberkommissar« geärgert, sondern vielmehr dessen arrogantes Auftreten, insbesondere, wie er Maxi zuerst hofiert und dann wegen der Telefonnummer sofort auf Angriff geschaltet hatte.

»Warum meinen Sie, dass er lügt?«, fragte sie im Auto.

»Seine Körpersprache drückte das aus. Er ist tiefer in die Sache verstrickt, als er zugibt. Melinda Hauptmann alias Maria Enrico als Anlagenberater für Deutsche auf einer Karibikinsel – dass ich nicht lache.«

»Auf Mallorca gibt es das garantiert; Finanzierung von Grundstückeigentum zum Beispiel.«

»Das ist Europa. Aber in der Karibik …? Dass reiche Amerikaner dort ihr Geld anlegen wollen und deshalb Beratung suchen, sehe ich ein, aber Deutsche? Gut, ich gebe zu, von dem Geschäft keine Ahnung zu haben, weil es mich nicht betrifft. Warum haben Sie mich bei ihm ausgebremst?«

»Weil Sie den Mann angegangen sind, als wäre er der Mörder.«

»Sie haben mich noch nicht in voller Fahrt erlebt.«

»Stimmt. Ich habe nur das Endergebnis davon gesehen: einen Niedergeschlagenen und einen Angeschossenen. Sie müssen sich im Dienst etwas mehr zurücknehmen.«

Das fuhr ihm gewaltig in die Nase. Die Anwendung von Gewalt war beide Male gerechtfertigt gewesen, obwohl er zugeben musste, dass er mit weniger auch sein Ziel erreicht hätte. »Immerhin leben sie noch.« Sie warf ihm einen besorgten Blick zu, der ihn wieder versöhnlicher stimmte. »Keine Angst, ich bin kein verkappter Serienmörder. Jemanden zu töten ist beileibe kein Spaß.«

Kaum war der Satz heraus, bereute er ihn, implizierte er doch, dass er getötet hatte: bei Einsätzen des KSK und einmal in einer Notwehrsituation als Kripobeamter. Er hätte den Mann, der seine Waffe auf ihn gerichtet hatte, auch kampfunfähig schießen können, doch beim Anblick der Nazitattoos auf dessen Oberarmen und den blutigen Springerstiefeln, mit denen er sein wehrloses Opfer totgetreten hatte, war ihm die Sicherung durchgebrannt. Frohn wusste davon. Er bog auf die Ortsumgehung von Rödental Richtung Neustadt ein.

»Es hängt immer von der Situation ab, warum man anders handelt als normalerweise«, sagte sie sanft.

Für alles musste bezahlt werden, besonders für Fehler. »Da bin ich ganz Ihrer Meinung.«

Von rechts grüßte die Veste Coburg herüber. Maxi drehte ihren Kopf zum Fenster. »Sie fahren nicht zur Inspektion?«

»Richtig, wir fahren nach Neustadt, Walter Hauptmann befragen.« Sie passierten Wiesen und einen üppigen Wald mit hochgewachsenen Bäumen. »Dort hinten liegt Schloss Rosenau mit dem Glasmuseum und einem schönen Park. Waren Sie schon mal dort?«

Maxi verneinte. »Wenn man jedes Wochenende nach Hause fährt, bleibt für so etwas keine Zeit. Eigentlich bin ich nie richtig umgezogen, bin nur zum Arbeiten hier.«

Richard schwieg. So gesehen ging es ihm ähnlich. Auch er war in Coburg nie richtig heimisch geworden. Und wenn er doch einmal übers Wochenende blieb, war es angefüllt mit Arbeit. »Kommt mir bekannt vor«, gab er zu.

»Was treibt Sie nach Nürnberg?« Sie machte eine kurze Pause. »Familie?«

Wollte sie wissen, ob er liiert war? Er entschloss sich, ehrlich zu sein. »Oma und Hobby.«

»Ihre Oma?«

»Ich weiß, das klingt komisch, aber nach dem Tod unserer Mutter hat sie mich und meinen Bruder aufgezogen, weil Vater sich aus der Verantwortung gestohlen hat.«

»Was hat Ihr Vater beruflich gemacht?«

»Ist noch bei der Bundespolizei, steht kurz vor der Pensionierung. Ich bin der berühmte Apfel, der nicht weit vom Stamm gefallen ist, während mein Bruder weiter weggerollt ist. Er ist Ingenieur.«

Jetzt lachte sie. »Im gewissen Sinne trifft das ja auch auf meinen Vater und mich zu.«

»Nur dass die Kripo bei der Bevölkerung mehr Ansehen genießt als die Bundeswehr.«

Weiter wollte er das Thema nicht vertiefen, auch sie schwieg. Sie näherten sich Neustadt.

Richard steuerte den Wagen zum Haus von Walters Vater, der wieder im Garten herumhantierte, in einer Hand ein Eimerchen und in der anderen eine Art Pinzette, mit der er Nacktschnecken von seinen Erdbeeren pflückte. Jede einzelne von ihnen wurde dabei mit übelsten Beschimpfungen bedacht.

»Grüß Gott«, sagte Richard.

»Tach«, kam es knapp zurück. Der Weißwurstäquator lag eine halbe Autostunde südlich.

»Ist Ihr Sohn da oder auf der Arbeit?«

Jetzt erst wandte Alfons Hauptmann seine Aufmerksamkeit ihnen zu, ließ seinen Blick auffällig über Maxis Körper gleiten, der heute in Hose und Bluse steckte.

»Meine Vorgesetzte, Kriminalrätin Frohn«, sagte Richard kälter als beabsichtigt.

»Wusst' gar net, dass ihr bei der Kripo so schneggeliche Weiberleut habt. Da macht die Arbeit gleich viel mehr Spaß, gell?«

Am liebsten hätte Richard dem alten Deppen eine gelangt. »Wo ist Ihr Sohn?«, fragte er scharf.

»Drin' im Haus.« Alfons Hauptmann drehte sich um und schrie nach Walter. Kurz darauf trat der Gerufene in kurzen Hosen und offenem Hemd heraus. Er wirkte übernächtigt, jedoch nüchtern.

»Ich würde Sie gern hereinbitten, aber wir sind gerade nicht auf Besuch eingestellt«, sagte Walter mit Blick auf Maxi.

»Ein bisschen Unordnung stört mich nicht«, versicherte Maxi. »Hauptsache, wir haben eine Sitzgelegenheit.«

»Na dann.«

»Was wollt ihr von ihm?« Der Alte stellte seinen Eimer ab, in dem die Schnecken um ihr Leben kämpften.

Mit hochgezogener Nase beäugte Maxi den Inhalt. »Warum werfen sie sie nicht einfach über den Zaun, anstatt sie zu vergiften? Dann hätten die Igel und Vögel wenigstens was zu fressen.«

»Was ham die Viecher mit Walter zu tun?«

»Natürlich nichts.« Sie schritt an dem Gifteimer vorbei und folgte Walter ins Haus.

Drinnen roch es unangenehm nach Bier, Zigarettenrauch und Kochdunst. Walter führte sie in einen Raum am Ende des Flurs und riss das Fenster auf. Ein Klavier, ein kleiner Tisch, darauf ein Spitzendeckchen, zwei Sessel und ein Sofa – alles wahrscheinlich aus einer Zeit, als Polizisten noch Pickelhauben trugen.

»Die gute Stube meiner Großeltern.« Walter deutete auf einen der Sessel. »Nehmen Sie Platz, Frau Frohn. Sie natürlich auch, Herr Levin.«

Auch Walter setzte sich, die Hände wie zum Gebet zusammengepresst, aufs Sofa. Richard hoffte, Maxi würde das Gespräch übernehmen, da er ihr mehr diplomatisches Geschick zutraute.

»Herr Hauptmann«, sagte sie. »Wir müssen Ihnen etwas eröffnen, das für Sie sehr schwer zu verkraften sein wird.«

Walter zeigte den Ansatz eines Kopfschüttelns. »Und das wäre? Schlimmer als in La Romana einzusitzen kann es nicht sein.«

»Ihr Frau …«

»… ist tot. Ich weiß. Ich habe meine Strafe abgesessen.«

»Das ist uns bekannt. Es ist nur …« Maxi schüttelte nun ihrerseits den Kopf. »Melinda ist erst seit letzter Woche tot.«

Walter starrte sie ungläubig an, seine Lippen zuckten.

»Sie haben Melinda damals nicht getötet«, bekräftigte sie.

»Nicht? Aber …«

»All die Jahre lebte sie unter falschem Namen in der Dominikanischen Republik.«

Walter war wie zu Stein erstarrt, bewegte nur den Mund, als suchte er nach Worten.

»Ich kann mir vorstellen, dass es Ihnen sehr schwerfällt, das zu akzeptieren.«

»Melinda?«

»Zusammen mit …« Maxi brach ab, blickte Hilfe suchend zu Richard. Jetzt musste er doch ran. Ob er allerdings genügend Taktgefühl und Einfühlungsvermögen aufbringen konnte, bezweifelte er.

»Zusammen mit Ihrem Bruder Felix«, ergänzte er.

»Felix?«

»Beide waren letzte Woche in Coburg.«

»Hier?« Endlich kam Bewegung in ihn. Er fiel vor ihren Augen regelrecht auseinander, nahm seinen Kopf in beide

Hände, stöhnte laut und wiegte sich vor und zurück. »Das kann nicht sein! Sie täuschen sich! Lüge, Lüge, alles Lüge!«

Besser den Mund halten. Das Gesagte erst einmal sacken lassen. Schließlich war der arme Kerl von Frau und Bruder betrogen worden. Ein Leben zerstört für … Für was eigentlich?

Walters Schultern hoben und senkten sich, dann schüttelte ihn ein Weinkrampf. Richard wartete, bis das Schluchzen aufgehört hatte.

Maxi kam ihm zuvor. »Es tut mir wirklich leid, was Ihnen passiert ist, Herr Hauptmann.«

»Das braucht es nicht. Sie tragen doch keine Schuld daran.«

Die Frage nach dem Warum geisterte immer noch in Richards Kopf herum. Dass die dominikanische Polizei korrupt sein konnte, war hinlänglich bekannt, aber ließen sich dort auch Richter kaufen? »Können Sie sich vorstellen, warum Ihre Frau ihren Tod vorgetäuscht hat?«

»Nein. Das war bestimmt Felix' Idee, dieser Scheißkerl!«

»Hatte Ihre Frau eine Lebensversicherung?«

»Ja. Die wurde an Felix ausbezahlt.«

Das war überraschend, passte jedoch gut zu dem Betrug, den die beiden auf der Karibikinsel abgezogen hatten.

»Wie hoch war die Summe?«, fragte Maxi.

»500.000 Mark, glaube ich. Genau weiß ich es nicht.«

»Wir werden das überprüfen«, sagte sie. »Leider sind wir noch nicht fertig.«

»Was denn noch?« Er richtete sich auf. »Sie sagten …«

»Genau. Melinda wurde ermordet in Coburg aufgefunden.«

»Die Brunnenleiche? Aber die sah ihr doch gar nicht ähnlich?«

»Sie hatte ihre Haare gefärbt, und außerdem ist natürlich viel Zeit vergangen, seit Sie sie zum letzten Mal gesehen haben.«

»Ich war's nicht, das sage ich euch gleich.«

»Haben Sie ein Alibi?«, fragte Richard. »Wo waren Sie letzten Donnerstag?«

»Hier. Und jetzt gehen Sie bitte. Ich muss das alles erst mal verdauen.«

Das war verständlich. Richard verabschiedete sich, öffnete die Tür zum Flur und lief in Walters Vater, der ihn völlig entgeistert anstarrte. »Haben Sie etwa gelauscht?«

»Verfluchte Hure«, polterte der Alte los. »Hat se endlich einer abgemurkst. Geschieht dem Miststück ganz recht. Und damit ihr's wisst, mei' Sohn war die ganze Nacht über zu Hause.«

Richard hatte genug. Er schob den Alten unsanft zur Seite, sodass Maxi unbehelligt an ihm vorbeikonnte.

Draußen, im Auto, ließ sich Richard Zeit damit, loszufahren, denn das soeben Erlebte bewegte ihn zu sehr. »War Walters Reaktion gespielt oder echt?«, fragte er Maxi.

»Der hatte keine Ahnung.«

»Somit fällt er als möglicher Täter aus, obwohl das Alibi seines Vaters kaum was zählt.«

Er ging nicht darauf ein und fuhr los. Der Fall wurde immer komplizierter, und dass Fielbrecht seine Finger im Spiel hatte, davon war er überzeugt.

24 WALTER

Mittwoch vor dem Coburger Schlossplatzfest

In den letzten zwei Jahren hatte sich alles wieder eingependelt, wenn auch der Weg anfangs sehr steinig gewesen war. Manches Mal hatte er gedacht, die Klippen vor ihm nie überwinden zu können, trotzdem war es immer irgendwie weitergegangen. Anfangs hatten ihn die Leute gemieden, doch nach einer Weile waren ihnen andere Themen wichtiger gewesen. Wegen der Flüchtlinge, die ins Land strömten, wurde die Angst vor einem Mörder durch die vor Überfremdung ersetzt.

Zielstrebig hatte Walter sich seinen Weg in einen normalen Alltag zurückgekämpft. Er war da und am Leben, auch wenn ihm Schuldgefühle nachts den Schlaf raubten. Zum Glück ließen ihn die Albträume wenigstens am Tage in Ruhe. Natürlich gab es Rückschläge, aber wer La Romana überlebt hatte, den konnte nichts mehr schrecken. Wenn er neuen Mut brauchte, schaute er hinüber ins ehemalige Grenzgebiet. Was die geschafft hatten, konnte er auch.

Zuerst hatte ihm das Jobcenter ein paar Gelegenheitsjobs vermittelt: Straßenkehrer, Müllsammler, Toilettenreinigungskraft. Egal, Hauptsache, er konnte sich über Wasser halten. Seine erste Hose seit Jahren hatte er sich im Billigmarkt in Sonneberg gekauft, dazu zwei T-Shirts für zehn Euro sowie ein Paar Schuhe. Mächtig stolz war er auf sich gewesen, als er mit der Einkaufstüte in der Hand nach Hause marschiert war.

Dann hatte Vater Willi, einen alten Freund und Petrijünger wie er, überzeugen können, dass Walter ein guter Arbeiter war.

Willi betrieb eine kleine Reparaturwerkstatt für alles, was mit Motor lief. Die Arbeit machte Walter Spaß. Manchmal fuhren sie aufs Feld, wenn ein Traktor streikte, und wenn er wieder tuckerte, spendierte Willi ein Bier und eine Brotzeit.

Er führte ein einfaches Leben, aber eines, das ihm wohltat. Die Ereignisse in der Karibik verloren allmählich ihre Schärfe, und auch die Albträume wurden seltener. Die Zeit hatte zwar seine Wunden geheilt, durch die Narben wurde er jedoch immer wieder an diese traumatischen Jahre erinnert.

Ulla war zu einem festen Bestandteil seines Lebens geworden. Sie schliefen sogar miteinander, ohne dass von seiner Seite Liebe im Spiel war. Sie akzeptierte das, bezeichnete ihn als ihren Freund, während er selbst kein passendes Wort für ihre Beziehung fand. Wahrscheinlich hatte er die Fähigkeit zu lieben im Laufe der Jahre verloren.

An diesem Tag nun erhielt er einen Anruf, den er gehofft hatte, nie zu bekommen. Wie der Tausendfüßler im Rattenloch von La Romana kroch die Stimme in sein Ohr.

»Ich weiß, das kommt überraschend«, sagte Felix.

Walter blieben die Worte im Halse stecken. Nur mit Mühe brachte er ein »Du?« heraus.

»Ja. Ich. Felix.«

»Du wagst es?«

»Warum nicht? Ich habe nichts getan.«

»Du hast mich den Schweinen zum Fraß vorgeworfen!«

»Du kannst mir doch nicht vorwerfen, vor Gericht die Wahrheit gesagt zu haben.«

Schwindel erfasste Walter. Vor seinem geistigen Auge sah er den Gerichtssaal, hörte, wie sein Bruder ihn beschuldigte, das Unglaubliche getan zu haben. »Felix«, krächzte er.

»Deine Freude scheint sich in Grenzen zu halten.«

Endlich löste sich der Knoten in seinem Hals. »Du Scheißkerl! Du hättest die Aussage verweigern können.«

»Wirklich? Ich war damals stinksauer auf dich. Du hattest mir unterstellt, ich würde dir deine Frau ausspannen. Außerdem hast du mir mein Geschäft ruiniert. Wer geht schon auf ein Boot, auf dem ein Mord geschehen ist?«

Walter setzte sich, wusste darauf nichts zu sagen. Sein Nacken war schweißnass. »Wo bist du?«

»Du wirst es nicht glauben, in Coburg.«

Verzweifelt rang Walter nach Fassung. »Was? Hier?«

»Du bist in Wildenheid, bei den Neustadter Hundsfressern, stimmt's? Haha.« Felix musste übergeschnappt sein.

»Wie geht es dir?«

»Blendend. Ich mache jetzt die große Kohle.«

»Mit deinem Boot?«

»Nein, Fielbrechts alten Kahn habe ich längst verscheuert. Seit Neuestem fahre ich einen Katamaran. Der liegt wesentlich ruhiger auf dem Wasser, was für meine Urlaubsgäste viel angenehmer ist.«

»Du redest, als wäre nie etwas gewesen.«

»Ist doch Schnee von gestern. Ich hab dir längst verziehen. Können wir uns irgendwo treffen? Wie wär's auf dem Schlossplatzfest in Coburg? Würde mich echt freuen.«

»Ich weiß nicht, ob …« Walters Kopf schwirrte noch immer. »Okay. Wann?«

»Wie wär's mit morgen um 20 Uhr? Wir stoßen mit Champagner auf unser Wiedersehen an.«

Walter konnte sich keinen Reim auf das Angebot machen. Sein Herz trommelte schmerzhaft in der Brust. Felix, Melinda, das Meer – alles war plötzlich wieder präsent. Was bezweckte sein Bruder? War er in sein Leben zurückgekehrt, um erneut alles zu zerstören?

25 RICHARD

Eine Woche nach dem Coburger Schlossplatzfest, Donnerstag

Auf der Fahrt zurück zur Inspektion kreisten Richards Gedanken um die zweimal getötete Melinda. Was war die Motivation für ihren Betrug gewesen? Hätte eine normale Scheidung nicht auch genügt? Auf das Gehalt eines Polizeimeisters war sie garantiert nicht angewiesen gewesen, oder hatte er etwas übersehen? Die Lebensversicherung allein konnte ausreichend gewesen sein, doch der Eindruck verdichtete sich, dass sich dahinter viel mehr verbarg, als es den Anschein hatte.

»Wir sollten Fielbrecht fragen, wo er am Donnerstag gewesen ist«, sagte Maxi, als er den Wagen im Parkhaus abstellte.

Maxi hatte wohl auch Zweifel an Fielbrechts weißer Weste, zumal er Melindas Arbeitgeber gewesen war, mit dem sie unter falschem Namen weiterhin Geschäfte gemacht hatte. »Halten Sie ihn für den Täter?«

»Schwer zu sagen. Eher nicht.«

»Ich auch nicht. Es müsste vermutlich einiges passieren, bevor einer wie Fielbrecht zum Mörder wird. Er hat Anwälte, die ihm Unangenehmes vom Leib halten und für ihn die Kohlen aus dem Feuer holen. So einer ist schleimig wie die Schnecken in Hauptmanns Eimer und glatt wie eine runtergefallene Seife, die in der Gemeinschaftsdusche keiner aufheben möchte.«

Maxi lachte. »Das mag ich mir gar nicht vorstellen, was Sie da andeuten. Also ich verwende Duschgel, und Sie?«

»Ich auch.« Nun musste auch er lachen.

»Es macht Sie viel sympathischer, wenn Sie etwas lockerer und nicht immer so hart sind.« Sie stieg aus, und er folgte ihr zum Hintereingang des Gebäudes, wobei er ein wenig verwirrt war, was sie mit »hart« gemeint hatte. War er das wirklich? Okay, manchmal schlecht gelaunt, aber hart?

Ein kühler Wind wehte kräftig und erinnerte ihn daran, dass Sonnenschein in Deutschland eher selten war. Bald würde es zu regnen anfangen, und das sollte übers Wochenende anhalten. Schade, denn eigentlich wollte er mit seinem Freund Dom wieder mittelalterliche Kampftechniken üben. Er hielt ihr die Glastür auf, und sie bedankte sich im Vorbeigehen.

Vor der Treppe nach oben blieb sie stehen. Er stellte sich neben sie und wartete, was sie zu sagen hatte.

»Wir bleiben an Fielbrecht dran.« Das klang bestimmt. »Erpressung könnte durchaus ein Motiv für einen Mord sein.«

Dem musste er zustimmen. »Der Bursche verheimlicht uns etwas. Politiker wird man in den seltensten Fällen durch Ehrlichkeit. Und Ulla Schuster sollten wir auch nicht aus den Augen verlieren.«

Maxi schüttelte ihren Kopf, wobei ihre halblangen Haare mitschwangen. »Sie meinen, sie hat die eigene Schwester ermordet? Wieso sollte sie?«

Darauf wusste er keine Antwort. »Sollte sich herausstellen, dass Walter Hauptmann schon letzte Woche gewusst hat, dass Melinda am Leben und zurück in der Heimat ist, wäre er der Hauptverdächtige. Vielleicht glaubt er, dass er für dieselbe Tat nicht zweimal belangt werden kann.«

»Und das zu Recht, denn in Deutschland gibt es keine Doppelbestrafung.«

»Die erste Verurteilung war durch ein Gericht außerhalb der EU erfolgt und obendrein für eine Tat, die er nicht begangen hatte. Ich weiß gar nicht, ob es dafür einen Präzedenzfall gibt?«

»Hm, seine Reaktion vorhin war nicht gespielt, Richard.«

»Bei einer posttraumatischen Belastungsstörung kann man die alten Gefühle reproduzieren, indem man an das auslösende Ereignis denkt.«

»Seine Erlebnisse sollten aber nichts Derartiges ausgelöst haben. Sicher war das Gefängnis und die Gesamtsituation belastend, jedoch gewiss nicht so stark, dass er an PTBS leidet. Nein, Richard, ich glaube, Sie verbeißen sich da am Falschen.«

»War nur so ein Gedanke, weil Motivation und Tatausübung zu ihm passen würden. Wir sollten das oben im Büro weiterbesprechen.«

Sie nahm die ersten Stufen. »Wir dürfen Felix nicht vergessen. Der Mann kann uns bestimmt weiterhelfen. Der war von Anfang an involviert, besonders wenn ich an die Lebensversicherung denke.«

»Sehe ich genauso. Die Ausschreibung zur Aufenthaltsfeststellung hat bis jetzt noch kein Ergebnis gebracht. Ich schaue mal, was wir über Melindas Firma herausfinden können, Maxi.«

Verdammt, jetzt war ihm ihr Vorname doch rausgerutscht. Ein kurzes Lächeln umspielte ihren Mund, ehe sie hocherhobenen Hauptes in Richtung von Schultz' Büro davonging.

Hoffentlich hatte sie seinen hochroten Kopf nicht bemerkt. Offenbar bewirkte sie bei ihm Reaktionen, die er nicht kontrollieren konnte. Zeit, dass das Wochenende kam und er sich mit Dominik in einem ordentlichen Schwertkampf abreagieren konnte. Auch das sich daran in der Regel anschließende Bier und die Nürnberger Bratwürste sollten seinen Gemütszustand wieder ins Gleichgewicht bringen.

Er ging in ihr Büro, in dem Jan soeben genüsslich einen Burger verdrückte. Mayonnaise tropfte von seinen Fingern. Neben ihm saß Peter, der mit einer Plastikgabel in einer Pappschale herumstocherte.

Als Jan ihn bemerkte, legte er den angebissenen Burger auf einem Pappteller ab, leckte sich die Finger ab und griff nach einer Papierserviette. Peter hingegen schob sich eine große, dicke Tomatenscheibe in den Mund. Dass sie überhaupt darin Platz fand, war erstaunlich.

»Hi, Boss«, sagte Jan.

Peter machte schmatzende Geräusche.

»Das ist ein Veggieburger, also kein Fast Food, extra frisch zubereitet, falls es dich interessiert.«

»Nein, interessiert mich nicht.« Richard schaute demonstrativ auf seine Armbanduhr: kurz nach drei, Kaffeezeit. »Macht ihr noch Mittagspause?«

»Seit wann gibt's bei uns pünktliche Pausen?«

Richard setzte sich auf seinen Stuhl. »So, so, kein Fast Food also?«

Peter hatte die Tomatenscheibe inzwischen runtergewürgt. »Grünzeug is g'sund – sagen die Küh'. Und außerdem gut für die Figur.«

»Mannequins kann ich hier nicht gebrauchen. Ihr zwei habt euch offenbar gesucht und gefunden.«

»Passt scho'«, sagte Peter und rülpste laut. »Mir reicht's. Noch a Salatblatt mehr und ich sag muh.«

»Wäre kein so großer Unterschied zu dem, was du sonst von dir gibst.« Richard schaltete seinen Computer an und legte seinen Notizblock neben die Maus. »Wir brauchen Informationen über eine dominikanische Firma.«

»Die G'schicht' mit der Steuerfahndung?«, fragte Peter.

»Warum bin ich nicht überrascht, dass du davon weißt?«

»Man hat halt Verbindungen. Hab g'hört, dass a Coburger Firma unsern Herrn Finanzminister übers Ohr g'haun ham soll. Des is' aber net unser Bier, sondern des von der Steuerfahndung.«

»Stimmt. Aber uns interessiert die Verbindung von Frau Enricos Domingo-Invest zu Dr. Fielbrechts Anlagen- und Finanzberatungsfirma. Der steuerliche Aspekt ist dabei nebensächlich. Können wir selbst in Erfahrung bringen, womit die Domingo-Invest ihr Geld verdient, oder brauchen wir dazu die Hilfe der dominikanischen Behörden? Jan?«

Bevor der antworten konnte, meldete sich Peter zu Wort: »Die beschuldigte Coburger Firma hat den Fielbrecht als Finanzberater engagiert – sagen die vom K3. Interessant, gell?«

Das Fachkommissariat K3 war für die Verfolgung von Wirtschaftskriminalität zuständig. Sein Freund Dominik arbeitete in Nürnberg im gleichen Dezernat. »Dann könnte also eine Verbindung zwischen den Firmen bestehen. Bin gespannt, was uns die Kollegen vom Finanzamt zu berichten haben.«

»Davon red ich doch.« Peter ließ den Rest des Salats in den Papierkorb fallen. »Ali Salem vom K3 hat mich drauf aufmerksam g'macht, weil er meint, da könnt' noch mehr dahinterstecken als nur Steuerhinterziehung.«

»Ermittelt das K3 bereits?«

»Weiß net. Jedenfalls besteht a Anfangsverdacht. Die von der Steuerfahndung ham g'sagt, dass … Moment amal.« Peter zog ein Blatt aus seiner Hosentasche und las vor: »… dass eine Steuerhinterziehung der betreffenden Firma durch das Betreiben einer Basisgesellschaft stattgefunden hat. Unter ›Basisgesellschaft‹ versteht man eine Firma, die zwar auf dem Papier existiert, aber keinen Geschäftsbetrieb unterhält.« Peter blinzelte ihn an. »Was immer des heißen mag.«

Komisch, wenn Peter las, sprach er reinstes Hochdeutsch. »Die meinen eine Briefkastenfirma oder auch Scheinfirma. Sie existiert nur nominal, kommt in den Genuss der Steuervorteile des Staates, in dem sie residiert, betrügt jedoch das Land, in dem sie Geschäfte macht, um dessen Steuern.«

»Dazu kann ich auch was beitragen«, sagte Jan. »Es gibt Unternehmen, die bieten diesen Briefkastenfirmen ein

Domizil: eine postale Adresse, eine Sekretärin, sogar einen Repräsentanten. Das kann regelrecht ausarten. 500 Firmen haben dann dieselbe Adresse als Firmensitz und werden von drei Mitarbeitern verwaltet. Alles völlig legal.«

»Und unsere Frau Hauptmann alias Frau Enrico hat eine solche Firma unterhalten?«

»Genau das hat der Computer ausgespuckt.«

»Mit Fielbrecht im Hintergrund, der interessierte Firmen an Hauptmann weitervermittelte?«

»Von Fielbrecht steht hier nichts, dafür aber was anderes.« Jan winkte ihn zu sich. »Das müssen Sie selbst sehen, Boss.«

»Ich bin kein Boss, und wir duzen uns alle.« Richard stand auf, stellte sich hinter Jan und traute seinen Augen kaum. Der Bildschirm zeigte einen Interpoleintrag. Erst letzte Woche hatte das FBI eine Razzia durchgeführt. »Das ist ein Ding. Wie wir bereits wissen, hat unsere Tote ein Offshorebüro für Steuerflüchtlinge geleitet. Es kommt aber noch dicker: Felix Hauptmann und Maria Enrico sind zur Fahndung ausgeschrieben.«

»Die Maria hammer scho' – allerdings leicht unterkühlt«, sagte Peter. »Fehlt noch der Felix.«

»Wir sollten uns beeilen, ihn zu finden. Wenn er erst mal in den Händen der Amerikaner ist, wird's schwierig.«

»Wieso das denn? War doch ihre Firma, nicht seine.«

»Das schon.« Richard schlenderte zu seinem Platz zurück und ließ sich auf den Stuhl fallen. Das Gelesene musste er erst einmal verdauen.

Peter machte es ihm gleich und nahm hinter seinem Schreibtisch Platz. »Raus mit der Sprache, Boss.«

Richard winkte ab, wollte auf die Provokation nicht eingehen. Es gab im Moment Wichtigeres. »Felix Hauptmann ist seit drei Tagen international zur Fahndung ausgeschrieben. Nicht wegen irgendeines Steuervergehens, sondern wegen Mordes.«

26 MAXI

Eine Woche nach dem Coburger Schlossplatzfest, Freitag

Maxi räumte ihren Schreibtisch auf, packte ihre Sachen zusammen, bereit, nach München zu fahren. Schon in aller Frühe hatte sie ihren kleinen Rollkoffer gepackt. »So kommen Sie nie in den Genuss der guten Coburger Klöße, wenn Sie jedes Wochenende heimfahren«, hatte die Wallner ihr vorhin gesagt. »Ohne Brat'n und Kloß is' am Sonntag nix los.«

»Wird schon mal klappen«, hatte Maxi erwidert und abgewinkt, wohl wissend, dass es bis dahin noch sehr lange dauern könnte. Als hätte sie es geahnt, rief in diesem Moment ihre Mutter aus München an.

»Vater wird am Samstag aus der Klinik entlassen«, klagte

sie. »Du kommst hoffentlich heim, nachdem du es unter der Woche schon nicht geschafft hast.«

»Ach, Mama. Ich kann nicht weg, wenn hier wichtige Sachen anliegen, zumal ich erst einige Wochen im Amt bin. Wie sähe das denn aus?«

»Ich mache dir keine Vorwürfe.«

Natürlich waren das welche, was denn sonst? Maxi seufzte leise. Es verging kein Wochenende, an dem ihr der Weggang nicht vorgeworfen wurde. »Ich komme heute Abend, nach Dienstschluss. Wenn kein Stau ist, bin ich drei Stunden später da.«

»Es regnet, also fahr vorsichtig, nicht schneller als 100, hörst du?«

Gott sei Dank konnte sie Maxis Augenrollen nicht sehen. »Mach ich doch immer.« Sie liebte ihre Mutter, aber manchmal ärgerte es sie, dass sie nicht realisierte, dass ihre Tochter erwachsen geworden war.

Auch die Frage, warum sie immer noch nicht Großmutter war, hatte Maxi öfter zu hören bekommen, und ob sie denn nicht endlich heiraten wolle.

Als wäre das ihr Ziel. Einen guten Mann zu finden, hatte Maxi längst aufgegeben. Dumme und Faule gab es en masse, und die begehrenswerten Männer hatten längst ihre Assistentin geheiratet, wie ihr Ex-Freund zum Beispiel. Sie atmete tief durch.

»Morgen um 9 Uhr haben wir einen Termin beim Entlassungsmanager, der mit uns bespricht, welche medizinischen Hilfsmittel wir zusätzlich benötigen.«

»Wir schaffen das schon. Notfalls bleibe ich bis Montag.«

Levin erschien im Türrahmen, sah, dass sie telefonierte, und wandte sich zum Gehen. Sofort schlug ihr Herz schneller. Warum konnte man das nicht abstellen? Es verkomplizierte nur alles.

»Ich muss Schluss machen, Mama. Da will jemand was von mir. Ich rufe an, wenn ich losfahre.«

»Aber nicht während des Autofahrens.«

»Ich habe doch eine Freisprecheinrichtung im Auto, schon vergessen? Ciao.« Sie legte das Handy weg. Sollte sie sich Sorgen machen? Die Mutter einer Freundin war Ende 60 und zeigte Verhaltensweisen, die man nicht mehr mit Altersvergesslichkeit abtun konnte. Erste Anzeichen von Demenz.

Erneut tauchte Levin an der Tür auf, blieb dort stehen und musterte sie aufmerksam. »Eine Minute Zeit?«

»Freilich.«

»Das FBI hat bei Domingo-Invest eine Razzia durchgeführt.« In knappen Worten berichtete er von den Ereignissen und endete mit dem Hinweis, dass Felix wegen Mordes gesucht werde.

»Wer war das Opfer?«

»Ein Amerikaner, der von Felix Hauptmann erschlagen worden sein soll. Wir haben um Übersendung von genaueren Unterlagen gebeten. Umgekehrt müssen wir den dortigen Behörden den Tod von Frau Enrico und ihre eigentliche Identität melden.«

»Erschlagen – das würde zu unserer Toten passen, denn die wurde ebenfalls zuerst niedergeschlagen.«

Richard nickte. »Es wird Zeit, dass wir den Kerl finden, um ihn befragen zu können, bevor der Auslieferungsantrag eintrudelt.«

»Dem stattgegeben werden wird, außer wir können ihn des Mordes an Melinda Hauptmann überführen. Die große Frage ist: Was wollten die beiden in Coburg?«

»Ich wette, Fielbrecht hat darauf eine Antwort.«

»Kann sein. Fahren Sie noch mal hin.«

»Ich habe schon versucht, ihn zu erreichen, jedoch ohne Erfolg, weil er gerade in München ist, sagte seine Assistentin.«

»Schade, aber irgendwann wird er zurückkommen.« Sie sah auf das Display ihres Telefons. »Ich muss heute noch nach München. Mein Vater wird aus dem Krankenhaus entlassen, und ich muss meiner Mutter helfen.«

Kaum hatte sie ihren Vater erwähnt, hatte sich Richards Gesicht verschlossen, entspannte sich jedoch sofort wieder. »Unsere Eltern werden eben nicht jünger. Haben Sie keine Geschwister, die einspringen können?«

Schön, dass er sich auch einmal auf ein privates Gespräch einließ, gleichwohl er auf die Erwähnung ihres Vaters negativ reagiert hatte. »Nein, ich bin Einzelkind. Und Sie?«

»Einen älteren Bruder, wie gesagt. Der lebt übrigens auch in München.«

»Ach ja, der weggerollte Apfel?«

Er schmunzelte. »Genau der. Ich bin ebenfalls übers Wochenende weg. Ohne Felix Hauptmann und Fielbrecht kommen wir nicht weiter. Hoffen wir, dass wir am Montag mehr wissen. Was ist aus der Trainingsstunde geworden?«

»Die ist für nächste Woche am Donnerstagnachmittag angesetzt. Dann ist der eine Teil unserer Urlauber schon zurück und der mit Schulkindern noch da.«

»Welches Thema?«

»Polizeiliches Einsatztraining: Entwaffnung, Abwehr eines Angriffs, laut Plan des BLKA.«

Er studierte den Türrahmen und nickte schließlich. »Okay, the same procedure as last year, Miss Sophie?«

»The same procedure as every year, James«, erwiderte

sie lachend, in Anspielung auf den TV-Klassiker »Dinner for one«.

»Hauptsache, die Schupo und die Spezialeinheiten wissen, was sie im Ernstfall zu tun haben.« Er sagte das mit dem spöttischen Unterton, den sie so an ihm mochte.

»Schusswaffengebrauch ist immer die Ultima Ratio, Herr Levin«, erwiderte sie gekünstelt streng.

»Mag sein«, meinte er augenzwinkernd. »Zur Not können Sie immer noch Ihr Pfefferspray benutzen.«

»Das übrigens auch bei der Abwehr von aufdringlichen Herren hervorragend wirkt.« Sie deutete an, eine Spraydose auf ihn zu richten, bis sie merkte, dass er das in den falschen Hals kriegen könnte. Schnell zeigte sie auf ihre Handtasche auf dem Schreibtisch, obwohl das Spray im Handschuhfach ihres Autos ruhte.

»Wenigstens weiß ich jetzt, was Sie in Ihrer Handtasche mitschleppen. Werde ich mir merken, Frau Kriminalrätin. Melde mich ab.« Mit einem angedeuteten militärischen Gruß zog Richard sich aus der Tür zurück.

Kaum war er gegangen, füllte sich der Türrahmen erneut, dieses Mal allerdings mit dem süffisant grinsenden Herrn Schultz. Er hielt sich nicht lange mit Small Talk auf, kam gleich zur Sache: »Gegen Sie wurde eine Beschwerde eingereicht.«

Sie erschrak. »Gegen mich? Wieso?«

»Intern, wegen Beleidigung. Genaueres am Montag, vor der allgemeinen Dienstbesprechung.«

»Und von wem?«

Schultz sah sich um. »Das verrate ich Ihnen am Montag. Schönes Wochenende.«

27 RICHARD

Eine Woche nach dem Coburger Schlossplatzfest, Freitag und Samstag

Es war doch spät im Büro geworden, und als es wie aus Eimern zu schütten begann, verschob Richard die Reise nach Nürnberg auf den Samstagmorgen. Kaum zu Hause, erreichte ihn Doms Anruf, er könne leider nicht zum Training kommen, weil erstens Regen angesagt sei und er zweitens mit Lena zu ihren Eltern ins Altmühltal fahren müsse, wollte er keinen Ehekrach riskieren. Damit war die eine Hälfte des Wochenendes weggebrochen. Schade, denn darauf hatte Richard sich gefreut. Er würde auch ohne Dom klarkommen, schließlich gab es noch andere Bekannte und genug Kneipen unterhalb der Nürnberger Kaiserburg.

Den Abend verbrachte er im Fitnessstudio, wo er fasziniert einigen muskelbepackten Bodybuildern beim Wettstreit, wer die meisten Gewichte stemmen konnte, zusah. Einer der Herren warf ihm einen mitleidigen Blick zu, als er gelassen die Hälfte der Gewichte für sich auflegte.

Nachdem er sich genügend angestrengt hatte und auf dem Laufband ordentlich ins Schwitzen gekommen war, verpasste er dem arbeitslos herumhängenden Punchingball ein paar Schläge. Bizepsumfang war eben doch nicht alles, Schnelligkeit und Reflexe gehörten ebenfalls zur körperlichen Fitness.

Inzwischen hatte es sich über Nacht eingeregnet, und weil die Wetter-App auch für Nürnberg nichts Besseres anzeigte, kamen ihm Zweifel, ob er überhaupt losfahren sollte. Warum nicht einmal ein Wochenende in Coburg verbringen? Auch hier gab es Kneipen, die er mit Peter als Tourguide testen konnte, solange er nicht mit zum Angeln musste. Bei Regen bissen die Fische sowieso nicht. Oder er könnte mal wieder mit Ali Salem vom Kommissariat 3 im Thüringer Wald wandern gehen. Sie hatten damals im Zelt übernachtet und tiefgründige Gespräche geführt, wobei er sein bisschen Persisch, das Ali gut verstand, anbringen konnte. Doch bei Regen machte auch das keinen Spaß.

Wie gewohnt rollte er sich um halb sieben aus dem Bett und briet erst einmal zwei Eier auf beiden Seiten in der Pfanne leicht an und streute Salz, ordentlich Pfeffer und etwas Schnittlauch darauf. Noch etwas Speck angeröstet, eine Butterbrotscheibe mit Pflaumenmarmelade bestrichen, Orangensaft aus der Tüte – fertig. Nicht unbedingt ein Frühstück für Ernährungsbewusste, aber genau das, was er jetzt brauchte. Dazu noch einen Espresso macchiato aus seiner neuesten Errungenschaft, einer Kaffeemaschine.

Er las beide regionale Zeitungen, die Neue Presse sowie das Coburger Tageblatt, weil er sich anfangs für keine davon hatte entscheiden können und später einfach zu bequem gewesen war, eine abzubestellen.

Als alles verzehrt war, musste er notgedrungen das Geschirr per Hand abspülen, da es in der Miniküche keinen Platz für eine Spülmaschine gab und er die Geldausgabe für seinen Einpersonenhaushalt auch nicht eingesehen hätte.

Sein Privathandy meldete sich mit »Alla Turca« von Mozart als Klingelton, was Oma Elke als Anrufer verriet. Sie hatte die Melodie für ihn ausgesucht, damit er ein wenig Kultur mitbekäme.

»Wo brennt's?«, fragte er nach einem kurzen Gruß.

»Nirgends. Warum sollte es?«

»Oma am Morgen bedeutet Kummer und Sorgen.«

Sie lachte auf, wurde jedoch schnell wieder ernst. Etwas war im Busch. »Kommst du?«

»Das hatte ich ursprünglich vor. Brauchst du was?«

»Nein.«

Pause.

Das war verdächtig. »Sondern? Spuck's aus. Keine Geheimniskrämerei.«

»Dein Bruder besucht mich heute.«

Ihre Stimme verriet ihre Freude. Verständlich, denn sie liebte ihre beiden Enkel und das, obwohl Joachim sich aus ihrem Leben gestohlen hatte wie zuvor schon ihr Sohn.

»Ach«, sagte er. »Traut er sich mal wieder.«

»Du weißt doch, wie beschäftigt er ist.«

»Zu beschäftigt für die eigene Oma, die ihm jahrelang ein guter Muttersatz war.«

»Das scheint in der Familie zu liegen. Wie der Vater, so die Söhne. Wie du weißt, wohnte Joachim während seines Studiums in Erlangen hier bei mir, und du warst bei der Bundeswehr. Acht lange Jahre, Richard, hast du dich nicht blicken lassen. Manchmal haben wir monatelang kein Lebenszeichen von dir erhalten. Schon vergessen?«

Es stimmte, was sie sagte. Auch er war davongelaufen, hatte alles hinter sich gelassen, alle Verbindungen gekappt. »Ich musste damals erst einmal zu mir selbst finden.«

»Und dann bist du zur Polizei und warst wieder weg.«

»Aber ich habe dich öfter besucht. Oma …«

»Faule Ausreden. Studium, Schicht, immer was anderes.«

»Oma …«

»Ich bin noch nicht fertig. Seitdem du in Coburg bist, sehe ich dich zumindest an den Wochenenden. Joachim kommt mit seiner Frau und meinen zwei Urenkeln. Was für ein Glück. Wann werde ich von dir mal Kinder sehen?«

Hoffnungslos, sich mit ihr anzulegen, er würde den Kürzeren ziehen. »Ich fürchte …«

»Genau. Also gönn mir das Vergnügen.«

»Tue ich doch.«

»Wäre schön, wenn du dich trotzdem aufraffen könntest. Joachim würde sich freuen, dich wiederzusehen.«

»Das wäre mir neu. Ich habe keine Lust, mich mit ihm über die Bundeswehr und meine Zeit beim KSK zu unterhalten und mir deswegen Nazinähe vorhalten zu lassen. Du weißt, dass ich mit denen nichts am Hut habe.«

»Aber ja. Dann halt nicht.«

»Vielleicht ein anderes Mal.« Das Gespräch hinterließ einen schalen Nachgeschmack. Das Thema Nürnberg hatte sich für ihn zumindest an diesem Wochenende erledigt.

Er musste sich bewegen, um das Adrenalin in seinem Blut abzubauen und Endorphine durch die Anstrengung auszuschütten, sonst würde er vor Ärger platzen. In unmittelbarer Nähe seines Wohnblocks lag das Hallenbad Aquaria und das angegliederte Freibad würde bei diesem Sauwetter menschenleer sein. Er bezahlte den Eintritt, ließ das Hallenbad hinter sich und betrat die verwaisten Liegeflächen. Im Regengrau über ihm thronte die Veste auf dem Festungsberg. Regen kühlte seine Haut, doch das störte ihn nicht. Er sprang ins Becken und zog seine Bahnen, so schnell er konnte. Er selbst hatte sich nie als exzellenten Schwimmer erachtet, war im Vergleich zu den Kameraden des KSK eher Durchschnitt gewesen, gerade gut genug, um die Mindestanforderungen zu erfüllen. Zum Abschluss bestieg er den Sprungturm, über eine Absperrung hinweg. Zehn Meter. Er ging bis an die Absprungkante, schaute in die Tiefe.

Acht Jahre war er alt gewesen, als ihn sein älterer Bruder zusammen mit einigen Freunden auf den Sprungturm gejagt hatte. Die Angst dort oben hatte er nie vergessen, den Aufschlag aufs Wasser auch nicht.

Aber erst als ihn sein Ausbilder aus dem Heck eines Transportflugzeugs hatte springen lassen, waren ihm seine wahren Grenzen bewusst geworden. Für die zehn Meter unter ihm brauchte er keinen Fallschirm. Angst war dazu da, um überwunden zu werden. Er stieß sich ab, landete einigermaßen gerade im kalten Wasser. Erfrischt und versöhnt mit der Welt tauchte er auf.

»Können Sie nicht lesen?«, blaffte ein Mann vom Beckenrand aus. »Schwimmmeister« stand auf dessen weißem T-Shirt über der breiten Brust.

»Doch, sehr gut sogar.«

»Dann müsste Ihnen das Schild mit der Aufschrift ›Gesperrt‹ über der Leiter aufgefallen sein, Sie Schlaumeier.«

Richard schwamm an den Rand, stemmte sich aus dem Wasser, nahm sein Handtuch auf und begann sich abzutrocknen. »Entschuldigung. Soll nicht wieder vorkommen«, murmelte er und ergänzte im Stillen: wenigstens nicht bis zum nächsten Mal.

»Können Sie mal vorbeikommen?« Die ungeduldige Stimme im Handy gehörte Dr. Fielbrecht. »Ich möchte Ihnen etwas Interessantes zeigen.«

»Jetzt? Um diese Zeit?« Richard sah auf die Uhr. Es dunkelte bereits. Er saß im Dal Passatore, einem italienischen Restaurant in der Steingasse, und verdrückte gerade eine mittelgroße Pizza Speziale, dazu ein Glas Chianti. Große Lust, den Herrn Stadtrat um diese Zeit aufzusuchen, verspürte er keine. Zudem machte ihm Müdigkeit die Augenlider schwer.

»Sonst würde ich nicht anrufen«, knurrte es aus dem Handy.

»Kann das nicht bis Montag warten? Ansonsten wäre unser Kriminaldauerdienst zuständig.«

»Nein.«

»Um was geht es eigentlich? Ist Ihnen noch etwas zu Melinda Hauptmann eingefallen?«

»Sie sind wohl auch einer von denen, die Punkt 17 Uhr den Bleistift fallen lassen?«

»Wenn Sie mich so fragen – ja. Soll ich Ihnen die Durchwahl geben?«

»Wollen Sie eine Dienstaufsichtsbeschwerde riskieren?«

»Mit der Sie nicht durchkämen. Auch ein Polizist hat Anspruch auf Feierabend. Für solche Fälle wurde der Bereitschaftsdienst eingerichtet, damit wir für die Bevölkerung rund um die Uhr erreichbar sind. Wenn Sie mir verraten, worum es geht, kann ich entscheiden, ob es das wert ist, mein Abendessen zu unterbrechen.«

Das schien Fielbrecht einzuleuchten, denn er lenkte ein. »Verstehe. Sie suchen Felix Hauptmann, nicht wahr? Ich habe eine Nachricht von ihm erhalten.«

Richards Müdigkeit war wie weggeblasen. »Wann haben Sie die bekommen?«

»Heute. Lag hinter meinem Türschlitz. Ich bin eben erst aus München zurückgekommen.«

Wenn das stimmte, war Felix Hauptmann die ganze Zeit über mit dem schwarzen Porsche im Coburger Raum unterwegs gewesen. Komisch, dass er keinem aufgefallen war. »Ich komme. Geben Sie mir Ihre Adresse.«

Dank des GPS auf seinem Handy fand er die Straße auf Anhieb und stand kurz darauf vor Fielbrechts Bungalow, der von einem alten Garten umgeben war. Er mochte diese Wohngegend mit ihren alten Bäumen, dem Mix aus historischen und modernen Häusern und dem Hofgarten gleich in der Nachbarschaft. Eine Straßenlaterne spendete Licht. Er drückte den Klingelknopf an der Sprechanlage des Hauses, und die Außenbeleuchtung flammte auf. Nachdem er seinen Namen genannt hatte, summte es, und das schmiedeeiserne Tor schwang automatisch zur Seite.

Er hielt inne, hatte das Gefühl, beobachtet zu werden. Sein Instinkt für gefährliche Situationen, den er in der Ausbildung entwickelt und in Afghanistan geschärft hatte, meldete ihm, dass er nicht allein hier draußen war.

Die Haustür öffnete sich, und Fielbrechts Gestalt zeichnete sich im Gegenlicht ab. »Herr Levin?«

»Moment!«, rief Richard und wandte sich dem Berghang zu. Ein Rascheln. Er beschleunigte seine Schritte. Ein Knacken, jemand lief vor ihm davon. Oder war es nur ein Tier?

»Halt, stehen bleiben! Polizei!«

Doch der Flüchtige scherte sich einen Dreck um ihn, rannte einfach weiter, Richard auf der Straße nebenher. Die Geräusche entfernten sich nach oben, Richtung Hofgarten. Nun musste Richard doch ins Grüne. Kaltnasse Zweige klatschen ihm ins Gesicht und gegen das T-Shirt. Er hielt an, lauschte.

Nichts.

Entweder war er einem Tier hinterhergerannt oder der Verfolgte war ihm entwischt. Eine Streife herbeizurufen machte keinen Sinn, denn bis die Kollegen einträfen, wäre der Flüchtige längst über alle Berge, und eine Beschreibung konnte er nicht bieten.

Er kehrte zu Fielbrecht zurück, der nach wie vor in seiner Haustür stand.

28 WALTER

Am Donnerstag des Coburger Schlossplatzfests

Nach einer schlaflos verbrachten Nacht mühte sich Walter redlich, Willi bei der Reparatur eines alten Lkws behilflich zu sein. Der Pritschenlastwagen der Marke Barkas aus den 70ern war einfach und solide gebaut. Ersatzteile hatte es allerdings vermutlich schon zu DDR-Zeiten nicht gegeben. Walter hatte aufgehört, sich über die alten Fahrzeuge aus dem Osten der Republik zu wundern, aber Willi schien eine Vorliebe für sie zu haben. Doch heute steckte der Wurm drin, er kam mit seiner Arbeit einfach nicht vom Fleck. Felix' Anruf beschäftigte ihn die ganze Zeit über, ebenso wie das, was ihm am Nachmittag bevorstand.

»Was stehst'n da und starrst Löcher in die Luft?«, fragte Willi.

»'tschuldigung. Ich habe gerade über etwas nachgedacht.«

»Bei mir wird net nachgedacht, bei mir wird g'arbeit'.«

Walter hatte Willi längst durchschaut. Eigentlich brauchte der keine Hilfe, außer wenn es galt, etwas Schweres zu heben, oder eine festsitzende Schraube gelockert werden musste. Ihm war klar, dass Willi ihn nur seinem Vater zuliebe eingestellt hatte. »Ich möchte heute eher Feierabend machen.«

»Wennste fertig bist, kannste geh'n.«

»Ich bin fertig.« In Walters Kopf tobte ein Sturm. »Ich muss zum Arzt.«

»Wegen deiner Lunge?«

Walter nickte. Seit einiger Zeit verspürte er Schmerzen beim Ausatmen, fand manchmal Blutfäden im Auswurf und wusste im Grunde, welche Diagnose damit einherging. Im Gefängnis war das Rauchen von Zigarren, Zigaretten, oder was sonst noch alles gequalmt werden konnte, der einzige Zeitvertreib gewesen. Die Folgen fürchtete er nicht. Sein Leben war sowieso ruiniert, ihn konnte nichts mehr erschüttern, außer dass Felix gestern wie aus dem Nichts aufgetaucht war.

Mit einem dreckigen Lappen wischte er sich über die schweißnasse Stirn, warf ihn in die Ecke und verabschiedete sich von Willi.

Felix war zurück, hämmerte es bei jedem seiner Schritte im Kopf. Der Kerl tat so, als wäre nichts geschehen, als hätte er ihm nur einen Streich gespielt.

Die Arztpraxis lag auf dem Nachhauseweg. Nach kurzer Wartezeit wurde er aufgerufen und ging an einer mitleidig schauenden Sprechstundenhilfe in den Behandlungsraum. Er setzte sich dem Arzt gegenüber, und ein Blick in dessen Gesicht genügte, um zu wissen, was los war. »Krebs?«

»Leider ja.«

»In der Lunge?«

Der Arzt nickte. »Ein Adenokarzinom. Tut mir leid.«

»Mir auch.« Walter stand auf.

»Warten Sie noch, wir müssen über die Behandlung sprechen.«

Walter blieb stehen. Plötzlich schien sein gesamter Körper zu schmerzen, und ein Schwindelgefühl setzte ein. Er ließ sich auf den Stuhl sinken, legte die Hände, schmutzig wie sie waren, auf die Schreibtischplatte. »Wie hoch ist meine Überlebenschance?«, fragte er.

»Nach der Behandlung liegt sie bei 18 Prozent für die nächsten fünf Jahre.«

Walter musste das erst einmal einordnen. Von zehn überlebten also zwei die ersten fünf Jahre. »Kann sich der Krebs ausbreiten?«

»Metastasen bilden sich vornehmlich in der Leber und im Gehirn.«

»Seien Sie bitte ehrlich.«

»Ich tue mein Bestes.«

»Kann man den Krebs vollkommen besiegen?«

Der Arzt zögerte mit der Antwort. »Es gibt sicher Fälle … Die Wissenschaft schreitet ständig voran. Uns stehen heutzutage Behandlungsmethoden zur Verfügung, von denen wir früher nur träumen konnten. Dennoch wissen wir noch viel zu wenig darüber.«

»Und meine Prognose?«

»Um einen Therapieplan zu erstellen, müssen wir noch einige Untersuchungen durchführen.«

»Was passiert, wenn man die fünf Jahre überlebt hat?«

»Schwierig zu sagen. Manche Patienten bleiben für viele Jahre unauffällig, andere sterben nach einem langen Leben an einer anderen Krankheit. Wieder andere besiegt der Krebs im sechsten Jahr, die gehen aber trotzdem als Überlebende in die Statistik ein. Auch nimmt die Gefahr zu, dass sich der Krebs an einer anderen Stelle des Körpers bildet.«

Walter ließ die Worte auf sich wirken. »Also einmal Krebs, immer Krebs?«

»So würde ich das nicht formulieren …«

»Ich muss erst mal darüber nachdenken.«

»Dafür habe ich vollstes Verständnis, aber warten Sie nicht zu lange.«

Walter versprach es.

29 RICHARD

Eine Woche nach dem Coburger Schlossplatzfest, Samstag

»Wer war das da draußen? Haben Sie ihn gesehen?«, fragte Fielbrecht, als er Richard hereinbat.

»Nein, leider nur gehört.«

»Warum haben Sie keine Verstärkung angefordert?«

Richard winkte ab. »Um einem Reh hinterherzurennen? Die Damen und Herren der Schutzpolizei würden sich bedanken.«

Er folgte Fielbrecht ins Haus, in dem ein modern-minimalistischer Einrichtungsstil vorherrschte, wie schon in seinem Bürogebäude. Eindeutig die Handschrift eines Innenarchitekten, sichtbar an der Art, wie der Goldene Schnitt bei der Anordnung von Dekoration und Möbelstücken beachtet worden war. Auf dem edlen Holzfußboden lagen teure Perserteppiche. Die Zeit in Afghanistan und im Irak hatte Richards Blick für echte Knüpfkunst geschärft. Die offene Wohnraumgestaltung sorgte für freie Sicht von der Küche über den Essbereich bis ins Wohnzimmer. Durch eine Glaswand hindurch sah er auf eine großzügige Terrasse, hinter der ein japanischer Garten raffiniert ausgeleuchtet wurde.

Fielbrecht winkte ihm, sich auf die schwarze Ledercouch zu setzen, und ging zu einer mit vielerlei Flaschen und Gläsern gefüllten Vitrine. Darunter summte leise ein Weinkühlschrank. »Nachdem Sie außerhalb der Dienstzeit hier sind, darf ich Ihnen vielleicht einen 40-jährigen Scotch anbieten?«

Das Letzte, das Richard tun würde, wäre mit Fielbrecht einen zu heben, obwohl das Angebot verlockend war. Höflich lehnte er ab. »Was wollten Sie mir zeigen?«

Fielbrecht schob ihm ein Blatt Papier der Größe DIN A4 hin, das vor ihm auf dem Glastisch gelegen hatte. Richard beugte sich vor, ohne es anzufassen. »Was ist das? Ein Erpresserbrief?«

»Wieso vermuten Sie das?«, fragte Fielbrecht scharf. »Glauben Sie, ich bin erpressbar?«

Richard ignorierte Fielbrechts Erregung. »Wenn es ein Erpresserschreiben ist, werde ich es nicht berühren, um eventuelle Fingerabdrücke nicht zu zerstören. Also?«

Fielbrecht fuhr zurück, als könnte der Brief beißen. »Es ist tatsächlich eines. Ich habe es angefasst und meine Frau auch. Sie zuerst.«

»Sie sagten, Sie hätten es hinter dem Türschlitz gefunden? Ihre Tür sieht allerdings nicht so aus, als könnte man etwas darunter durchschieben.«

»Gut beobachtet.«

»Also, wo haben Sie es gefunden?«

»Vor der Tür. Wieso ist das wichtig?«

»Weil das eine unnötige Falschaussage wäre und sich die Frage stellen würde, was sonst noch alles … ungenau wiedergegeben wird.«

Fielbrecht klappte der Mund auf und zu. »Verstehe«, sagte er schließlich. »Das Papier lag vor meiner Haustür. Meine Frau hat es gefunden und mir gegeben. Ich kam über die Garage ins Haus.«

»Wo ist Ihre Frau jetzt?«

»Sie hat sich bereits hingelegt. Soll ich sie holen?«

»Nein, nicht nötig.« Noch nicht. »Hätten Sie Einmalhandschuhe für mich? Oder unbenutzte Gummihandschuhe? Notfalls tut es auch ein Gefrierbeutel.«

Fielbrecht nickte, marschierte davon und nach einer Weile brachte er eine Packung Einmalhandschuhe. »Die nimmt meine Frau, wenn sie mit rohem Fleisch umgeht.«

Richard zog sie an und drehte das Schreiben um, um es lesen zu können. Es standen nur wenige gedruckte Worte darauf, vermutlich von einem Allerweltsprinter auf Allerweltspapier gedruckt. Vorbei die Zeiten, in denen der Täter anhand der verwendeten Schreibmaschine überführt wurde. Heute konnte man nur noch die Tintenart feststellen und hoffen, dass die entsprechende Druckerpatrone im Printer des Verdächtigen zu finden war.

Unter Fielbrechts aufmerksamen Blicken las er laut vor: »›Ich weiß, was du getan hast. Wie viel ist dir mein Schweigen wert?‹ – Und das bedeutet?«, fragte Richard.

»Dass ich erpresst werde.«

»Gab es sonst noch einen Hinweis? Zum Beispiel, wie der Erpresser Kontakt zu Ihnen aufnehmen will?«

»Woher soll ich das wissen?«

»Herr Dr. Fielbrecht«, sagte Richard bedächtig, denn er wusste, dass seine nächste Frage den Herrn noch mehr aufbringen würde. »Womit sollen Sie erpresst werden?«

Fielbrecht faltete seine langen Finger wie zum Gebet. »Keine Ahnung.«

»Irgendeine Idee, was gemeint sein könnte?«

Fielbrecht schluckte. »Wirklich …«

»Was ebenfalls fehlt, ist ein Hinweis, was der Erpresser tun wird, sollten Sie nicht zahlen.«

»Meinen Sie, er könnte versuchen …«, Fielbrecht schluckte erneut, »… mich umzubringen?«

»Ich bin kein Spezialist für Erpressungen.« Richard zog sein Handy heraus, wählte die Nummer des KDD und bestellte die Kollegen her. »Die Beamten von der Spurensicherung sind gleich da. Holen Sie bitte Ihre Frau.«

Fielbrecht wischte sich die Hände an der Hose ab und verließ den Raum, während Richard auf das Blatt Papier starrte. Die Bearbeitung von Erpressungsversuchen oblag dem Kommissariat 2, das sich mit Eigentumsdelikten befasste, außer wenn Geiselnahme oder Morddrohungen im Spiel waren. Trotz des Mangels an Erfahrung empfand er das Schreiben als zu dilettantisch, um als ernst gemeinte Erpressung zu gelten.

Frau Fielbrecht betrat den Raum. Eigentlich hatte er ein junges Trophäenweibchen erwartet, aber sie wirkte etwa gleich alt wie Fielbrecht, war hager wie er und groß gewachsen. Sie trug einen seidenen dunkelblauen Morgenmantel, ihre nackten Füße steckten in glitzernden Flipflops. Die Begrüßung fiel kühl aus, und im Gegensatz zu ihrem Ehemann schien sie der Brief nicht sonderlich aufzuregen. Sie setzte sich Richard gegenüber und musterte ihn offen von oben bis unten. Er kannte diesen Blick von selbstbewussten, intelligenten Frauen, die versuchten, ihn als Mann einzuschätzen – und sich dieser Neugier auch nicht schämten. Monika Lange von der Gerichtsmedizin hatte ihn ebenso gemustert, als sie sich zum ersten Male begegnet waren.

»Ich bin Elli Fielbrecht und arbeite als Personalchefin bei einer hiesigen Firma.«

Also hatte er sie richtig eingestuft. »Nur ein paar Fragen.«

»Natürlich. Ich erzähle am besten der Reihe nach. Mein Mann und ich waren in München. Er nahm an einer Sitzung seiner Partei teil, ich an einem Lehrgang. Als wir heute Abend zurückkamen, stieg ich aus, um den Briefkasten zu leeren. Mein Mann fuhr den Wagen in die Garage und ging von dort direkt ins Haus. Auf der Eingangsstufe lag dieses Papier, Druckseite nach unten und mit einem Steinchen beschwert. Ich hob es auf, las es, wunderte mich und gab es im Haus meinem Mann. Mehr kann ich nicht bieten.«

Richard merkte, dass er die Augenbrauen hochgezogen hatte und korrigierte dies sofort. »Haben Sie beim Aussteigen etwas bemerkt? Die Anwesenheit eines Fremden vielleicht?«

Sie blinzelte. »Nein, nichts Außergewöhnliches.«

Warum glaubte er ihr nicht? Kannte sie den Erpresser oder hatte sie den Brief am Ende selbst geschrieben? Eine diesbezügliche Frage schoss ihm durch den Kopf, die er jedoch sofort wieder vergaß, als ein Gongschlag an der Haustür ertönte. Fielbrecht, der die ganze Zeit nervös auf und ab gegangen war, verschwand und kam wenig später mit drei Kollegen vom KDD zurück, darunter auch ein Hauptkommissar des K2. Er und Fielbrecht kannten sich offensichtlich und begrüßten sich mit Handschlag.

»Heute mal kein Einbruch, Herr Dr. Fielbrecht?« Zu Richard sagte er: »Das übernehme besser ich. Vielen Dank, Herr Kollege.«

»Gerne.« Richard ging in Richtung Ausgang. Als er sich umdrehte, stand Fielbrecht hinter ihm, die Hände noch immer gefaltet. Die Glattheit war von ihm abgefallen und sein wahres Ich kam zum Vorschein: Er hatte Angst.

»Danke, dass Sie gleich gekommen sind.«

Richard entschloss sich für einen Schuss ins Blaue. »Hat der Inhalt des Schreibens etwas mit Melinda Hauptmann zu tun?«

Fielbrechts Hand fuhr zum Mund und strich darüber. »Nein. Bestimmt nicht.«

»Wir können Ihnen nur helfen, wenn Sie die Wahrheit sagen.«

»Natürlich. Wie Sie wissen, genießen meine Klienten einen gewissen Schutz. Sie werden verstehen, dass ich keine Details über sie ausbreiten kann, gleichwohl die Möglichkeit besteht, dass sie – wie soll ich sagen – gewisse Freiräume in unserer Gesetzgebung ausnutzen. Solange ich davon nicht betroffen bin, geht mich das nichts an. Ich bin erst zu einer konkreten Aussage bereit, wenn ich weiß, um was es geht.«

»Dann kann ich Ihnen nur wünschen, dass es sich um eine leere Drohung handelt.« Richard verließ das Anwesen, schlängelte sich durch die Reihe der Dienstfahrzeuge und ging die Straße hinunter Richtung Stadtmitte. Das Gefühl, dass er beobachtet wurde, war plötzlich wieder präsent, wenn auch nicht so intensiv wie zuvor. Es hörte auf, als die Bebauung dichter wurde.

30 MAXI

Zwei Wochen nach dem Coburger Schlossplatzfest, Montag

Selten hatte Maxi sich so zerrissen gefühlt wie auf der Fahrt von München nach Coburg. Einerseits quälte sie das schlechte Gewissen, die Eltern im Stich gelassen zu haben – sie hatte sich erst gegen Mittag loseisen können –, andererseits freute sie sich auf ihren Job in Coburg, auf dessen Herausforderungen und auf das Klingenkreuzen mit Richard Levin.

Ihrer Freundin hatte sie von ihrem Dilemma erzählt, aber die war voreingenommen, war sie doch von Beginn an gegen ihre Versetzung nach Coburg gewesen. »Was willst du bei den Franken, du bist doch a echt's Münchner Kindl? Karriere ist schließlich nicht alles«, hatte die Freundin gesagt, und als Maxi von ihrem Problem mit Richard erzählt hatte, waren deren Augen groß geworden. Sie hatte gelacht, mit dem Zeigefinger gedroht und ihr einen gutgemeinten Knuff versetzt.

Hinter Lichtenfels wurde sie von einem schwarzen Porsche in rasantem Tempo überholt. Sofort fiel ihr Felix Hauptmann ein und sie trat aufs Gaspedal, aber ein Mini konnte mit einem Porsche natürlich nicht mithalten.

Sie alarmierte die Leitstelle, gab ihre Beobachtung durch und setzte ihren Weg fort, ohne große Hoffnung auf einen Erfolg. Was hielt Felix Hauptmann noch im Coburger Raum, falls er es überhaupt gewesen war?

Als sie das Gebäude betrat, überfiel sie eine leichte Nervosität. Jemand hatte sich über sie beschwert, und wenn sie Schultz' Andeutungen richtig interpretierte, kam dafür nur Richard in Betracht. Sie wurde nicht schlau aus dem Mann. Was bezweckte er? Wollte er ihr eins auswischen?

Als Erstes ging sie zu Schultz' Büro, der sich gerade mit dem Leiter des K2 besprach, wie sie durch die offene Tür sehen konnte.

Seine Assistentin schnitt ihr den Weg ab. »Herr Schultz ist gerade beschäftigt. Heute Morgen hätte er Zeit für Sie gehabt. Ich soll Ihnen ausrichten, dass die Angelegenheit bis zur Rückkehr von Herrn Adler Zeit hat.« Sie zuckte mit den Achseln. »Sie wüssten schon Bescheid.«

Verwirrt kehrte Maxi um und wäre beinahe in Richard gerannt, der offensichtlich das gleiche Ziel hatte. Mit einem schnellen Griff an ihren Arm fing er ihren Schwung ab, sonst wäre es zu einer Karambolage gekommen.

»Morgen«, sagte er und ließ sie los. »Wohin so eilig?«

»In mein Büro«, antwortete sie steif.

»Zur Besprechung geht's aber da lang.« Er deutete in Richtung von Schultz' Büro, von wo aus der Kollege sie scharf beobachtete.

Richard betrat dessen Büro und winkte ihr, ihm zu folgen. »Ich denke, das sollte Kollegin Frohn auch hören.«

»Doch, doch. Natürlich«, sagte Schultz. »Ich wusste nicht, dass Sie schon zurück sind, verehrte Kollegin. Nehmen Sie Platz. Kollege Hartmann berichtet mir gerade von den Vorgängen bei Dr. Fielbrecht. Sie wissen von dem Erpressungsversuch?«

Nein, sie hatte keine Ahnung und fühlte sich bloßgestellt. Richard sprang ein und erklärte ihr, was sich am Samstagabend ereignet hatte. Während er in dem Erpressungsschreiben einen Zusammenhang mit Melinda Hauptmann sah, waren die beiden anderen Herren fest davon überzeugt, dass keine Verbindung zu ihr bestand.

Nachdem die Besprechung geendet hatte, verließ sie verärgert das Zimmer, gefolgt von Richard. Draußen auf dem Flur blieb sie abrupt stehen. »Sie hätten mich vorher informieren müssen. Stattdessen haben Sie mich wie einen Depp aussehen lassen.«

Erstaunt musterte er sie. »Das Ganze geschah am Samstagabend, während Sie in München bei Ihrer Familie waren, wofür ich übrigens vollstes Verständnis habe. Außerdem hätten Sie sowieso nichts tun können.«

»Und das eben?«

»Es wird Ihnen noch öfter passieren, dass Sie einmal nicht auf dem neuesten Stand der Ereignisse sind.«

»Sollte es aber nicht. In Zukunft möchte ich auf dem Laufenden gehalten werden.«

»Wie Sie wünschen.« Er hob die Achseln und marschierte davon.

Dem hatte sie es ordentlich gegeben. Das war die Retourkutsche für seine Beschwerde wegen Beleidigung gewesen. Kaum saß sie in ihrem Büro, kam die Wallner rotbackig hereingestürmt.

»Wir haben ihn!«

»Wen? Felix Hauptmann?«

»Nein, den Vergewaltiger.«

Fast hätte sie vergessen, dass ihr Kommissariat auch noch andere Fälle zu bearbeiten hatte. Sie schämte sich, der Wallner nicht mehr Aufmerksamkeit geschenkt zu haben, obwohl ihr die Aufklärung von Vergewaltigungen sehr am Herzen lag und sie bei der Toten im Brunnen im ersten Moment an eine Wiederholungstat gedacht hatte.

»Prima. Erzählen Sie.«

»Das geht schnell. Wir haben ein Phantombild von dem Mann angefertigt, der junge Frauen nach dem Samba-Festival und dem Schlossplatzfest beobachtet haben soll. Ein Zeitungsleser meinte, ihn erkannt zu haben. Wir gingen der Sache nach – Treffer.«

»Wunderbar. Welche Beweise haben wir?«

»Er hat gestanden.«

»Einfach so?«

Die Wallner stutzte. »Ja. Und das ist das Problem. Richard – Herr Levin – meint, wir könnten uns darauf nicht verlassen.«

Was sollte sie davon halten? Wieso hegte er Zweifel an diesem Erfolg? Es wäre doch super, eine derartig schnelle Lösung des Falls verbuchen zu können. »Wieso das denn?«

»Der Verdächtige ist geistig zurückgeblieben. Nicht so sehr, um ihn als behindert bezeichnen zu können, aber doch ziemlich eingeschränkt.«

»Das muss das Gericht beurteilen.«

»Ich weiß. Er hat auch den Mord an Frau Enrico oder Hauptmann, wie sie jetzt heißt, gestanden.«

»Dann ist doch alles in Butter, oder?«

»Aber Richard …«

Schon wieder hatte sie ihn beim Vornamen genannt. Hatten die zwei was miteinander? »Kommen Sie mit.« Maxi hielt auf Levins Büro zu, riss die Tür auf. Er stand an der Kaffeemaschine und goss sich von dem tiefschwarzen Getränk ein.

»Sie wissen von der Festnahme?«, blaffte sie ihn an.

»Natürlich. Er führte die Tasse zum Mund und lehnte sich an das Fensterbrett, auf dem ein kleiner Kaktus sein trockenes Dasein fristete.

»Davon haben Sie vorhin nichts gesagt, haben so getan, als wäre der Fall noch offen.«

»Solange wir nicht ausreichend Beweise haben, ist er das auch.«

»Wo ist das Problem, wenn jemand gesteht?«

Er stellte die Tasse auf dem Fensterbrett ab, eine Hand rutschte in die Hosentasche. Für einen Mistkerl sah er verdammt gut aus.

»Sie sollten wissen, dass Menschen mit verminderter Auffassungsgabe sehr leicht zu manipulieren sind. Es gab Fälle, in denen sie Morde zugegeben haben, und später stellte sich heraus, dass sie unschuldig waren. Erschwerend kommt hinzu, dass sich unser System mitunter schwertut, Fehler einzugestehen.«

»Werfen Sie unserer Justiz Nachlässigkeit in der Urteilsfindung vor?«

»Nicht den Gerichten, sondern den Ermittlungsbehörden, die sich zu schnell mit vagen Ergebnissen zufriedengeben.«

»Könnte es sein, dass Sie deshalb so kritisch sind, weil wir den Mörder von Melinda Hauptmann ohne Ihr Zutun gefunden haben?« Kaum hatte sie es ausgesprochen, tat es ihr leid, wusste sie doch, dass es nicht stimmte. Im Büro war es mucksmäuschenstill geworden. Selbst Peter, der sonst immer etwas zu sagen hatte, schwieg.

Richard löste sich vom Fenster, kam näher, baute sich vor ihr auf. »Frau Frohn, werfen Sie mir etwa vor, persönliche Interessen über meine dienstlichen Pflichten zu stellen?«

Den Karren hatte sie selbst an die Wand gefahren. Was sollte sie antworten, ohne ihre Gefühle und Gedanken zu offenbaren, noch dazu in Anwesenheit anderer? Wollte sie ihr Gesicht wahren, musste sie auf derselben Schiene weiterfahren. »Kommen Sie mit in mein Büro, dann erkläre ich es Ihnen.«

Einen Moment lang sah es so aus, als würde Richard sich weigern, schließlich folgte er ihr doch und schloss die Bürotür geräuschvoll hinter sich.

Obwohl sie ihm keinen Sitzplatz angeboten hatte, besaß er die Unverfrorenheit, sich auf den Stuhl zu lümmeln. Der Mann hatte null Respekt vor ihr. Sie sammelte sich und wollte gerade loslegen, als er ihr zuvorkam.

»Was haben Sie gegen mich?«, fragte er so ruhig, als würde er über das Wetter sprechen.

»Die Frage kann ich zurückgeben. Wenn Sie der Meinung sind, dass ich zu wenig Erfahrung für diese Position mitbringe, ist das Ihr Problem. Das ändert aber nichts daran, dass ich Ihre Vorgesetzte bin.«

Er spannte sich sichtlich an, zog die Beine unter den Stuhl, ballte die Hände. »Wir sind hier nicht beim Militär, Frau Frohn. Wir arbeiten zusammen und geben unser Bestes. Unser Gegner ist das Verbrechen, es sind nicht die eigenen Kollegen.« Er erhob sich. »Ihre persönlichen Ressentiments gegen mich bitte ich Sie in Zukunft für sich zu behalten und nicht in der Abteilung auszubreiten.«

Damit stand er auf, ging hinaus und ließ sie mit der Gewissheit zurück, dass er nun Grund zu einer weiteren Beschwerde hatte.

31 RICHARD

Zwei Wochen nach dem Coburger Schlossplatzfest, Montag

Maxis unerklärliches Verhalten ärgerte Richard mehr, als er sich eingestehen wollte. Er hatte keine Ahnung, worauf das hinauslaufen sollte. Nur eines wusste er genau, dass er sich ihr gegenüber sehr vorsichtig verhalten musste.

Er gönnte Kommissarin Wallner und Oberkommissar Biesenecker den Erfolg, gleichwohl er sich schwertat, in dem Geständigen den Mörder zu sehen. Eine Frau – egal, ob betrunken oder nüchtern – zu vergewaltigen war eine Riesensauerei, die vielleicht mit primitiven Trieben erklärt werden konnte, aber einen Mord zu begehen, war ein anderes Kaliber. Zwar wog ein Geständnis schwer, die Beweisführung durfte man dennoch nicht vernachlässigen.

Einen Punkt gab es allerdings, den Richard noch ausloten wollte. Vielleicht hatte der Geständige den Mord beobachtet und redetet sich jetzt ein, ihn selbst begangen zu haben. Er sprach Biesenecker auf diese Möglichkeit an.

»Misch dich da besser nicht ein«, sagte der. »Du hast die Chefin gehört. Wenn wir etwas Neues herausfinden, lassen wir es dich wissen.«

Das hatte er befürchtet: Maxis Zurechtweisung ließ Biesenecker ins gleiche Horn stoßen wie sie. Zwar fürchtete Richard keinen Streit, die Finger verbrennen wollte er sich trotzdem nicht.

»Also gut«, sagte er und kehrte an seinen Platz zurück.

Peter stand neben seinem Schreibtisch und schob eine Schublade geräuschvoll zu. »Was is’n heut’ los? Die sin’ wohl alle mit’m falschen Fuß aus’m Bett aufg’standn?«

»Vermutlich.«

»Soll’n wir jetzt weitermachen oder net?«

»Wie du willst. Ich bin jedenfalls raus.«

»Übrigens hat sich die Mietwagenfirma gemeldet, weil der Porsche net zurückgegeben wurde.«

»Na und? Hast doch gehört, dass Frau Enrico von einem Passanten zufällig ermordet wurde. Und um die Erpressung des Stadtrates kümmert sich das K2. Der Einbruch und der Diebstahl des Porsches sind ebenfalls deren Sache, für Wirtschaftskriminalität ist das K3 zuständig und für Steuerflucht das Finanzamt. Klappe zu, Affe tot.«

»Du glaubst doch net im Ernst, dass der des war? Entweder hat der net alle Blinker im Angelkasten, oder der will sich bloß wichtigmachen.«

»Alles Vermutungen, Peter. Alles nur Vermutungen.«

Peter hob beide Hände und zeigte seine Handflächen. »Ich seh scho’, mit dir is’ heut’ nix anzufangen.«

»Dreimal darfst du raten, woran das liegt.«

Peter wandte sich ab und beschäftigte sich mit irgendwelchem Bürokram. Er sollte das auch tun, aber es ging nicht. Immer wieder schweiften seine Gedanken zu Melinda, Walter und Felix ab. Entschlossen schob er den Stuhl zurück und verließ das Büro.

Kaum draußen hielt ihn die Wallner auf. »Richard, das wird eine harte Nuss. Kommst du mit?«

»Wohin?«

»In die JVA Kronach, den Mann befragen.«

»Du solltest den Biesenecker mitnehmen, meinst du nicht auch?«

Die Wallner schaute unsicher zur Seite. »Mag sein.«

»Ich halte mich da raus. Wenn ich dir einen guten Rat geben darf: Hinterfrage sein Motiv und warum er sie nicht vergewaltigt hat und ob er etwas beobachtet hat. Versuche ein psychologisches Gutachten zu bekommen. Das wird zwar sein Anwalt schon veranlasst haben, dennoch wäre es gut, wenn wir uns vorher schon ein Bild machen können, wie glaubwürdig seine Aussagen sind.«

»Wir werden mit dem Vergewaltigungsopfer eine Wahlgegenüberstellung machen.«

»Das ist sicherlich richtig. Versucht trotzdem, die beiden Fälle vorerst auseinanderzuhalten.«

»In Ordnung. Dann frage ich jetzt den Biesenecker, ob er mitkommt. Oder die Frohn? Obwohl die heute ihre Zicken hat. Seit sie beim Kollegen Schultz war, ist ihre Laune so was von im Keller.«

Wahrscheinlich, weil er sie nicht über Fielbrechts Erpressung informiert hatte. Sie benahm sich schlimmer als ihr Vorgänger. Der war explodiert, wenn man ihn zu Hause anrief, aber wehe, man versäumte es einmal, ihn in einer wichtigen Angelegenheit nach Dienstschluss zu informieren. »Mir gleich.«

»Ist schlechte Laune eigentlich ansteckend?«

»Dagegen bin ich immun.« Schön wär's. Er musste hinaus, sich die Beine vertreten. Kaum draußen, kehrte er um. Was sollte der Unsinn, er war Manns genug, um sich nicht unterkriegen zu lassen. Langsam stieg er die Treppen hoch, versuchte, seine Gedanken zu sortieren.

Melinda Hauptmann war kein Zufallsopfer. Alles in ihm sperrte sich dagegen. Doch für heute war es besser, sich mit anderen Dingen zu beschäftigen.

Fielbrecht schien es zu bevorzugen, ihn abends, außerhalb der Dienstzeit, anzurufen. Dieses Mal hatte er ihn bei einem Nickerchen auf der Couch erwischt. Die Uhr zeigte 22 Uhr. »Was gibt's?«, fragte er unwirsch. »Ich hatte Ihnen doch bereits gesagt …«

»Sparen Sie sich das. Soeben flog ein neuer Erpresserbrief mittels eines Steins durch mein Wohnzimmerfenster.«

»Oha. Haben Sie die Kollegen schon benachrichtigt?«

»Nein. Ich möchte zuerst mit Ihnen reden, da Sie meines Erachtens ein berechtigtes Interesse an dem Fall haben.«

»Der aber nicht in meine Zuständigkeit fällt.«

»Also sind Sie doch einer, der um 17 Uhr den Stift fallen lässt?«

»Einer, der sich an Anweisungen und Vorschriften hält.«

»Das ist für mich irrelevant. Ich werde ein Wörtchen mit dem Leiter der Kripo Coburg zu reden haben.«

»Der Kriminaloberrat ist im Urlaub. Sie können mit seinem Stellvertreter Schultz …«

»Ich rede grundsätzlich nicht mit Stellvertretern. Kommen Sie vorbei, danach können Sie von mir aus Dienst nach Vorschrift machen.«

Befehle von aufgeblasenen Stadträten anzunehmen, war nicht gerade Richards Ding, der Inhalt des neuen Briefs interessierte ihn allerdings brennend. Und auch, warum Fielbrecht unbedingt ihn haben wollte. Schließlich konnte man sich den zuständigen Kriminalbeamten nicht aussuchen. Aber das sollte Adler mit ihm aushandeln.

Dieses Mal nahm er das Auto, um schneller dort zu sein. Keine zehn Minuten später parkte er seinen Audi vor Fielbrechts Domizil. In der Nähe bellte der Hund eines Nachbarn, es roch nach Gegrilltem. Auf sein Läuten hin wurde ihm sofort geöffnet. Herr und Frau Fielbrecht empfingen ihn im Wohnzimmer. Auf dem riesigen Flachbildschirm über einem weiß gemauerten Kamin lief ein Film ohne Ton, und vor der Fensterwand lagen Glassplitter sowie ein golfballgroßer Stein auf dem Holzboden. Im Fenster darüber klaffte ein zackiges Loch, von dem lange Bruchlinien ausgingen.

»Sehen Sie hier? Das war um den Stein gewickelt.« Fielbrecht gab ihm ein Papier, wieder in DIN-A4-Größe. Er trug Einmalhandschuhe. Richard unterdrückte ein Grinsen und zog sich seine eigenen an, die er extra mitgebracht hatte.

»Erinnerst du dich an die ›Carpe Diem‹ und ihr Schicksal? Ihren Kaufpreis mal 100 und ich schweige.«

Carpe diem – wörtlich für »Pflücke den Tag«, in der Regel als »Genieße den Tag« übersetzt. Zuerst verstand Richard den Zusammenhang nicht, bis ihm eine Idee kam. »Ist das der Name des Schiffs, auf dem Melinda Hauptmann ums Leben kam? Was hat das mit Ihnen zu tun?«

Fielbrecht wechselte einen schnellen Blick mit seiner Frau. »Die Segelyacht gehörte uns, bevor wir sie an Felix Hauptmann verkauften. Wir hatten sie günstig erstanden und ausgebaut. Sie war absolut hochseetauglich, wirklich ein feines Schiff.«

Da war sie, die Verbindung von Fielbrecht zu Felix, nach der er gesucht hatte. »Und nun fordert der Erpresser die Verkaufssumme mal 100?«

»Was 1,5 Millionen Euro ergibt. Die ich natürlich nicht zahlen werde, selbst wenn ich sie flüssig hätte, zumal ich mir nichts habe zuschulden kommen lassen, mit dem ich erpressbar wäre. Das Ganze ist mir unerklärlich.«

»Verstehe. Die Zahlungsmodalitäten sind auch noch offen, was bedeutet, dass der Erpresser erneut mit Ihnen Kontakt aufnehmen wird. Das ist ungewöhnlich, denn normalerweise beschränkt er ihn auf ein Minimum, da mit jeder neuen Nachricht die Gefahr steigt, enttarnt zu werden.«

Richard schoss mit seinem Handy ein paar Bilder vom Stein, vom Fenster sowie vom Schreiben und wählte die Nummer des KDD. »Bis die Herren Kollegen sich der Sache annehmen, verraten Sie mir bitte, warum Sie auf meine Anwesenheit bestanden haben.«

»Das ist einfach erklärt, Herr Levin. Weil Sie den Mord an Melinda bearbeiten und ich davon ausgehe, dass mein Erpresser ihr Mörder ist.«

»Das wäre durchaus denkbar. Zumindest ist es jemand, der den Bootsnamen kennt und weiß, wie viel Felix Hauptmann dafür bezahlt hat.«

»In erster Linie kommt dafür natürlich Felix Hauptmann infrage. Wem er allerdings davon erzählt hat, entzieht sich meiner Kenntnis.«

»Wie sind Sie überhaupt miteinander ins Geschäft gekommen?«

Fielbrecht fuhr sich durchs schüttere Haar und wechselte erneut einen Blick mit seiner Frau. »Durch Melinda. Sie hat das vermittelt.«

»Eine Frage noch: Wussten Sie, dass Frau Hauptmann noch lebte?«

»Ja, das wussten wir«, sagte Frau Fielbrecht schnell.

»Und warum haben Sie den Betrug nie aufgedeckt? Immerhin saß Walter Hauptmann hinter Gittern für einen Mord, der nie stattgefunden hat.«

Der Hausherr ergriff wieder das Wort: »Weil ich es erst vor ungefähr einer Woche erfahren habe. Sie hat sich bei mir gemeldet – unter ihrem richtigen Namen. Da niemand zu Hause war, sprach sie auf den Anrufbeantworter.«

»Haben Sie die Aufnahme noch?«

»Nein. Ich lösche alles, was ich nicht mehr brauche.«

»Wenn Sie nichts dagegen haben, werden wir das Gerät trotzdem überprüfen.«

»Wie Sie wollen.«

»Ich erinnere mich, dass Sie bestritten haben, ihre wahre Identität gekannt zu haben.«

»In meiner Position kann ich es mir nicht leisten, dass mein Name im Zusammenhang mit einem Mordfall genannt wird.«

Das konnte Richard nachvollziehen, dennoch war es nicht in Ordnung zu lügen. »Trotzdem haben Sie eine Falschaussage gemacht. Das werde ich vermerken müssen.«

»Wenn es sich nicht vermeiden lässt. Solange Sie die Öffentlichkeit raushalten.«

»An mir soll es nicht liegen. Ich brauche noch Ihr Alibi für den letzten Donnerstagabend.«

»Kein Problem«, beeilte sich seine Frau zu sagen. »Wir waren zum fraglichen Zeitpunkt in München auf einer Geburtstagsfeier mit vielen Gästen. Übernachtet haben wir im Bayerischen Hof.«

Die Kollegen kamen und übernahmen die Spurensicherung. Für ihn gab es nichts mehr zu tun. Er bestieg seinen Audi und fuhr los. Dort, wo die Weinstraße vom Probstgrund abzweigte, stand ein schwarzer Porsche mit auswärtigem Kennzeichen auf einem kleinen Parkplatz.

Das gesuchte Fahrzeug – leer.

32 WALTER

Am Donnerstag des Coburger Schlossplatzfests

Als Erstes hatte er sich eine Zigarette aus der Schachtel seines Vaters angezündet. Sie schmeckte nicht, trotzdem sah er keinen Grund, darauf zu verzichten, da der Tod bereits im Vorgarten stand. Wozu kämpfen, wenn es kein Übermorgen geben würde?

Wenn er geglaubt hatte, die Diagnose würde ihm nichts ausmachen, hatte er sich getäuscht. Das Herz schlug ihm bis zum Hals, seine Hände zitterten. Er hatte das Martyrium in La Romana ausgehalten, nur um wenig später doch vor dem Aus zu stehen. Panik wallte auf, und am liebsten hätte er seine Todesangst hinausgeschrien. Gab es Hoffnung auf Heilung? In seinem Innersten war er überzeugt, dass nichts helfen würde.

Das Schlossplatzfest stand an. Er sollte hingehen, um seinen Bruder vielleicht ein letztes Mal zu sehen.

Gramgebeugt stand Vater im Flur und starrte auf Walters Zigarette. »Ich dachte, du hast damit aufgehört?«

»Du rauchst doch auch.«

»Ich bin scho' alt, bei mir isses wurscht.«

Walter zuckte die Schultern. »Ich fahre nach Coburg, aufs Schlossplatzfest.«

»Wennste meinst.«

Sollte er ihm von Felix erzählen? Nein, er musste zuerst selbst mit ihm sprechen und dann Vater schonend darauf vorbereiten. Mutter würde ihren jüngeren Sohn ebenfalls sehen wollen. Allerdings könnte Felix bereits bei ihr gewesen sein oder sogar dort wohnen. Er verließ das Haus, machte sich zu Fuß auf den Weg zum Bahnhof. Bis zur Abfahrt des nächsten Zugs nach Coburg hatte er noch Zeit.

Am Ende musste er doch laufen, um ihn noch zu erwischen. Er setzte sich an den Ausgang und zog sein billiges Klapphandy hervor, das er mit einer Prepaidkarte betrieb, und wählte Ullas Nummer. Da es bereits nach 18 Uhr war, sollte sie zu Hause sein. Tatsächlich meldete sie sich und schien über seinen Anruf erfreut zu sein.

»Ich bin auf dem Weg zum Schlossplatzfest«, sagte er.

»Wieso?«

»Wieso nicht?«

»Weil ...« Sie stockte. »Weil du keine Menschenansammlungen magst.«

»Ausnahmen bestätigen die Regel.«

»Dann ... Wollen wir uns treffen?«

Wollte er das wirklich? Eigentlich war er mit Felix verabredet. Verdammt, er hätte sich vorher überlegen sollen, ob er Ulla mit Felix zusammenbringen wollte.

Warum eigentlich nicht? »Du wirst es kaum glauben, aber Felix hat mich gestern angerufen.«

»Felix? Um Himmels willen, was wollte er denn von dir?«

»Das hat er nicht verraten, nur so viel, dass ich aufs Schlossplatzfest kommen soll.«

»Das ... das wundert mich.«

»Warum? Ich werde ihm nicht an die Gurgel springen.«

»Was hat er genau gesagt?«

»Dass er mich um 20 Uhr treffen will.«

»Wo?«

»Wir haben keinen Treffpunkt vereinbart.«

Ulla machte eine Pause, bevor sie weiterredete: »Du darfst da nicht hin, hörst du?«

»Ich sitze bereits im Zug nach Coburg.«

»Ich hole dich am Bahnhof ab. Warte auf mich. Versprichst du mir das?«

Er versprach es und ließ das Handy sinken. Warum regte Ulla sich so auf? Sie war doch sonst die Coolness in Person. Er würde es herausfinden und auf jeden Fall Felix treffen, selbst wenn der irgendeine Gemeinheit vorhaben sollte.

Zum ersten Mal seit Jahren freute er sich wieder auf etwas.

33 RICHARD

Zwei Wochen nach dem Coburger Schlossplatzfest, Dienstag

Die Suche nach Felix Hauptmann, der sich offenbar noch im Raum Coburg befand, lief weiter, nur dass er jetzt ohne den Porsche, aber eventuell in einem gestohlenen Auto unterwegs war. Noch in der Nacht hatte Richard dies der Schutzpolizei durchgegeben und auch dem K2 eine entsprechende Nachricht hinterlassen. Im Porsche waren Fingerabdrücke gefunden worden, die mit denen von Melinda abgeglichen würden, das Ergebnis stand allerdings noch aus. Auffallend war gewesen, dass an manchen Stellen Wischspuren festgestellt worden waren, die darauf schließen ließen, dass jemand etwas zu verbergen hatte.

Mit diesen Neuigkeiten im Gepäck begab er sich kurz vor Dienstbeginn zu Maxis Büro und wartete davor auf sie. Er wechselte einige Worte mit Sabine Neumayer, der Assistentin der Dienststelle, fragte nach ihren Kindern und erfreute sich an dem Strahlen, das sie jedes Mal zeigte, wenn das Thema aufs Tapet kam.

Maxi kam den Gang entlang, eine große Handtasche über die Schulter gehängt, den Autoschlüssel in der Hand. Sie trug einen Hosenanzug in Navyblau, darunter eine weiße Bluse. Ihn irritierte, dass ihm das auffiel, zumal er sich nicht mehr daran erinnern konnte, was Sabine heute anhatte. Verstärkt wurde das Ganze dadurch, dass er sich die Frage stellte, ob durch die leicht transparente Bluse wohl etwas durchschien. Seine Fantasie ging mit ihm durch, und er war bemüht, den Blick auf der Handtasche ruhen zu lassen.

Maxi stutzte kurz, als sie ihn sah, und nahm ihre Handtasche von der Schulter, als sie die Tür zu ihrem Büro öffnete. Nach einem kurzen Grußaustausch kam er gleich zur Sache.

»Herr Dr. Fielbrecht hat einen zweiten Erpresserbrief erhalten, und der vermisste Porsche wurde gefunden.«

Schwungvoll warf sie die Handtasche auf ihren Schreibtisch. »Warum erzählen *Sie* mir das?«

»Erstens, weil Sie sofort informiert werden wollten, und zweitens, weil Fielbrecht mich anrief und auf meiner Anwesenheit bestand. Den Porsche habe ich zufällig in der Nähe von Fielbrechts Haus entdeckt. Gut möglich, dass ihn jemand bewusst dort abgestellt hat, damit er gefunden wird. Alle erforderlichen Dienststellen wurden von mir unverzüglich eingeschaltet.«

Das hatte sich ziemlich formal angehört. Entsprechend verblüfft musterte sie ihn. Davon unbeirrt fuhr er im selben Tonfall fort: »Außerdem ersuche ich Sie, den Mordfall Melinda Hauptmann bis zum Abschluss der Ermittlungen bearbeiten zu dürfen.«

Beinahe wäre ihm ein »Bitte« rausgerutscht. »Bitch« hätte er noch über die Lippen gebracht, aber »Bitte« – unmöglich.

»In Ordnung«, sagte sie schließlich. »Bleiben Sie dran.«

Diese Antwort hatte er erwartet, da sie seinem Wunsch so gut wie keine Argumente entgegenzusetzen hatte. Eilig verließ er ihr Büro.

An seinem Arbeitsplatz begann er seinen Bericht zu schreiben. Mittendrin hielt er inne, rief den Internetbrowser auf und tippte »Carpe Diem« und »Segelyacht« in das Eingabefenster. In den Tiefen des Internets wurden zahlreiche Treffer gefunden, weshalb er die Suche mit dem Begriff »Santo Domingo« eingrenzte.

Auf dem Screen erschien ein schnittiger, etwa 15 Meter langer Einmaster, der in einem Hafen vertäut lag. Dieses Schiff sollte Fielbrecht für unglaubliche 15.000 DM an einen ihm Unbekannten verkauft haben, quasi für ’nen Appel und ’n Ei, damit der eine Segel- und Tauchschule in der Karibik aufmachen konnte? Fielbrecht schien nicht der Typ zu sein, der etwas zu verschenken hatte.

Er kratzte sich das stoppelige Kinn. War Fielbrecht involviert? Und wenn, was war seine Motivation? Geld vermutlich. Menschen wie Fielbrecht agierten äußerst vorsichtig, hinterließen kaum Beweise, mit denen man sie festnageln konnte. Trotzdem war er offensichtlich erpressbar. Wenn er herausfinden könnte, womit, wären sie einen großen Schritt weiter.

Felix musste sehr verzweifelt sein: Melinda tot, und zurück in die Dominikanische Republik konnte er nicht mehr, weil er auf der Fahndungsliste des FBI stand. Vielleicht war Fielbrecht sein letzter Strohhalm, an den er sich klammerte. Wen hatte er sonst noch? Seine Mutter würde ihm gewiss weiterhelfen, Walter eher nicht.

Peter betrat das Büro, gefolgt von Jan, dieses Mal hatten beide Donuts in den Händen. »Auch einen?«, bot Peter ihm einen mit bunten Stäbchen übersäten Schokoladenkringel an, den er dankend annahm. Sein Frühstück war mangels Zeit mal wieder ausgefallen.

»Von dir hätte ich eher erwartet, dass du eine der Coburger Spezialitäten verdrückst.«

»Die sin' beim zweiten Frühstück dran«, erwiderte Peter augenzwinkernd. »Was hast'n da auf'm Bildschirm? Wow, des is' aber a fesches Yachtle. Planst wohl scho' dein' nächsten Urlaub?«

Richard erklärte es ihnen. »Wir sind übrigens wieder drin.«

»War'n wir jemals draußen? Und womit wird der Fielbrecht erpresst?«

Typisch Peter, den Finger in die offene Wunde zu legen. »Der gibt sich als Unschuldsengel. Ich denke, er hat eine Vermittlerrolle bei den Anlage- und Finanzgeschäften in der Dominikanischen gespielt, wobei Frau Enrico seine

Agentin war. Nur ob wir ihm das nachweisen können …? Jemand eine Idee?«

»Alles, was du am Computer machst, hinterlässt eine Spur im Internet«, sagte Jan. »Sofern etwas digital verschickt wurde, lässt sich das finden.«

»Mag sein. Nur steckte das Internet im Jahr 1999 noch in den Kinderschuhen, oder?«

Jan bewegte seinen Kopf wiegend hin und her. »Wenn wir nachweisen könnten, dass er Bescheid wusste, dass Frau Enrico und Melinda Hauptmann ein und dieselbe Person waren, dann …«

»Was dann? Das beweist gar nichts.«

Eine Furche zwischen Jans Augenbrauen war die einzige Antwort darauf.

»Welches Gesetz hätte er damit gebrochen? Außerdem hat das alles in der ›Dom Rep‹ stattgefunden, nicht in Deutschland. Wir wären nicht zuständig, und wie du selbst erfahren musstest, hat sich die Kommunikation mit den dortigen Behörden als äußerst zäh erwiesen.«

»Warum fahr'n wir net hin und ermitteln selbst. Mei Angelzeug is' schnell gepackt.« Peter feixte.

Richard ging nicht darauf ein, versuchte, den Gedankenfaden weiterzuspinnen. »Für Fielbrecht war eine Firma in der ›Dom Rep‹, mit der er offiziell nichts zu tun hat, sehr nützlich. Entweder hat er Melinda deswegen angesprochen, oder sie hat ihm den Vorschlag gemacht, dort als seine Agentin zu fungieren. Nur bedeutet das nicht, dass der fingierte Mord auf seinem Mist gewachsen ist. Die Lebensversicherung haben Felix und Melinda alleine eingestrichen, entweder weil er nicht involviert war oder weil das Finanzamt ihm Fragen hätte stellen können. Wie ich es drehe und wende, ich finde keinen

Ansatzpunkt. Wie sollte also die Anklage deiner Ansicht nach lauten?«

»Stimmt scho'. Selbst wenn alles auf sei'm eig'nen Mist g'wachsn wär, könnt' ma nix machen. So a Politiker is genauso glatt wie meine Fisch'. Also, ich glaub, dass der Felix der Erpresser is'.«

»Dem schließe ich mich an.«

»Was sagen die vom K2 dazu?«

Richard konnte ihm die Frage nicht beantworten. »Das rauszukriegen, ist Sache der Frohn.«

»Was muss ich rauskriegen?«, fragte Maxi und schob sich in Richards Blickfeld. Keine Handtasche, keine Jacke, die Arme verschränkt. Die Bluse ließ den weißen BH nur erahnen. Hatte er etwas anderes erwartet?

Er lehnte sich im Stuhl zurück und verschränkte ebenfalls die Arme. »Was das K2 über die Erpressung und den Einbruch in Fielbrechts Büro herausgefunden hat.«

»Bis jetzt nichts weiter. Bezüglich der Erpressung dauern die Untersuchungen von Papier und Druckerfarbe noch an.«

»Da wird nicht viel herauskommen.«

»Alter Schwarzmaler«, sagte Peter zu ihm und wandte sich dann an Maxi. »Was is' mit dem Porsche? Dürf ma den behalten?«

»Sicher nicht, Herr Weingarth«, sagte sie schmunzelnd. »Auch wenn die Herren das sicher gern möchten. Der Wagen wird nach Freigabe durch die Staatsanwaltschaft an die Mietwagenfirma zurückgegeben.«

»Schade. So a Porsche mit Blaulicht obendrauf – des wär was.«

Ihr Lächeln verflüchtigte sich. »Herr Levin, Sie haben den Wagen entdeckt?«

»War kaum zu übersehen. Als wäre er dort abgestellt worden, damit ich ihn finde.«

Sie bedachte ihn mit einem langen Blick aus schmalen Augen. »Sie meinen, es könnte inszeniert gewesen sein, um uns auf eine falsche Fährte zu locken?«

»Wobei das gar nicht nötig wäre, denn mit dem Geständnis des mutmaßlichen Mörders von Melinda Hauptmann war der Fall ja quasi abgeschlossen.«

»Was der richtige Täter aber nicht weiß, weil wir dies der Presse noch nicht mitgeteilt haben.«

»Das bringt mich auf eine Idee. Ich fahre noch mal zu Felix' Eltern und seinem Bruder. Irgendwo muss der Kerl stecken, außer er schläft auf einer Parkbank. Jan und Peter, ihr klappert seine alten Kumpel ab.«

Als er zur Tür ging, machte Maxi ihm bereitwillig Platz, was er mit einer gewissen Genugtuung registrierte.

»Moment«, sagte sie plötzlich. »Das übernehme ich. Herr Levin, Sie fahren mit Frau Wallner in die JVA Kronach. Sie hat dort um 10 Uhr einen Termin.«

34 MAXI

Zwei Wochen nach dem Coburger Schlossplatzfest, Dienstag

Erst jetzt wurde Maxi bewusst, dass sie ebenfalls nach Kronach fahren musste, wenn sie die Mutter der beiden Brüder aufsuchen wollte. Somit fuhren zwei Teams zum selben Zielort. Zu spät, sie würde ihre Entscheidung nicht rückgängig machen und forderte Peter auf, mitzukommen, um jemanden dabeizuhaben, der sich auskannte. Ihm war anzusehen, dass er sich auf dem Beifahrersitz unbehaglich fühlte. Vermutlich deshalb zeigte er sich während der Fahrt ungewohnt schweigsam. Oder war der Grund dafür, dass sie Levin wiederholt vor ihm und den anderen brüskiert hatte? Bestimmt stand er auf Levins Seite, denn schließlich arbeiteten die zwei schon fast drei Jahre zusammen.

Warum hatte sie sich von Levin provozieren lassen? Sie hätte sich besser unter Kontrolle haben sollen. Ihr selbst waren Vorgesetzte, die ihre Kollegen vor anderen bloßstellten, ein Graus. Nun hatte sie sich genauso verhalten, und ihre ständigen Querelen mit ihm könnten zum Loyalitätsverlust der anderen Kollegen führen. War Levin nur stur oder hatte er ein Problem mit Frauen, besonders wenn sie gehobene Positionen bekleideten? Warum hatte er sich hinter ihrem Rücken über sie beschwert? Was in aller Welt ging in dem Mann vor?

Nun war Peter nicht gerade jemand, mit dem sie ihre

Gedanken über Levin teilen würde. Eigentlich mit niemandem, auch nicht mit Schultz, der mit seinem komischen Verhalten alles verschlimmert hatte. Wenn der Leiter der Kripo aus dem Urlaub zurückkäme, würde er sie wegen der Beschwerde zu sich bitten; eine gute Gelegenheit, ihr angespanntes Verhältnis zu Levin zur Sprache zu bringen.

»Wir fahren zuerst zur Mutter in Kronach. Haben Sie die Adresse?«, fragte sie Peter.

»Ja.«

»Brauchen wir ein Navi?«

»Nein.«

»Kündigen Sie uns bitte an.«

»In Ordnung.«

Damit war ihre Konversation beendet. Langsam kamen Maxi Zweifel, ob sie sich nicht besser allein auf den Weg hätte machen sollen. Sie fuhren an Neustadt vorbei Richtung Mitwitz. Sie kannte den Ort nicht, wusste nur, dass sich dort ein hübsches Wasserschloss befand, dessen Besuch sich lohnen sollte.

Als sie den steilen Berg vor Kronach hinunterfuhr, sah sie auf der Anhöhe gegenüber die Festung Rosenberg.

»Nicht schlecht«, sagte sie mehr zu sich selbst.

»Unterhalb vom Burgtor liegt die JVA.« Peter deutete in Richtung Burg. »Falls Sie mal hinmüssen.«

»Das ist praktisch. Wenn die eine Folterkammer haben, könnten wir unsere Kandidaten gleich zur Vernehmung hinbringen?«

»Des wär mal was. Wir müssen zuerst durch die Oberstadt. Nettes Plätzchen, jede Menge Kneipen. Muss sogar ich als Coburger zugeben.«

»Gut, dann lotsen Sie mich hin.«

»Zur JVA?« Peter schaute etwas verblüfft, dirigierte sie aber durch die pittoreske Oberstadt.

»Die Coburger reden über die Kronacher oft abfällig. Wissen Sie, warum?«

Peter lachte. »Des beruht auf Gegenseitigkeit. Ich glaub, des hat sein Grund im 30-jährigen Krieg. Die Kranicher – wie se sich selber nenn' – war'n katholisch und gehörten zum Hochstift Bamberg. Deshalb war'n se den evangelischen Sachsen a Dorn im Aug'. Wie Se vielleicht wissen, gehörten die Coburger zu den Sachsen.«

»Respekt, Herr Weingarth.«

»Gell? Hab halt in der Schul' gut aufgepasst. Geschichte is übrigens was, über des ich mich mit Richard prima unterhalten kann, weil der's mit'm Angeln net so hat.«

»Der hat's mehr mit Schwertkämpfen, stimmt's?«

»Der Mann is' echt cool.« Er sah sie von der Seite an, als erwartete er eine Reaktion darauf.

Die Justizvollzugsanstalt Kronach rückte ins Bild; ein schmuckloser Sandsteinkasten, bestimmt 200 Jahre alt. Peter fuhr auf den Parkplatz davor und hielt an.

»War mal a Getreidebunker«, sagte er. »Danach ham se Salz drin gelagert. Im Volksmund heißt der Knast deshalb Salzbau. 100 Knackis ham drin Platz. Mehr weiß ich net.«

Das reichte ihr auch an Informationen, zumal sie in diesem Moment Levin und die Wallner auf ihren Wagen zukommen sah.

Es half nichts, da musste sie durch. Sie ließ das Fenster herunter.

»Haben wir eine Änderung der Aufgabenverteilung oder befindet sich Felix' Mutter neuerdings in Haft?«, fragte Levin. »Sollte Letzteres zutreffen, seid ihr falsch, denn hier sitzen nur männliche Gefangene ein.«

Voll erwischt. Peters Mundwinkel besuchten die Ohren, er zuckte mit den Schultern, als wollte er sagen: Ich kann nix dafür. Am liebsten hätte sie ihn gewürgt.

»Herr Weingarth wollte mir die JVA zeigen. Von außen. Wir fahren jetzt zur Mutter des Gesuchten«, sagte sie mit so fester Stimme wie möglich. »Sie soll in der Nähe wohnen.«

»Aha«, gab Levin von sich und sah Peter streng an. »Und ich dachte, wir machen einen Betriebsausflug.«

»Wir könnt'n uns die Festung anschau'n und danach was essen geh'n«, schlug Peter vor.

Sie musste das beenden, sonst würde sie das Gesicht verlieren. Als Chefin hatte sie auf Disziplin zu achten, obwohl sie am liebsten mitgelacht hätte und auf Peters Vorschlag eingegangen wäre. »Schluss jetzt. Wir machen weder einen Betriebsausflug nach Kronach noch in die Karibik, und wir gehen um diese Zeit auch nicht gemeinsam zum Essen.«

Sie nickte Levin zu und fuhr eilig davon. »Zu Frau Hauptmann also.«

»Sie war'n 's doch, die zur JVA wollt'«, sagte Peter in beleidigtem Tonfall und lotste sie durch die Stadt. Tatsächlich fand er die gewünschte Straße ohne Probleme, ebenso das gepflegte Häuschen von Frau Hauptmann. Eine rote Katze hatte sich auf dem Fußabstreifer eingerollt. Gerade als Maxi läuten wollte, schwang die Tür auf. Eine gepflegte ältere Frau stand vor ihr und bat sie freundlich herein. Die Katze nutzte die Gelegenheit hocherhobenen Schwanzes ins Haus zu gelangen.

»Frau Hauptmann?«, fragte Maxi.

»Das bin ich. Wenn Sie wegen meinem ehemaligen Mann kommen, der wohnt in Neustadt bei Coburg.«

»Wie kommen Sie auf ihn?«

»Walter und er sind sich sehr ähnlich.«

Der Gedanke, dass noch niemand mit ihr über Melindas wahren Tod gesprochen hat, berührte sie. Melindas Familie war benachrichtigt worden, jedoch nicht die ihres Ehemanns. »Unser Erscheinen hat nichts mit Ihrem Ex-Mann zu tun. Sie haben wieder geheiratet?«

»Nein, aber ich habe einen Lebensgefährten. Eine Ehe reicht mir. Mein Partner denkt genauso. Was kann ich also für Sie tun?«

»Wir kommen wegen Ihres Sohnes.«

»Was hat Walter denn schon wieder verbrochen?«

»So viel wir wissen, nichts. Wir suchen Ihren anderen Sohn, den Felix.«

»Der ist auf einer der Inseln in der Karibik. Lebt dort wie die Made im Speck und hat seine Mutter vergessen. Das habe ich Ihren Kollegen, die vor ein paar Tagen da waren, schon erzählt. Ich verstehe das alles nicht.«

»Hat man Ihnen nicht gesagt, dass Felix letzte Woche in Coburg war?«

Ihr Gesicht zeigte maßloses Erstaunen und verlor alle Farbe. »Mein Felix war hier?« Ihre Hände fuhren zum Mund. »Mein Sohn?«

Maxi sah den Schmerz der Mutter und wusste, dass sie die Wahrheit sprach. Sie tat ihr leid und sagte es auch. »Vielleicht kommt er noch vorbei«, fügte sie hinzu. »Geben Sie uns dann bitte Bescheid, wir brauchen ihn als Zeugen.«

Das entsprach zwar nicht ganz der Wahrheit, aber der Zweck heiligte bekanntlich die Mittel. Sie hinterließ ihre Visitenkarte und verließ das Haus mit Peter im Schlepptau.

Der hatte die ganze Zeit über keinen Ton von sich gegeben und atmete nun hörbar aus. »Die Ärmste weiß wahrscheinlich gar net, was für a Früchtle se hat. Und den annern kann se net leiden. Hätt' ma ihr net sagen soll'n, dass der Walter kei' Mörder is'?«

Maxi bedeutete ihm, ins Auto zu steigen. »Das ist noch nicht raus. Er könnte Melinda am Ende doch noch umgebracht haben – aus Rache.«

»Da hätt' er aber wissen müssen, dass se in Coburg war.«

Das stimmte. Nur Felix und Fielbrecht hatten davon Kenntnis gehabt, was die Zahl der Verdächtigen ziemlich einschränkte; vor allem wenn man bedachte, dass Fielbrecht zur fraglichen Zeit in München gewesen war. Die Überprüfung des Alibis lief noch, allerdings zweifelte Maxi nicht an Fielbrechts Aussage.

Bliebe also nur noch Felix.

Sie fuhren zurück nach Neustadt und Peter lotste sie in den Vorort Wildenheid. Hauptmanns Haus fand sie ohne seine Hilfe wieder. Dieses Mal stand der Alte nicht in seinem Garten, was sie mit Erleichterung registrierte. Sie klingelte einige Male – vergebens. Sie hätten vorher anrufen sollen.

»Der Walter wird beim Willi sein«, sagte Peter. »Dem sei Werkstatt is' gleich dort hinten, gar net weit von hier.«

Maxi seufzte innerlich. »Dann fahren Sie uns dorthin.« Sie übergab Weingarth den Wagenschlüssel. Als das Auto sich in Bewegung setzte, sah sie hinter einem der Fenster eine Bewegung.

»Halt!«, rief sie. Peter trat voll in die Bremsen und kaum war der Wagen zum Stillstand gekommen, sprang sie heraus, lief zurück zur Haustür und rief: »Aufmachen, Polizei!«

Dieses Mal sprang die Tür sofort auf. Vor ihr stand Walter mit verquollenem Gesicht. Der Mann hatte offensichtlich geweint und das befremdete sie.

»Herr Hauptmann …«

»Ich war's nicht.«

»Wir sind wegen Ihres Bruders hier.«

»Ich habe Ihnen doch schon gesagt, dass ich keine Ahnung habe, wo er sich aufhält.«

»Wäre doch möglich, dass er sich inzwischen bei Ihnen gemeldet hat.«

»Hat er nicht.«

»Können Sie mir Namen von ehemaligen Freunden nennen?«

»Das ist alles schon so lange her. Einige sind weggezogen, andere haben geheiratet und tragen jetzt einen anderen Nachnamen.«

»Er hat derzeit keinen fahrbaren Untersatz.«

»Ich habe kein Auto, das ich ihm geben könnte. Nur ein altes Fahrrad, und das brauche ich selbst. Und verschonen Sie meinen Vater mit Ihren Fragen, der regt sich sonst nur wieder auf.«

»Wo ist Ihr Vater eigentlich?«

»Beim Friseur. Bitte gehen Sie jetzt.«

»Geben Sie mir Bescheid, wenn Felix sich doch noch rührt.« Wie schon zuvor seiner Mutter drückte sie auch ihm ihre Visitenkarte in die Hand.

»Mach ich«, erwiderte er und schloss die Tür vor ihrer Nase. Vielleicht sollte sie sich einen Durchsuchungsbeschluss holen – und einen für das Haus seiner Mutter gleich dazu. Ob sie die allerdings bekommen würde, war fraglich, denn bei vagen Verdachtsmomenten war die Staatsanwaltschaft eher zögerlich mit deren Ausstellung. Vielleicht wusste Melindas Schwester Ulla mehr, auch wenn sie vermutlich die Letzte wäre, die Felix helfen würde. Dieses Mal würde sie die Dame jedoch in die

Inspektion einbestellen, damit sie nicht wieder umsonst in der Gegend herumfuhr.

»Zurück zur Dienststelle«, wies sie Peter an. »Wenn wir dort sind, haken Sie mal nach, was die Kollegen der Steuerfahndung über Fielbrechts Rolle in der Steueraffäre herausgefunden haben.«

Peter nickte und fuhr sie nach Coburg zurück. Nach diesem ergebnislosen Tag fühlte sie sich, als wäre sie in einer Sackgasse gelandet.

35 RICHARD

Zwei Wochen nach dem Coburger Schlossplatzfest, Dienstag

»Nanu, was war das denn?«, fragte die Wallner, als sie auf die JVA in Kronach zugingen.

»Verschwendung von Ressourcen.« Mehr wollte Richard dazu nicht sagen. Es war ihm sofort klar gewesen, dass sie zu viert und in zwei Fahrzeugen vor Ort waren. Aber Maxi darauf aufmerksam zu machen, wäre das Letzte gewesen, was er tun würde. Sollte sie ruhig aus ihren Fehlern lernen. Für ihn war Dienst nach Vorschrift angesagt. Manche Probleme lösten sich von selbst, wenn man nur die Kraft besaß, sie auszusitzen. Und er hatte viel Kraft.

Die Wallner hatte ihren Besuch bei der JVA angemeldet, und daher wurden sie umgehend in ein Zimmer geführt, in dem ein blasser, leicht aufgeschwemmter Mann an einem einfachen Metalltisch saß. Hinter ihm stand ein uniformierter Justizbeamter, ein weiterer blieb an der Tür stehen. »Jürgen Büttner«, sagte der Wärter vor ihm und deutete auf den Mann am Tisch, der schlaff und mit leerem Gesichtsausdruck auf dem Stuhl saß. Von dem ging mit Sicherheit keine Gefahr aus. Er bat die beiden Wärter den Raum zu verlassen.

»Aber …«, setzte einer von ihnen an, Einspruch zu erheben.

»Kein Aber! Falls erforderlich, kann ich mich gut selbst zur Wehr setzen.«

Als die zwei weiterhin zögerten, zog Richard die Augenbrauen hoch und sie verschwanden. Sie würden hinter der Tür bereitstehen und die Situation durch das danebenliegende Fenster überwachen. Da es Wallners Fall war, blieb er an der Wand stehen und ließ ihr den Vortritt.

»Guten Tag, Herr Büttner«, eröffnete sie das Gespräch.

»Hallo«, kam es zaghaft zurück.

»Ich bin von der Kripo Coburg.«

Ein kurzer Blick nach oben. »Sie sehen gar nicht aus wie ein Bulle.«

»Danke.«

»Und der da?« Er deutete auf Richard.

»Der passt auf mich auf.«

Er kicherte.

»Wissen Sie, warum Sie in U-Haft sind?«, fragte die Wallner.

»Weil ich mir ein paar Weiber angeschaut hab.«

»Nicht nur deswegen.«

»Ach so.« Seine Stirn legte sich in Falten. »Da war eine, die hat … Aber das wollte ich nicht. Die hat ihren Rock hochgehoben und stank nach Schnaps wie meine Mama.«

»Das Mädchen vom Samba-Festival?«

Er nickte. »Die war verdammt hübsch.«

»Und die hat Sie angemacht?«

Unbehagliches Hin- und Herrutschen. »Ja«, flüsterte er. »Genau wie Mama das immer gemacht hat. Aber ich hab nix Schlimmes gemacht.«

Hieß das, die Mutter hatte mit dem eigenen Sohn …? Es schüttelte ihn innerlich, und er konnte sehen, dass auch die Wallner zusammenzuckte. Der Mann gehörte in die Hände eines Psychiaters, das stand für ihn fest und auch, dass seine Angaben nur bis zu einem gewissen Grad verlässlich waren. Aber sie waren nicht wegen der Vergewaltigung hier. »Nadine«, sagte er deshalb leise, um die Kollegin daran zu erinnern.

Sie nickte. »Können Sie sich an die andere Frau erinnern? Die vom Schlossplatzfest?«

Die blassblauen Augen fest auf den Tisch gerichtet, zuckte er mit den Schultern. »Ja, da war eine.«

»Und was hat sie gemacht?«

»Darüber mag ich nicht sprechen.«

»Warum nicht?«

Er schüttelte sich wie ein nasser Hund. »Die sagen, ich hätt' sie erschlagen.«

»Haben Sie?«

»Wenn die das sagen, wird es wohl stimmen. Meine Mama hat mich immer gehauen, wenn ich widersprochen hab.«

Die Wallner warf Richard einen ratlosen Blick zu, was er als Aufforderung verstand einzuspringen. »Herr Büttner, mein Name ist Levin, und ich verspreche Ihnen, Sie nicht zu schlagen«, sagte er. »Erzählen Sie einfach mal, was nach dem Schlossplatzfest geschehen ist.«

»Was soll ich?«

»Mir sagen, an was Sie sich erinnern.«

»Also, ich bin in den Hofgarten und hab gewartet, ob eine Frau vorbeikommt.«

»Was wollten Sie mit ihr machen?«, fragte die Wallner.

»Bloß anschauen. Das ist doch nicht verboten, oder?«

Richard berührte ihre Schulter, um ihr zu zeigen, dass er das Gespräch weiterführen würde. »Schauen Sie sich die Frauen immer nur an?«

»Ja. Das mach ich gern.«

»Nähern Sie sich ihnen auch, um sie zu begrapschen?«

Herr Büttner grinste verschmitzt. »Schön wär's. Die lassen mich doch nicht.«

»Und die Frau im Hofgarten? Was war mit der?«

»Die hab ich auch nur beobachtet.«

»Was hat sie denn gemacht?«

»Sich mit einem Mann getroffen.«

Jetzt kamen sie der Sache näher. Er musste seine Fragen vorsichtig formulieren, um ihm die Antworten nicht in den Mund zu legen. Der Mann war extrem manipulierbar. »Können Sie ihn beschreiben?«

Statt einer Antwort bekam Richard nur einen verwirrten Blick. »Wie sah er aus?«, fragte er nach.

»Weiß nicht. Wie ein Mann halt.« Herr Büttner malte mit seinem Finger Kringel auf die Tischplatte.

»Was hatte er an?«

»Hemd und Hose. Dunkle Haare. Groß war er – oder doch nicht.«

Was auf die Hälfte der männlichen Bevölkerung zutraf. Richard unterdrückte einen Seufzer. »Was haben die zwei gemacht?«

»Geredet. Sie hat ihn beschimpft. Die war richtig in Fahrt.«

»Und was hat er daraufhin gemacht?«

»Zurückgeschimpft.« Er zog den Kopf ein und legte die Hände an die Schläfen.

»Hatten Sie Angst?«

»Sehr sogar.«

»Weswegen?«

»Weil Mama mich immer haut, wenn sie schimpft.«

»Was haben die beiden dann gemacht?«

»Weiß nicht. Bin weggerannt.«

Die Wallner öffnete den Mund und schloss ihn wieder, schüttelte dabei leicht den Kopf.

»Wohin?«, fragte Richard. »Nach Hause?«

»Nee. Ich wollte doch Frauen gucken gehen. Weiter hinten kam 'ne andere. Der bin ich dann nach.«

»Wo ist sie hin?«

»Zu den beiden.«

»Und wie sah sie aus?«

»Wie Frauen halt aussehen.«

»Welche Haarfarbe hatte sie?«

»Dunkle Haare. Und einen sehr langen Zopf.«

Ulla, schoss es Richard durch den Kopf. Sie musste auch auf dem Schlossplatzfest gewesen sein. Er sollte unbedingt noch einmal mit ihr sprechen. Am besten, er würde ihr eine Vorladung zur Zeugenvernehmung schicken.

»Haben die zwei Frauen miteinander gesprochen?«

»Weiß net. Bin doch weggerannt.«

Mehr war aus ihm nicht herauszuholen. Richard winkte die Wärter herein und sie verabschiedeten sich. Auf der Fahrt zurück verhielt sich die Wallner schweigsam, bis es aus ihr herausplatzte. »Einfach ekelhaft, aus welchen Verhältnissen der Kerl kommt. Was er da angedeutet hat … Da fällt einem nichts mehr ein.«

»Sehe ich genauso. Deshalb braucht ihr unbedingt ein Gutachten über seinen Geisteszustand. Ein schneller Erfolg ist zwar ganz nett, aber wenn es in die Hose geht, wird's peinlich.«

»Wie bewertest du seine Aussage zu der Toten?«

»Hört sich glaubhaft an; jedenfalls glaubhafter als die Theorie, dass er sie grundlos erschlagen haben soll. Trotzdem wäre es möglich, dass es sich anders zugetragen hat, weil er einfach den Unterschied zwischen Wahrheit und Unwahrheit nicht kennt.«

»Was machst du als Nächstes?«

»Die Schwester der Toten in die Mangel nehmen. Mir kommt es allmählich so vor, als würde hier jeder lügen, weil alle Beteiligten etwas zu verbergen haben.« Er klopfte auf das Lenkrad. »Und das stinkt mir gewaltig.«

Sie erreichten die Inspektion, und beim Abstellen des Fahrzeugs stellte er fest, dass Maxi und Peter vor ihnen eingetroffen waren. Eigentlich müsste er Maxi über den neuesten Stand der Dinge informieren, verspürte dazu jedoch keine Lust. Die Wallner würde das schon übernehmen. Er begab sich in sein Büro und ließ sich von Peter berichten, was vorgefallen war. Insgeheim hoffte er, Maxi würde ihn kontaktieren, aber sie ließ nichts von sich hören.

Kurze Zeit später bat er die K1-Assistentin Sabine Neumayer, eine Vorladung zur Zeugenvernehmung an Ulla Schuster zu schicken. Sie sah ihn leicht irritiert an. »Ich habe gerade eine geschrieben; im Auftrag von Frau Frohn. Termin in zwei Tagen um 14 Uhr.«

Beinahe hätte er gesagt, dann solle sie eben noch mal eine schreiben, aber die Assistentin konnte nichts für ihren Kleinkrieg. »Okay, eine reicht«, sagte er und ging wieder.

Maxis Vorladung zum Trotz fuhr er anschließend zu Ulla Schusters Firma. Erstens war ihm »in zwei Tagen« zu weit weg und zweitens ging es ihm ums Prinzip. Ulla empfing ihn gleich, ohne Umstände zu machen, in ihrem Büro. Er sei ihr mit seinem Besuch zuvorgekommen, sagte sie, denn sie habe ihn heute Abend anrufen wollen. Sie habe in Melindas Nachlass etwas gefunden, das sie ihm unbedingt zeigen müsse.

»Etwas Wichtiges?«, fragte er, obwohl das überflüssig war.

»Meiner Meinung nach schon.« Sie beugte sich vor. »Melindas Tagebuch.«

»Das sollten eigentlich wir haben. In ihrem Hotelzimmer war es jedenfalls nicht.«

»Sie hat es mir per Post geschickt.«

Richard rechnete nach. »Und wann haben Sie es erhalten?« Die Verwirrung wuchs. Versuchte Frau Schuster, ihm einen Bären aufzubinden? »Wenn sie es in Deutschland abgeschickt hat, müsste es seit Freitag oder Samstag in Ihrem Besitz sein. Warum haben Sie uns nicht eher darüber informiert?«

»Es kam gestern erst an – aus Santo Domingo.«

»Per Luftpost vermutlich?« Nun beugte auch er sich vor.

»Frau Schuster, Sie werden demnächst als Zeugin vorgeladen werden.«

»Von Ihnen oder vom Gericht?«

Diese Frage überzeugte ihn, dass Frau Schuster etwas im Schilde führte. Jemand, der wusste, dass es einen Unterschied machte, wer vorlud, hatte sich informiert. »Von meiner Dienststelle.«

Sie hob das Kinn. »Dem muss ich nicht Folge leisten. Immerhin deuten Sie damit an, dass Sie meiner Aussage nicht trauen.«

»Beides ist richtig. Sie brauchen nicht zu erscheinen. Doch dann müssen Sie damit rechnen, vom Staatsanwalt vorgeladen zu werden, und bei dem sind Sie erscheinungspflichtig. Wird eine Weile dauern, aber wir haben Geduld. Sie können auch einen Rechtsbeistand hinzuziehen.«

»Sie sind ziemlich hartnäckig.«

»Das muss ich auch sein, denn immerhin geht es um Mord. Sie haben natürlich das Recht, die Aussage zu verweigern, wenn Sie sich selbst belasten müssten. Die Verweigerung würde allerdings kein gutes Licht auf Sie werfen.«

»Sie war meine Schwester.«

»Gerade deshalb sollte es Ihnen wichtig sein, dass die Wahrheit ans Licht kommt.«

»Sie haben recht.« Sie strich sich über den Zopf. »Also gut, die Wahrheit: Ich habe Melinda auf dem Schlossplatzfest getroffen. Felix war auch dabei. Die beiden hatten sich gestritten. Melinda war deswegen sehr aufgebracht und übergab mir ihr Tagebuch mit dem Hinweis: ›Für den Fall, dass mir etwas zustößt.‹«

»Und warum in aller Welt sagen Sie mir das erst jetzt?«

»Weil ich Angst hatte. Ich war kurz vor ihrem Tod noch mit ihr zusammen. Und mit Felix, diesem Schwein.«

»Und das ist die Wahrheit?«

»Das ist das, was ich aussagen werde.«

»Ihnen ist klar, dass ich das Tagebuch beschlagnahmen werde.«

»Es liegt bei mir zu Hause, ich bringe es Ihnen vorbei, gleich nach Feierabend, wenn Sie nichts dagegen haben. Wie gesagt, ich hätte es Ihnen freiwillig gegeben.«

»Gibt es sonst noch etwas, das Sie mir erzählen sollten, zum Beispiel, ob Walter davon gewusst hat?«

»Nein, absolut nichts.«

Die Antwort war verdammt schnell gekommen. Tief in seinem Innern spürte er, dass sie immer noch oder schon wieder log. »Was steht drin?«

»Dass Sie vor Felix Angst hatte und dass Herr Fielbrecht von Anfang an in den Plan involviert war, in der Karibik eine Steueroase zu schaffen. Die Idee mit dem vorgetäuschten Mord soll allerdings von Felix stammen. Er wollte auch den Fielbrecht erpressen. Melinda fürchtete um ihr Leben, weil sie zu viel wusste.«

Das passte alles zusammen. Vielleicht sprach Ulla Schuster jetzt doch die Wahrheit. Richard verabschiedete sich knapp. »Ich schicke jemanden bei Ihnen zu Hause vorbei, der es abholt. Und Sie? Haben Sie keine Angst vor Felix?«

Sie zögerte. »Doch. Sie können mir glauben, dass die Entscheidung, Sie zu informieren, damit zusammenhängt.«

36 WALTER

Am Donnerstag des Coburger Schlossplatzfestes

Walter wurde von Ulla auf einem Bahnsteig des Coburger Bahnhofs erwartet. Von Weitem vermeinte er, Melinda vor sich zu sehen.

Er küsste sie flüchtig auf die Wange und erntete dafür ein ebenso flüchtiges Lächeln von ihr. Er wollte weitergehen, um die Begegnung mit Felix hinter sich zu bringen, doch sie zog ihn an sich heran und drückte ihn so fest, als wollte sie ihn nie mehr loslassen.

»Willst du Felix wirklich sehen?«, fragte sie.

»Ich bin fest entschlossen.«

»Ich an deiner Stelle würde es nicht tun.«

»Ich an deiner vermutlich auch nicht. Aber ich habe meine Gründe, Ulla, und die solltest du respektieren. Es ist mein Leben, das zu Bruch gegangen ist.« Er hatte ihr seine Beweggründe für dieses Treffen mit Felix nie genannt und würde es auch nicht tun – zumindest nicht jetzt. Vielleicht später, wenn er es hinter sich gebracht hatte. Er drückte ihre Hand. »War schön, dich wiederzusehen. Ich muss jetzt los.«

»Ich komme mit.«

Sollte er das zulassen? Konnte er ihr das überhaupt verwehren? Sie hatte zu ihm gestanden, hatte ihm durch alle Widrigkeiten geholfen und besaß daher fast ein Anrecht darauf, an diesem Aspekt seines Lebens, dieses Scherbenhaufens, teilzuhaben. »Also gut«, sagte er.

Seite an Seite bummelten sie die Mohrenstraße hoch, als wären sie ein altes, im Schweigen vertrautes Ehepaar. Sie gingen am Landestheater vorbei zum Schlossplatz, auf dem die weißen Zelte der Gastronomen das Rondell um das Denkmal von Herzog Ernst I. umringten, um das sich der Besucherstrom bewegte. Livemusik dröhnte von einer Bühne, der Geruch von Gebratenem hing in der Luft.

»Willst du etwas essen?«, fragte er Ulla.

»Nein, eher etwas trinken.«

Er holte je ein Bier für sie beide. Die Zeit schien stehengeblieben zu sein. Erinnerungen an frühere Besuche des Festes tauchten auf. Melinda und er waren gerne hergekommen, hatten die zwanglose Atmosphäre, die Schmankerln, die Getränke und das zufällige Treffen von alten Freunden genossen. Heute traf er keinen mehr, der ihn grüßen wollte. Ulla hingegen winkte einigen höflich zu, machte jedoch keine Anstalten, sich mit jemandem zu unterhalten. Er sah auf die Uhr: noch zu früh.

»Ich habe jetzt doch Hunger«, sagte sie nach einer halben Stunde. »Kartoffelpuffer mit Lachs und Apfelmus, das wäre super.«

Merkwürdig, das hatte Melinda auch sehr gemocht.

»Schau, dort drüben ist der Fielbrecht«, sagte Ulla. »Wohin will der so eilig?«

Unterhalb der Arkaden hielt Fielbrecht auf die kleine Straße zwischen dem Landestheater und dem Palais Edinburgh zu, in der Hand eine dunkle Aktentasche. Dort angekommen stieg er in eine schwarze Limousine und fuhr davon. Aber warum sich darüber Gedanken machen? Was der Kerl hier zu suchen hatte, ging ihn nichts an.

Sie ließen sich mit der Menschenmenge treiben, bis Ulla ihn am Ärmel zupfte. »Ich möchte heim, mir ist nicht gut. Kommst du mit?«

»Nein. Ich möchte Felix treffen.«

»Du siehst doch, dass er nicht auftaucht.« Ihre Stimme wurde drängender. »Lass uns gehen. Wer weiß, welche Gemeinheit er mit dir vorhat.«

»Genau das will ich herausfinden. Geh schon mal heim, ich komme nach.«

»Auf keinen Fall lasse ich dich mit ihm allein.«

»Was hast du nur?«

»Nichts weiter. Okay, schließen wir einen Kompromiss. Noch zwei Runden und dann gehen wir?«

Warum sorgte sie sich so sehr um sein Wohlergehen? Aber gut zu wissen, dass sich wenigstens einer Gedanken um ihn machte. »Einverstanden.«

Während der zweiten Runde war von Felix immer noch nichts zu sehen. Wahrscheinlich hatte er ihn wieder einmal zum Narren gehalten, oder der Anrufer war gar nicht Felix gewesen.

Er kaufte zwei Gläser Sekt für Ulla und sich, der angenehm auf der Zunge prickelte. Sie schien die entspannte Atmosphäre zu genießen, und als er einen alten Witz zum Besten gab, schenkte sie ihm ihr unvergleichliches Lachen. Hätte er damals eine andere Wahl getroffen, wären sie bestimmt miteinander glücklich geworden.

»Okay, das war's«, sagte er und war nicht einmal enttäuscht, von Felix versetzt worden zu sein. Er drehte sich um, und dann sah er ihn: Felix.

Er war nicht allein gekommen.

In seiner Begleitung befand sich eine Frau, die – bis auf die kurzen, schwarzen Haare – Melinda verdammt ähnlich sah. In diesem Moment wusste er, Melinda war von den Toten auferstanden. Felix hatte ihn treffen wollen, um ihm genau das zu zeigen und ihm damit den Rest zu geben.

37 RICHARD

Zwei Wochen nach dem Coburger Schlossplatzfest, Dienstag

Nach Dienstschluss fuhr Richard selbst zu Ulla Schuster, um das Tagebuch abzuholen, denn die Neugier hatte ihn gepackt.

»Eigentlich habe ich einen Herrn in Uniform erwartet«, sagte sie an der Haustür und ließ ihn ein.

Die fast schwarzen Dielen knarzten unter seinen Schritten. Dunkle Kastendecke, weiße Wände, Fleckerlteppiche auf dem Boden, getrocknete Blumengestecke, ein Reithalfter sowie ein Wandspiegel in einem Kummet, der Duft von Lavendel und Thymian lag in der Luft. Er hätte eher einen modernen Stil erwartet.

»Überrascht?«

»Ja, ein wenig.«

»Profiling nennt man das, was Sie gerade tun, nicht wahr? Sie versuchen, meinen Charakter einzuordnen.«

»Bei uns nennt man das Profilerstellung.«

»Sie haben das Wort ›Täter‹ davor weggelassen.«

Erwischt. Er hatte dies ganz bewusst getan, um keinen falschen Eindruck entstehen zu lassen. »Es geht dabei um die Analyse einer Person, mit dem Ziel, ihre Handlungsweise in bestimmten Situationen beurteilen oder vorhersagen zu können. Das hat im ersten Schritt nichts mit einer Täterschaft zu tun.«

»Wie ist Ihre Trefferquote?«

Die war ziemlich gut. »Ich bin darin kein Profi. Es gehört mehr dazu als nur das Erkennen von bestimmten Verhaltensmustern. Die Gefahr, in Vorurteile abzugleiten, ist immens groß. Meine Einschätzungen müssen deshalb auf Fakten basieren.«

»Schön gesagt.« Sie nahm ein in Leder gebundenes Buch von dem aus einem Baumstamm geschnittenen Wohnzimmertisch auf. Ein Westernsattel und ein Cowboyhut lagen in einer Ecke.

»Reiten Sie?«, fragte er.

»Früher bin ich regelmäßig geritten – vor der Katastrophe. Später noch einmal, während einer Reise in den Südwesten der USA.«

»Hat es Ihnen dort gefallen?«

»Es war wunderbar. Seitdem bin ich Countryfan.« Sie wies auf die Cowboydekoration in der Ecke. »Grand Canyon mit dem Hubschrauber, San Francisco und die Golden Gate, riesige Bäume und der Glasstrand bei Fort Bragg. Waren Sie schon einmal in den USA?«

In einem Fort Bragg war er einmal gewesen, allerdings nicht zum Vergnügen, sondern zur Scharfschützenausbildung. Seines lag in North Carolina an der Ostküste und hatte keinen Strand. »Ja, mehrere Monate.«

»An welchen Orten waren Sie?« Ihre Augen leuchteten. Das Gespräch driftete ab.

»An einigen.« Er deutete auf das Buch auf dem Tisch. »Ist es das?«

Sie nickte. »Wann bekomme ich es zurück?«

»Wenn wir mit der Auswertung fertig sind.«

Sie reichte es ihm. »Da steht viel Persönliches drin. Wichtiges für mich und meine Familie, die das alles erst verarbeiten muss. Hätte unsere Mutter Bescheid gewusst, wäre sie nicht so früh gestorben.«

»Woran?«

»Brustkrebspatienten haben wegen der Früherkennung die beste Überlebenschance. Aber sie hatte keine Kraft mehr, dagegen anzukämpfen.«

»Tut mir leid.«

»Mir auch.«

»Was ist mit Ihrem Vater?«

»Der ist reif für einen weiteren Entzug, der nichts bringen wird. Mit Familie meinte ich die Cousins und Cousinen, mit denen wir aufgewachsen sind. Unsere Tante, die Zwillingsschwester meiner Mutter, nimmt großen Anteil an unserem Schicksal. Früher waren wir als Familie alle viel enger beisammen.«

»Waren?«

»Sind. Jetzt wieder. Es gab eine Zeit, da hagelte es nur gegenseitige Schuldzuweisungen. Jemand war schuld und musste büßen. Vater gegen Mutter, Mutter gegen Vater, alle gegen die Tante und alle gegen mich. Was Melinda sich in den Kopf gesetzt hatte, zog sie durch. Da konnte man mit Engelszungen reden, die hörte auf niemanden.«

Das Chaos in der Familie konnte Richard sich lebhaft vorstellen. »Auf ihren Arbeitgeber, den Herrn Dr. Fielbrecht, scheint sie allerdings gehört zu haben.«

»Dieser Drecksack. Aber lesen Sie selbst.«

Er wandte sich zum Gehen, und sie folgte ihm. An der Haustür drehte er sich um. Einer Walküre gleich stand sie vor ihm: Brunhilde in modernem Kostüm, umgeben von Cowboyaccessoires.

»Felix war's«, sagte sie fest. »Nicht Walter. Lassen Sie ihn in Frieden, selbst wenn er in Ihr Täterprofil passt. Sie verdächtigen ihn doch?«

»Lieben Sie ihn?«

Ihre Hand fuhr zum Herzen, legte sich schützend darüber. »Nein. Wie kommen Sie darauf?«

Von der Fahrt nach Hause bekam er kaum etwas mit. Seine Gedanken kreisten um das soeben Gehörte. Dazwischen schoben sich Bilder eines Hubschraubers, aus dem geschossen wurde. Nicht mit automatischen Waffen, nein, das konnte jeder, solange man den Finger gekrümmt hielt. Im Hinterkopf sagte eine Stimme: »Du hast nur einen Schuss, und der muss sitzen«. Ihm brach der Schweiß aus.

Vor dem Haus erwartete ihn der alte Nachbar, der aus lauter Langeweile gerne die Gehsteige fegte und der ihn vor nicht allzu langer Zeit darauf aufmerksam gemacht hatte, dass ein anderer Nachbar Frau, Kind und Hund misshandelte. Der Hund lebte nun bei Oma Elke, und sein Schicksal hing von den Entscheidungen seiner Besitzerin ab, die zurzeit in einem Frauenhaus wohnte.

»Guten Abend«, sagte Richard höflich.

»Ah, der Herr Hauptkommissar. Gut, dass ich Sie treffe.«

Inzwischen hatte es Richard aufgegeben, den Mann auf seinen Irrtum, seinen Dienstgrad betreffend, aufmerksam zu machen. Drei Jahre des Korrigierens hatten nichts genutzt. »Was gibt's?«

»Schon gehört? Die Frau Bauer geht zu ihrem Mann zurück.«

»Das ist mir neu.«

»Ja, gell? So a dumme Gans!«

»Hat er sie rumgekriegt?«

»Was weiß ich. Pack schlägt sich, Pack verträgt sich.«

»Was ist mit dem Kind?«

»Des bringt sie wahrscheinlich mit. Ich darf Sie doch anrufen, wenn's Zoff gibt? Dann können Sie ihm wieder eine aufzünden.«

»Bitte was?«

Der Alte deutete mit seiner rechten Faust einen Aufwärtshaken an.

»Ach, das meinen Sie.« Richard musste schmunzeln. »Hoffen wir mal, dass Herr Bauer etwas dazugelernt hat.«

»Der doch net.«

Mit gemischten Gefühlen verabschiedete sich Richard. Er wusste, dass manche Frauen mehrere Anläufe benötigten, um sich aus dem Kreislauf von Abhängigkeit und häuslicher Gewalt befreien zu können. Hoffentlich wollte sie den Hund nicht zurückhaben. Sie hatte ihn ihm nur zur Pflege anvertraut, nicht geschenkt. Oma Elkes Herz würde brechen.

Von zu Hause rief er Oma Elke an, verschwieg das mit dem Hund und hörte sich die Geschichte über den Besuch seines Bruders und dessen ach so süßen Kindern an. Am

Ende fügte sie den Wunsch hinzu, mit ihnen allen in Urlaub fahren zu wollen.

»Wäre das nicht toll? Du, Joachim, die Kinder und ich? Zwei Wochen Urlaub?«

Richard schloss die Augen und stellte sich die damit verbundene Hektik vor. Er liebte Oma Elke, aber das …? »Mal sehen.«

»Joachim meinte, im Herbst, zu meinem Geburtstag, würde es gut passen. Du weißt, es ist ein runder.«

Damit war er festgenagelt. »Was ist mit deinen Hunden?«

»Um die kümmert sich meine Nachbarin. Ist alles schon geregelt. Übrigens, hast du mit Frau Bauer gesprochen? Sammy darf doch bei mir bleiben, oder?«

Jetzt steckte er in der Klemme. Sollte er lügen oder die Wahrheit sagen? Besser die Flucht nach vorn antreten. »Moment, ich bekomme gerade einen Anruf. Ich rühr mich wieder, okay?«, sagte er hastig und legte auf.

Etwas später machte er es sich auf der Couch mit einem Glas Rotwein gemütlich, das Tagebuch auf dem Schoß. Die Einträge reichten fünf Jahre zurück, berichteten von Erfolgen sowie verpassten Gelegenheiten und belasteten Fielbrecht erheblich – leider mehr im moralischen als im strafrechtlichen Sinne.

Gegen Ende wurden die Einträge spärlicher und drückten die Sorge aus, ihr inszenierter Tod könnte auffliegen. Die Schreiberin des Tagebuchs war sich offensichtlich bewusst, dass die Einträge gegen sie verwendet werden konnten, wenn sie in die falschen Hände gelangten.

Er spürte Melindas darin enthaltene Angst, sich mit ihrem Geschäftsmodell in die Nesseln gesetzt zu haben.

Was sie getan hatte, war strafrechtlich nicht relevant gewesen, denn die Verantwortung lag bei den Firmen, die den Vorteil einer Steueroase nutzten. Allerdings hatte sie zu viel gewusst. Felix hatte sie unter Druck gesetzt, weil er vor dem Zusammenbruch ihres Kartenhauses noch möglichst viel Geld aus dem Unternehmen ziehen wollte.

Der letzte Eintrag war an Ulla gerichtet und schien eilig hingekritzelt zu sein:

»Liebste Ulla,

ich kann nicht mehr. Ich will mein altes Leben zurückhaben und alles wiedergutmachen. Weil ich zu viel weiß, wird Felix versuchen, mich für immer zum Schweigen zu bringen. Er war es, der alles ausgeheckt hat, mit finanzieller Unterstützung von Fielbrecht. Es tut mir so leid.

Deine Meli«

Richard ließ das Tagebuch sinken. Das Glas war leer, und er schenkte nach.

War Felix ihr Mörder? Was würde der als Nächstes tun? Fielbrecht weiter erpressen? Richard hatte selten einen Fall bearbeitet, der so undurchsichtig war wie dieser.

38 MAXI

Zwei Wochen nach dem Coburger Schlossplatzfest, Mittwoch

Nach einer durchwachten Nacht quälte Maxi sich aus den Federn. Von Natur aus ging sie spät ins Bett und schlief dafür länger, doch leider wusste die Natur offenbar nichts von Bürozeiten, die Frühaufsteher festgelegt haben mussten. Ihr Chronotyp entsprach eher dem einer Eule als dem einer Lerche.

Gestern Abend hatte sie sich mindestens eine Stunde lang das Lamento ihrer Mutter anhören müssen, wie schwer es ihrem Vater fiel, die zusätzliche Behinderung zu ertragen. Zwar half ihnen ein Pflegedienst, jedoch nur zu festgelegten Zeiten. Sie zog deshalb in Erwägung, eine Pflege rund um die Uhr zu beantragen. Ihrem Vater passte das gar nicht, er brauche keine zusätzliche Hilfe, habe er gewettert. Kurzum, die Stimmung tendierte gegen null, und der Haussegen hing schief. Ob sie nicht Urlaub nehmen könne, hatte Mutter gefragt.

Die Zwickmühle, in der sich Maxi befand, raubte ihr den Schlaf. Sie schwankte zwischen der Liebe zu den Eltern und dem Bedürfnis, ihr eigenes Leben in den Griff zu bekommen. Zudem fühlte sie sich sowohl ihrem Arbeitgeber als auch ihren Eltern verpflichtet. Nun zahlte sie den Preis dafür, dass sie sich aus Karrieregründen für eine Versetzung in die Provinz entschieden hatte.

Der Morgen nach einer durchzechten Nacht hätte nicht schlimmer sein können. Selbst eine kalte Dusche half wenig. Fürwahr kein guter Start in einen arbeitsreichen Tag.

Entsprechend gering war ihr Enthusiasmus, als sie ihr Diensttelefon checkte, wobei sie feststellte, dass sie von einer ihr unbekannten Handynummer gestern Abend angerufen worden war. Zu dem Zeitpunkt hatte sie gerade mit Mutter auf ihrem Privattelefon im Schlafzimmer telefoniert. Das war ärgerlich. Noch mehr störte sie, dass sie nicht früher nachgesehen hatte. Sie rief die Handynummer an, doch hörte nur: »Der Anschluss ist zurzeit nicht erreichbar.«

Ein Glas Orangensaft sowie ein kleines Joghurt – fettfrei und auf Sojabasis – musste als Frühstück reichen. Auf dem Weg zur Dienststelle überfiel sie, wie aus heiterem Himmel, eine Vorfreude, wieder mit Richard Levin zusammenzutreffen. Sie ärgerte sich darüber, denn dieser arrogante Schnösel hatte es nicht verdient, von ihren Gefühlen Besitz zu ergreifen, aber sie war machtlos dagegen.

Vor ihrem Büro warf ihr Frau Neumayer einen erstaunten Blick zu.

Sah man ihr die schlaflose Nacht an? Maxi zog die Tür hinter sich zu, plumpste auf ihren Bürostuhl und wünschte sich zurück nach – ja, wohin eigentlich? – nach München oder in ihr Coburger Apartment? Eigentlich nur weit weg vom Dienststress. Sie war definitiv urlaubsreif.

Als Single die Welt zu bereisen war allerdings auch nicht gerade schillernd.

Sie schaltete den Computer an und widmete sich den inzwischen eingegangenen E-Mails. Eine davon stammte von Levin, mit einem Bericht als Anhang. In förmlichem Stil beschrieb er darin das Ergebnis von Büttners Vernehmung in der JVA.

Laut dessen Aussage hatte sich Melinda Hauptmann mit einem Mann im Hofgarten gestritten. Kurz darauf sei eine weitere Frau hinzugekommen. Das hatte Brisanz. Als vermutliche Uhrzeit hatte Levin 22 Uhr vermerkt, was deutlich vor dem angenommenen Todeszeitpunkt von 23 Uhr bis 24 Uhr lag. Was hatte dies zu bedeuten? Wen hatte Melinda dort getroffen? Etwa Walter und ihre Schwester?

Während sie noch darüber nachdachte, traf eine neue E-Mail ein, wieder von Richard und wieder mit Anhang. Dieses Mal ging es offensichtlich um Melindas Tagebuch, das er an sich genommen und der Asservatenkammer übergeben hatte. In diesem wurde Dr. Fielbrecht der Mitwisserschaft an Melindas vorgetäuschtem Tod sowie Felix Hauptmann des Mordes und der Erpressung bezichtigt.

Warum kam Richard nicht zu ihr, um die Details zu besprechen? Die Antwort lag auf der Hand: Der Mann machte Dienst nach Vorschrift, und sie hatte es verbockt. Nein, nicht sie, sondern er trug die Schuld an ihrem Verhalten, denn schließlich war er es gewesen, der sich über sie beschwert hatte. Die perfekte Mischung aus Arroganz und Wohlwollen, als wäre sie eine Untergebene. Als hinterfotzig würde ein Münchener ein solches Verhalten bezeichnen.

Etwas später erhielt sie eine Nachricht von Peter, in der er ihr mitteilte, dass Jan und er Fotos von Besuchern des Schlossplatzfestes auf Facebook gefunden hätten, auf denen nicht nur Melinda und Felix im Hintergrund auszumachen seien, sondern auch deren Geschwister, Ulla und Walter.

Jetzt reichte es ihr. Was bildeten sich die Kollegen um Levin eigentlich ein? Sie riss die Tür auf und hätte beinahe Nadine Wallner und den Kollegen Biesenecker umgerannt.

»Hätten Sie einen Moment Zeit?«, fragte die Wallner.

Eigentlich nicht. »Kommen Sie rein.«

»Wir wollten Ihnen über den Fortschritt in der Sache Jürgen Büttner berichten, den wir weiterhin für den Vergewaltiger auf dem Samba-Festival halten. Für den Mord im Hofgarten kommt er unserer Meinung nach nicht in Betracht.«

Der formale Ton schien ansteckend zu sein. Offenbar zeigten sie sich mit Levin solidarisch. Mochten die Kollegen mitunter auch einmal aneinandergeraten, gegen einen gemeinsamen Feind hielten sie zusammen. Sie kannte das zur Genüge, war sie doch selbst lange Zeit Mitglied eines Teams gewesen.

»Woher kommt dieser plötzliche Sinneswandel?«

»Durch das Gespräch, das Herr Levin und ich mit ihm führten.«

»Dennoch gehört Herr Büttner weiterhin zum Kreis der Verdächtigen.«

»Sollten wir nicht ein forensisch-psychiatrisches Gutachten über seinen geistigen Zustand anstreben, allein schon, um die Zuverlässigkeit seiner Aussagen einschätzen zu können? Das meint übrigens auch Herr Levin.«

»Und was meinen Sie, Herr Biesenecker?«

Der Angesprochene fühlte sich sichtlich unwohl in seiner Haut. »Ich halte Büttner für voll schuldfähig. Seine erste Aussage, in der er die Taten zugegeben hat, ist meiner Meinung nach glaubwürdig.«

Es wäre klüger gewesen, sie hätte sich selbst ein Bild von dem Mann gemacht. »Es sind Fotos aufgetaucht, die seine letzte Aussage bestätigen. Ich werde das mit der Staatsanwaltschaft besprechen, dann sehen wir weiter.«

Sie entließ die beiden und strebte Levins Arbeitsplatz zu. Im Zimmer saß nur Jan Schultheiß hinter seinen Monitoren. »Wollen Sie die Fotos sehen, Frau Frohn?«

»Das auch, aber wo sind Levin und Weingarth?«

»Peter hat Urlaub, und Levin meldet sich bei mir nie ab. Hier sind die Fotos.«

Einer der Monitore zeigte Aufnahmen von vergnügten Menschen. Er deutete auf Gestalten im Hintergrund, die er heranzoomte und deren Konturen er mit einigen Klicks schärfte. Eindeutig Melinda und ein Mann, den sie von Fotos her kannte: Felix Hauptmann.

Weitere Aufnahmen zeigten Walter mit einer Frau. »Das ist Ulla Schuster, Melindas jüngere Schwester. Scheint ein richtiges Familientreffen gewesen zu sein.«

Maxi betrachtete das Bild eingehend und aus dem Dunkel der Erinnerung kam eine flüchtige Begegnung mit ihr zurück. »Haben Sie auch eins, auf dem alle gemeinsam zu sehen sind?«

»Nein, leider nicht. Es sieht aus, als wären beide Gruppen getrennt voneinander unterwegs gewesen.«

»Es mag verrückt klingen, aber ich meine, Ulla und Melinda vor dem Zelt der brasilianischen Gruppe gesehen zu haben, als wir dort waren.«

»Vielleicht hat einer von uns geknipst? Daran habe ich gar nicht gedacht. Ich frag mal rum.«

Der Fall wurde immer merkwürdiger. Sie betrachtete das Whiteboard an der Wand, an dem Levin die Namen aller Beteiligten in Blasen geschrieben und diese mit Pfeilen in Verbindung gebracht hatte; eine Art Mindmap.

Walter, Felix, Melinda, Ulla, Büttner, Alfons Hauptmann, Fielbrecht und ein N. N., was wohl »No Name«, also »Name unbekannt«, bedeuten sollte. Außer Melinda kamen alle mehr oder weniger als Täter infrage. Sie nahm einen Stift zur Hand und schrieb über N. N. »Steuerflüchtling?«.

Kurze Zeit später erfuhr sie von Schultz, dass es bislang keine weiteren Erpressungsversuche gegen Fielbrecht gegeben hatte.

»Das war auch nicht anders zu erwarten«, fügte er hinzu. Wie er zu dieser Einschätzung kam, behielt er jedoch für sich. »Wie kommen Sie denn mit der Aufklärung Ihres Falls voran?«

Die Antwort blieb sie ihm schuldig. Als sie zu ihrem Büro zurückging, lief ihr Levin über den Weg.

»Wollten Sie zu mir?«, fragte sie schnippisch. »Es gäbe einiges zu diskutieren.«

»Richtig«, sagte er und hielt seinen Körper von ihr abgewandt. »Wir brauchen eine Vorladung zur Vernehmung von Walter Hauptmann. Ich bin es leid, ständig in der Gegend herumzufahren, ohne dass etwas dabei herauskommt. Bisher haben wir nur Lügen aufgetischt bekommen. Ich denke, wir sollten bei unseren Ermittlungen härtere Bandagen anlegen.«

»Soll die Staatsanwaltschaft die Vorladung zuschicken?«

»Nein, wir sollten ihn jedoch mit einem Streifenwagen abholen.«

»Sie halten ihn für den Hauptverdächtigen?«

Seine Antwort kam etwas verspätet. »Ja.«

Das genügte ihr, denn sie teilte seine Meinung. »Nicht Felix?«

»Der hat zwar jede Menge Dreck am Stecken, aber warum sollte er seine Melkkuh Melinda ermorden, noch dazu in Coburg? Es wäre viel unauffälliger gewesen, sie in der Karibik zu versenken anstatt in einem knietiefen Brunnen. Kein Mensch hätte davon etwas mitbekommen, und er hätte sich unbemerkt aus dem Staub machen können.«

»Außer es war eine Affekthandlung.«

Levin schüttelte seinen Kopf. »Das halte ich für unwahrscheinlich. Jemand, der alles genau plant, handelt nicht im Affekt.«

»Wenn er Fielbrechts Erpresser ist, könnte Melindas Tod auch eine Warnung an ihn sein.«

Mit verkniffenem Mund studierte Levin die dunklen Fliesen des Fußbodens. »Nein«, sagte er fest und sah sie aus seinen grauen Augen an, die in diesem Licht einen Hauch von Blau zeigten.

Sein ausweichendes Verhalten versetzte ihr einen Stich. Sie sollte etwas sagen, um das Gespräch am Leben zu halten, vielleicht sich entschuldigen und ihn fragen, warum er sie mied wie der Teufel das Weihwasser. Schließlich mussten sie zusammenarbeiten, egal, welche Schwierigkeiten zwischen ihnen bestanden. »Ich …« Eilige Schritte näherten sich. Levin drehte sich nach ihnen um, die Gelegenheit war vertan.

Sabine Neumayer kam herbeigeeilt. »Entschuldigung, dass ich unterbreche, aber es ist was passiert. Wir haben Felix Hauptmann.«

»Super«, sagte sie. »Der muss uns eine Menge Fragen beantworten.«

»Das wird schlecht gehen. Er ist tot. Seine Leiche wurde im Fischbacher Teich gefunden.«

»Scheiße«, sagte Levin und sprach damit ihren Gedanken laut aus.

39 RICHARD

Zwei Wochen nach dem Coburger Schlossplatzfest, Mittwoch

»Ist der KDD verständigt?«, wollte Richard von Sabine Neumayer wissen.

»Die sind unterwegs. Soll ich Sie mit dem Staatsanwalt verbinden, Frau Frohn?«

Maxi verlagerte ihr Gewicht von einem Fuß auf den anderen, schien unentschlossen zu sein, ob sie zum Tatort gehen sollte. Wenn sie schon bei einer Obduktion umfiel, wie würde sie dann erst bei einer Wasserleiche reagieren? Die Vorstellung, dass seine Chefin vor aller Augen die Fische fütterte, reichte ihm. »Wenn Sie einverstanden sind, fahre ich hin, Frau Frohn. Es ist besser, wenn Sie mit dem Staatsanwalt telefonieren. Wer weiß, wie lange der Tote schon im Wasser lag.« Das Letzte war ihm herausgerutscht, und damit hatte sie seine Absicht, sie zu schonen, sicher erkannt.

Sie wurde ein wenig blass um die Nase. »Sie meinen, der könnte schon länger …? Wann haben Sie den Porsche entdeckt?«

»Vor zwei Tagen. Mir stellt sich die Frage, wie Felix Hauptmann vom Probstgrund in Coburg zu den Fischbacher Teichen bei Neustadt gelangt ist. Zu Fuß bestimmt nicht.«

»Der Mörder könnte ihn hingefahren haben.«

»Möglich. Wir brauchen Walter Hauptmann hier, und zwar heute noch. Wie wär's mit einer vorläufigen Festnahme?«

»Haben wir denn genügend Beweise?«, fragte sie.

Sie gewann wieder Oberwasser, benahm sich jetzt wie die vorsichtige Vorgesetzte, die für die Ermittlungsergebnisse ihrer Abteilung geradezustehen hatte. Er musste sich bremsen, trotz der Wut, die sich in ihm angestaut hatte. »Na ja, für einen dringenden Tatverdacht könnten es mehr sein.« Walters Lügen machten ihn zwar verdächtig, aber ob das für eine Festnahme reichte, war fraglich.

»Ich lasse ihn zur Vernehmung holen. Wenn wir Glück haben, gesteht er«, sagte sie. »Ansonsten erwarte ich Sorgfalt und Hartnäckigkeit bei Ihren Ermittlungen.«

»Davon können Sie ausgehen.« Er verabschiedete sich knapp und begab sich zu einem der Dienstfahrzeuge im Parkhaus. Mit jedem Schritt wurde er zögerlicher. Hatte er alles bedacht? War Walter der Einzige, der Motiv und Möglichkeit hatte? Er dachte an die Zeichnung, die er gestern mit Peter und Jan auf dem Whiteboard angefertigt hatte. Wer mit wem gegen wen? Und was war mit N. N.?

Die Fischbacher Teiche lagen an der B4 auf dem Weg nach Neustadt. Der große Hauptteich gehörte zu einer Reihe regulierter Fischgewässer und war von der Straße aus gut einsehbar. Auf der Wiese vor dem Weiher bot sich ihm das übliche Bild: Streifenwägen, Absperrbänder, zivile Polizeifahrzeuge und weiter weg ein schwarzer Leichenwagen, kein Rettungswagen, aber der Pkw des Notarztes. Das hieß, man war sich schnell sicher gewesen, dass es nichts mehr zu retten gab.

Er bog nach links in die kleine Nebenstraße ab und sofort wieder nach links, um zur Uferböschung zu gelangen. Dort stellte er seinen Wagen ab. Büsche und Bäume umsäumten den Nordrand des länglichen Teichs, während hier im Süden das Ufer freizugänglich war und im Sommer gerne als Liegewiese genutzt wurde. Hinter dem Westufer erhoben sich die Hügel des Staatsforstes; ein Gebiet, das zum Wandern einlud. Ein idyllisches Fleckchen Erde, wenn man sich die B4 mit ihrem stetigen Fahrzeugstrom wegdachte.

Als Erster kam ihm Peter entgegen. Seine kurzen, blonden Haare steckten unter einem Schlapphut, dazu trug er eine Hose in Tarnfarben mit tausend Taschen sowie ein braunes T-Shirt und Gummistiefel. Leichter Fischgeruch stieg Richard in die Nase. Peter wirkte fast wie der Wassermann Plumpaquatsch, eine Figur aus dem Kinderfernsehprogramm seiner frühen Jugendzeit.

Sofort kam ihm der Verdacht, dass Peter den Toten gefunden haben könnte. »Sag bloß, du hast erfolgreich geangelt.«

»Und wie. Meine Knie zittern immer noch.«

»Mal ohne Witz jetzt.«

»Nee, stimmt leider. Ich war mit 'm Willi da drüben beim Angeln g'hockt. Du weißt scho', der, bei dem der Walter Hauptmann beschäftigt is'. Ich wollt' ihm bei der Gelegenheit a bissle auf'n Zahn fühl'n. Der hat mir dann erzählt, dass der Walter gekündigt hätt' und in letzter Zeit irgendwie komisch g'wesen wär. Kaum war er fertig, hat er ins Wasser gedeutet und g'rufen: Dort drüben schwimmt was! Wir sin' sofort hin, und da war er.«

»Woher weißt du, dass es Felix Hauptmann ist?«

»Komm mit, ich zeig's dir.«

Begleitet vom Quietschen von Peters Gummistiefeln marschierten sie ein Stück am See entlang. »Hier hammer ihn g'funden. An Meter weg vom Ufer. Ich bin neins Wasser g'sprung', um zu sehen, ob noch was zu retten is', aber der war scho' ganz grün im G'sicht und stocksteif. Wir hamne dann an Land gezogen. In dem schlammigen Grund hätt' ich fast noch an Gummistiefel verlor'n.«

»Hast du ihn von den Bildern im Internet wiedererkannt?«, wollte Richard wissen.

»Nee. Der hat sein' Ausweis dabei g'habt.«

Wieso hatte der Mörder ihm den gelassen? Vielleicht aus Nachlässigkeit oder weil er gestört wurde. Könnte auch sein, dass es Absicht gewesen war. »Wo ist eurer Meinung nach der Tatort?«

»Irgendwo hier.«

Peter ließ den Kopf hängen, und Richard klopfte ihm kurz auf die Schulter. »Der Willi steht wie ein Häufchen Elend dort hinten. Am besten, ihr zwei trinkt erst mal einen Schnaps.«

»A richtiger Angler hat immer ein' dabei. Aber nach Alkohol is' mir grad net zumut'. Am liebsten würd' ich jetzt an mein' Schreibtisch zurück.«

»Aber erst Umziehen und Duschen.«

»Stink ich etwa?«

»Ich weiß, für einen passionierten Angler wie dich ist das wie Parfum.«

Jetzt lachte Peter wenigstens wieder.

»Wenn du dich von dem Schrecken erholt hast, versuch doch bei dem Willi mehr über Walters Gemütszustand herauszufinden.«

»Okay, mach ich.«

Peter stiefelte zu Willi hin, der einen Flachmann aus der Hosentasche zog und ihn Peter reichte. Da gingen Peters Vorsätze dahin.

Richard wandte sich ab, sah den Kollegen eine Weile

bei der Arbeit zu, die zielsicher und routiniert vorgingen. Der Tote wurde in einen Metallsarg gelegt und zum Leichenwagen getragen. Es würde eine Weile dauern, bis die Ergebnisse zu den Todesumständen vorlägen.

Ein Stück weiter verstaute der Notarzt seine Tasche in seinem Wagen. Zeit, ihn zu befragen, bevor er sich aus dem Staub machte.

Richard stellte sich kurz vor, der Arzt nickte. »Ich erinnere mich an Sie, Herr Kommissar. Wenn Sie Fragen haben, beeilen Sie sich. Ich habe wenig Zeit.«

»Nur kurz. Können Sie schon etwas über die Todesursache und den Zeitpunkt des Todes sagen?«

»Ich vermute, der Mann wurde niedergeschlagen und dann ins Wasser geworfen. Lang kann es noch nicht zurückliegen, dafür ist der Körper bei diesen Temperaturen zu gut erhalten – vielleicht zwei Tage. Die Totenstarre beginnt sich gerade zu lösen. Ob der Schlag tödlich war oder ob er ertrunken ist, muss die Autopsie klären. Das ist kein offizieller Befund, das sage ich Ihnen nur unter vier Augen. Den Totenschein habe ich entsprechend ausgestellt.«

»Vielen Dank für Ihre Einschätzung.«

Der Notarzt setzte ein schiefes Lächeln auf. »Schon gut.«

Gut war es absolut nicht. Hätten sie Felix Hauptmann rechtzeitig gefunden, wäre er noch am Leben. Komisch, dass Felix unter den gleichen Umständen wie Melinda gestorben war. War nur zu hoffen, dass der Täter kein Serienmörder mit abstrusen Wahnvorstellungen war. Was bezweckte er mit den Morden, was war sein Motiv? Geschahen sie aus Rache, weil die beiden ihm Schaden zugefügt hatten, oder spielte der vorgetäuschte Mord an Melinda eine Rolle dabei? Eigentlich kam dafür nur jemand in Betracht, der bisher gelogen hatte. Aber das nachzuweisen würde schwer werden, denn dieser Jemand hatte keine eindeutigen Spuren hinterlassen. Selbst der Kuhfuß als Tatwaffe war nicht ergiebig gewesen. Anscheinend hatte der Täter genau gewusst, wonach sie suchen würden.

Sie mussten ihre Anstrengungen verstärken, und dazu gehörte, dass er alle Beteiligten vorlud. Selbst vor Fielbrecht würde er dabei nicht haltmachen, denn noch war nicht auszuschließen, dass N. N. zu dessen Kunden gehörte und im Hintergrund agierte.

Inwieweit Fielbrecht als Täter oder nächstes Opfer in Betracht kam, könnte nur ein Gespräch mit ihm klären, und das musste Richard so schnell wie möglich führen.

40 RICHARD

Zwei Wochen nach dem Coburger Schlossplatzfest, Donnerstag

Da Richard wenig Hoffnung hatte, für Fielbrecht eine Vorladung erwirken zu können, er aber unbedingt nach einem

N. N. forschen wollte, fuhr er nach telefonischer Anmeldung kurzerhand zu dessen Büro, das über die neue Rödentaler Ortsumgehung schnell zu erreichen war.

Vor dem Bürogebäude parkte Fielbrechts S-Klasse Mercedes. Richard stellte den Dienst-BMW daneben ab und warf sich seine leichte Leinenjacke über. Nachdem er ausgestiegen war, betrachtete er ausgiebig den Mercedes und vor allem die Reifen. Sie sahen frisch gewaschen aus, wie das gesamte Auto.

An der Rezeption begrüßte ihn die bekannte ältere Dame und deutete zur Treppe. »Dr. Fielbrecht erwartet Sie.«

»Danke«, erwiderte er und stieg in den ersten Stock.

Der Unternehmer und Stadtrat mit Ambitionen auf das Amt des Oberbürgermeisters saß hinter seinem weißen Schreibtisch und musterte Richard mit scharfem Blick. »Was verschafft mir erneut die Ehre? Haben Sie den Erpresser?«

»Hat er sich wieder gemeldet?«

»Nein.«

»Das wird er eventuell nicht mehr können. Falls er der Täter war.«

»Wer war was?«

Richard ging um den Schreibtisch herum, stellte sich zwei Schritte entfernt vor Fielbrecht auf, sodass dieser sich ihm zuwenden und eine offene Körperhaltung einnehmen musste. Ohne den Schutz des Schreibtischs verschränkte Fielbrecht sofort die Arme und schlug die Beine übereinander.

Richard ließ seine Hand in die Hosentasche gleiten, wobei sich seine Jacke verschob. Mit großen Augen starrte Fielbrecht auf die Pistole an Richards Gürtelhalfter.

Für den Moment war Richard der Sieger. »Wir haben einen Toten gefunden.«

»Das soll vorkommen. Und deswegen stehlen Sie mir meine Zeit?«

»Er wurde mit einer Schlagwunde am Kopf in einem Teich entdeckt«, fuhr Richard ungerührt fort.

»Das ist bedauerlich. Trotzdem sehe ich keinen Grund, mich aufzusuchen. Ich ermorde keine Menschen.«

»Er starb auf dieselbe Art wie Melinda Hauptmann, und Sie kannten ihn.«

»Wie bitte?«

Richard verließ seine Position, baute sich vor dem Schreibtisch auf und nahm einen gläsernen Briefbeschwerer, der darauf stand, zur Hand. In dem extrem klaren Glas angelte ein Eskimo nach einem Fisch aus Silber. Ein Kunstwerk, das bestimmt viel Geld gekostet hatte. Er wog es in der Hand, bevor er es vorsichtig wieder abstellte. »Felix Hauptmann. Sagt Ihnen der Name etwas?«

Fielbrechts Gesicht schien schmaler zu werden, die Arme fielen von der Brust, die Hände öffneten sich. »Felix ist – tot? Aber warum?«

»Vielleicht können Sie mir da weiterhelfen.«

»Ich? Wieso ich?«

»Weil kein anderer im Raum ist.«

»Ich habe damit nichts zu tun.«

»Waren Sie mit ihm befreundet?«

»Nein.«

»Aber Sie nannten ihn gerade beim Vornamen.«

»Um ihn von Walter unterscheiden zu können. Wir kannten uns, als Freundschaft würde ich das jedoch nicht bezeichnen.«

»Was wussten Sie von Melindas Plänen, ihren Tod vorzutäuschen und ihrem Ehemann den Mord in die Schuhe zu schieben?«

»Nichts!«

»Sicher?«

»Das kann ich beschwören.«

»Quasi ein Ehrenwort ablegen?«, fragte Richard spöttisch. »Das tun Politiker gern, nicht wahr? ›I didn't have sex with that woman‹ oder ›Ich gebe Ihnen mein Ehrenwort – mein Ehrenwort.‹ Damit wären Sie in illustrer Gesellschaft von Präsidenten und Ministerpräsidenten, die beim Lügen ertappt wurden.«

»Ich verbitte mir diese Unterstellungen und werde eine Dienstaufsichtsbeschwerde gegen Sie einlegen.«

»Das haben Sie mir wiederholt angedroht. Aus welchem Grund denn dieses Mal?«

»Sie bezichtigen mich der Lüge.«

»Wir haben Melindas Tagebuch, aus dem eindeutig hervorgeht, dass Sie gewusst haben, wer Maria Enrico wirklich war. Sie haben eine Straftat gedeckt, Herr Dr. Fielbrecht, und zugelassen, dass ein Unschuldiger ins Gefängnis geht.«

»Das ist nicht strafbar. Es gibt keine Verpflichtung, eine Straftat zu melden.«

»Nachdem sie begangen wurde. Aber Sie wussten schon vorher davon.«

»Sie fällt jedoch nicht in die Kategorie der Straftaten gegen die öffentliche Ordnung.«

Man könnte glauben, Fielbrecht wäre Jurist. Dieser Mann war mit allen Wassern gewaschen und wusste auf dem schmalen Grat zwischen dem, was legal, und dem, was strafbar war, hervorragend zu balancieren. Zudem half ihm offensichtlich eine gute Rechtsberatung. Er hatte recht: Es bestand lediglich eine moralische Verpflichtung, Straftaten anzuzeigen, keine gesetzliche, außer es handelte sich um

Mord, Geiselnahme, terroristische Anschläge oder dergleichen. Vortäuschung einer Straftat zählte nicht dazu.

So kam Richard nicht weiter, außer er würde hoch pokern. Er beugte sich vor und stützte sich mit seinen Fäusten auf dem Schreibtisch ab. »Immerhin wurde Walter Hauptmann seiner Freiheit beraubt, so gesehen könnte Paragraf 138 des Strafgesetzbuches, Nichtanzeige einer Straftat, zur Anwendung kommen. Ich könnte Ihren Fall dem Staatsanwalt übergeben und damit dem Richter die Entscheidung überlassen.«

Fielbrecht fuhr sich über Stirn und Mund. »Ihnen ist bewusst, dass Sie uns beiden mit Ihren unbewiesenen Anschuldigungen schaden würden.«

»Ihnen mehr als mir.«

»Offenbar habe ich Sie unterschätzt. Viele Ihrer Kollegen sind – wie soll ich sagen? – langsamer in ihrer Auffassungsgabe.«

Das war einer der Momente, in denen Richard wünschte, kein Polizeibeamter zu sein. »Ich denke eher, Sie überschätzen sich.«

»Mein lieber Herr Levin.« Fielbrecht stand auf und stellte sich vor ihn hin. »Ich bin Politiker. So wie Sie dem Staat dienen, diene ich dem Volk, das unsere aufopfernde Arbeit allerdings kaum würdigt. Es ist nicht einfach, jedem nach dem Mund reden zu müssen und stets im Hinterkopf zu haben, aus welcher Banalität einem der Gegner einen Strick drehen könnte. Etwas bewegen zu wollen, fühlt sich mitunter an, als würde man in Leim waten. Glauben Sie wirklich, ich bin so einfältig, ein Gaunerpärchen zu unterstützen?«

»Nicht einfältig, sondern abgebrüht.«

Fielbrecht ging zum Fenster, hinter dem die Welt dunkel getönt erschien. »Melinda und Felix haben sich an mich gewandt, weil sie die Idee hatten, in der Karibik eine Steueroase für Firmen zu gründen. Ein Klient von Melinda hatte ihr das vorgeschlagen. Sie bot Unternehmen eine postalische Adresse und Sekretariatsdienste in der Dominikanischen Republik an. Von solchen Servicediensten gibt es mehr als man gemeinhin glaubt. Alles vollkommen legal, Herr Levin.«

Das stimmte insofern, dass nur die steuerhinterziehenden Firmen eventuell belangt werden konnten. »Und was sprang für Sie dabei heraus?«

»Nichts, außer dass meine Kunden meine Dienste weiterempfahlen.« Er drehte sich um. »Ich habe mich natürlich rechtlich abgesichert, um nicht gegen Gesetze zu verstoßen. Wir sind Finanzberater, keine Steuerbetrüger. Es wird Sie nicht erstaunen, dass ebendieser Klient jetzt Schwierigkeiten mit dem Finanzamt hat.«

»Eigentlich nicht.«

»Ich hatte Felix zuvor mein Boot verkauft, daher kannte ich ihn. Dass Melinda einen derartigen Abgang plante, wusste ich nicht – unabhängig davon, was sie in ihr Tagebuch geschrieben hat.«

Nachdem Fielbrecht plötzlich Zugang zu seiner Ehrlichkeit gefunden zu haben schien, wollte Richard es ihm gleichtun. »Die Einträge des Tagebuchs beginnen vor fünf Jahren. Gut möglich, dass es noch weitere aus der Zeit davor gibt. Wir haben deshalb ihre Aufzeichnungen über Interpol beim Nachlassverwalter angefordert.«

»Sie werden darin nichts anderes finden als das, was ich Ihnen ohnehin bereits mitgeteilt habe.«

Der Kerl war aalglatt. Ihm rechtlich beizukommen war nahezu ein Ding der Unmöglichkeit. Jeden Versuch, ihn in die Mangel zu nehmen, würde er mit einer Klage abschmettern. »Wir werden sehen. Hatten Sie mit Felix Hauptmann in letzter Zeit Kontakt?«

»Jetzt kommen wir zum unangenehmen Teil, nicht wahr?« Fielbrecht lehnte sich mit dem Rücken gegen das Fenster. »Felix war kurz nach Melindas Tod bei mir und hat mich um Geld gebeten. Ihr dominikanisches Unternehmen sei aufgeflogen; nicht wegen diesen deutschen Klienten, wie Sie meinen könnten, sondern wegen eines amerikanischen. Deshalb war auch das FBI involviert. Er ist nicht ins Detail gegangen, und ich wollte davon auch gar nichts wissen. Das fehlte noch, dass die Amis hier mitmischen.«

»Das haben Sie neulich verschwiegen, und gelogen haben Sie obendrein. Sie behaupteten, nichts von Frau Enricos wahrer Identität gewusst zu haben.«

»Haben Sie ein von mir unterschriebenes Vernehmungsprotokoll?«

»Nein, aber einen Zeugen. Erinnern Sie sich? Kriminalrätin Frohn war in meiner Begleitung.«

Fielbrechts Lippen wurden weiß.

Auch eine Antwort. »Weiter im Text.«

»Ich habe ihm jedwede Unterstützung verweigert, weil ich davon ausging, dass er Melinda umgebracht hat.«

»Würden Sie das zu Protokoll geben?«

»Natürlich nicht. Sonst noch Fragen?«

»Halten Sie ihn für den Einbrecher in Ihr Büro?«

»Selbstverständlich war er das. Er suchte nach Unterlagen, mit denen er mich unter Druck setzen konnte. Aber natürlich war da nichts. Felix war ein ausgesprochener Idiot. Melinda hingegen hatte Grips. Ohne sie war er ein Nichts und Niemand.«

»Fällt Ihnen jemand ein, der als Täter für die Morde infrage käme?«

»Walter Hauptmann«, kam es wie aus der Pistole geschossen.

»Sonst niemand?«

»Nein. Und jetzt gehen Sie bitte.«

»Bedenken Sie, dass der Mörder weitermachen könnte; entweder aus Rache oder um zu verhindern, dass die Wahrheit ans Licht kommt.«

Fielbrecht strich sich über den Arm, sah zuerst auf den Boden, dann zur Decke hoch. Zum ersten Male schien Richard ihn wirklich aus der Fassung gebracht zu haben. »Sie meinen, er könnte mich …?«

»Genau das. Einen schönen Tag noch.« Richard drehte sich um, verließ das Büro und hoffte, dass seine Andeutung einen nachhaltigen Eindruck bei Fielbrecht hinterlassen hatte. Auf dem Gang im ersten Stock wurde er von Sabine Neumayer vor seinem Büro abgefangen.

»Frau Frohn hat Frau Schuster vernommen.«

»Und ich habe mit Fielbrecht gesprochen. Irgendwelche Überraschungen?«

»Nö. Jetzt ist Walter Hauptmann dran.«

Schlechtes Timing, denn ohne genaue Tatzeit konnte sie ihn kaum nach seinem Alibi fragen. »Wer ist dabei?«

»Die Wallner.«

»Gut.« Er stieg die Treppe wieder hinunter, auf die Etage der Schutzpolizei, wo die Vernehmung stattfand. Da das Zimmer völlig verglast war, konnte er hineinsehen. Die Wallner tippte, während Maxi offensichtlich interessiert zuhörte, was Walter Hauptmann, der mit gebeugtem Rücken dasaß, zu sagen hatte.

Der Mann tat ihm leid. Richard legte lieber jemandem

wie Fielbrecht das Handwerk als einem gebrochenen Menschen, dem das Leben einen Arschtritt nach dem anderen verpasst hatte. Dennoch musste er alle gleich behandeln, unabhängig von Schicksal und Charakter.

41 MAXI

Zwei Wochen nach dem Coburger Schlossplatzfest, Donnerstag

Vernehmungen gehörten zu Maxis Job. Sie mochte und verabscheute sie gleichermaßen. Ihre Aufgabe bestand darin, einen Schuldigen zu überführen, und dabei gerieten oft Unschuldige in Erklärungsnöte.

Ulla Schuster schien eine vernünftige Frau zu sein. Sie gab zu, gelogen zu haben, und bereute dies auch. Sie sei mit Walter auf dem Schlossplatzfest gewesen, wo sie Felix und Melinda getroffen hätten. Und ja, sie sei auch eine Zeit lang mit Melinda allein gewesen, während Walter und Felix sich ausgesprochen hätten. Ob die zwei sich gestritten hatten, wisse sie nicht. Danach habe sie Walter zum Bahnhof begleitet und sei heimgegangen.

»Warum haben Sie zuerst gelogen?«, hatte Maxi gefragt.

»Um Walter zu schützen.«

Nun saß Walter vor Maxi, der, ohne sie anzusehen, alles bestätigte, was Ulla ausgesagt hatte. Er sei mit dem Zug nach Hause gefahren, direkt nachdem sie sich getrennt hatten. Dies sei der schlimmste Tag seines Lebens gewesen. Bis dahin habe er gedacht, der wäre schon vor 17 Jahren gewesen, als man ihm eingeredet hatte, der Mörder seiner Frau zu sein.

»Sie sind nicht umgekehrt, um sich an Melinda zu rächen?«

»Nein. Ich schwöre es. Aber die Wahrheit interessiert euch nicht. Lieber verurteilt ihr einen Unschuldigen, als dass ihr euch die Mühe macht, ordentlich zu ermitteln.«

»Wir sind in Deutschland, nicht in der Dominikanischen Republik.«

»Alles ein und derselbe Haufen. Für die Karriere gebt ihr Deutschen euch mit schnellen Erfolgen zufrieden, und dort läuft alles über Bestechung – das ist der einzige Unterschied.«

»Sie haben kein Vertrauen zu uns, obwohl Sie selbst einmal Polizist waren?«

»Und? Hat es mir was genützt?«

»Noch einmal: Es war nicht die deutsche Justiz, die Sie verurteilt hat.«

»Aber sie hat nichts gegen das Unrecht getan. Es war ein deutsches Schiff in internationalen Gewässern, Opfer und Täter waren Deutsche. Das Auswärtige Amt hätte meine Auslieferung beantragen können. Stattdessen habt ihr mich fallen gelassen wie eine heiße Kartoffel.«

Darauf wusste Maxi nichts zu sagen. Sie verstand seine Verbitterung – und sah darin ein mögliches Motiv für die Morde. »Wie fühlten Sie sich, als Sie Melinda gegenüberstanden?«

»Gefangen zwischen Hass und Freude. Freude, sie lebend wiederzusehen und dass ich kein Mörder bin. Hass, weil sie mich wegen der Lebensversicherung und wegen des Deals mit Fielbrecht ans Messer geliefert hatte.«

»Welcher Deal?«

»Fielbrecht hat denen doch Klienten zugeschustert. Ich hoffte, Melinda würde mir erzählen, dass Felix sie dazu gezwungen hat. Einen Moment lang gab ich mich sogar der Illusion hin, sie würde zu mir zurückkehren. Aber sie war zu überrascht, mich zu sehen, hatte keine Ahnung, dass ich dazustoßen würde. Felix hatte das arrangiert. Er wollte, dass wir uns alle treffen.«

»Wissen Sie, wo er jetzt ist?«

»Nein. Das ist auch besser so.«

»Warum?«

»Weil ich ihm sonst an die Gurgel springen würde.«

»Nicht erschlagen und ersäufen?«

Zum ersten Mal sah Walter ihr direkt ins Gesicht. »Wieso das?«

»Warum hat Felix Ihrer Ansicht nach das Treffen arrangiert?«

»Weil er Geld wollte. Ausgerechnet von mir.« Walter lachte gekünstelt. »Er war ziemlich verzweifelt. Ich habe ihm vorgeschlagen, er solle sich an Mutter wenden. Die hat ihm immer geholfen, egal was für einen Scheiß er wieder gebaut hatte. Vielleicht wollte er Melinda umbringen und mir erneut die Schuld in die Schuhe schieben.«

Nadine Wallner hörte mit dem Tippen auf und sah zu ihr

her. Maxi verstand, worauf sie wartete. Nun kam es darauf an. »Wir haben Felix.«

Walter fuhr hoch, sein ausdrucksloses Gesicht wirkte plötzlich lebendig. »Prima! Dann haben Sie den Schuldigen.« Seine Augen weiteten sich. »Warum bin ich dann hier?«

»Weil er tot ist.«

Basses Erstaunen ließ Walters Mund ein O formen. Schnell bedeckte er ihn mit einer Hand und außer einem Aufstöhnen gab er eine Weile lang nichts mehr von sich.

»Tut mir leid«, sagte sie.

»Deswegen also habt ihr mich einbestellt. Ihr denkt, dass ich es war. Felix letzter Schlag gegen mich.« Walter sank in sich zusammen.

»Waren Sie's?«

Er schüttelte den Kopf. »Ich sage jetzt besser nichts mehr.«

»Das ist Ihr gutes Recht.« Sie unterließ es, nach seinem Alibi zu fragen, da die Bestimmung des Todeszeitpunkts noch ausstand.

»Haben wir's dann?«, fragte Walter.

Maxi ließ das Gespräch in Gedanken Revue passieren, bevor sie antwortete. Sie hatten immer noch nicht genügend Beweise in der Hand, um einen Haftbefehl zu erwirken, obwohl der Staatsanwalt in Anbetracht der Umstände einen erwägen könnte, wie er ihr telefonisch mitgeteilt hatte.

Hinter der Glasscheibe bemerkte sie Levin. Er trug eine Leinenjacke über einem weißen Hemd mit offenem Kragen, wahrscheinlich, um seine Waffe zu verdecken. Er war einer der wenigen, der sie permanent bei sich hatte. Ihre eigene nahm sie nach Dienstschluss in der Handtasche mit nach Hause, denn man konnte nie wissen, zu welchem Einsatz man gerufen würde. Eigentlich unnötig, denn für gefährliche Einsätze war die Schutzpolizei da, und bei Gewaltverbrechen stand das SEK, das Spezialeinsatzkommando, zur Verfügung, das in Nürnberg stationiert und für den nordbayerischen Raum zuständig war. Als er sie prüfend ansah, unterdrückte sie ein Lächeln, das ihre Freude über sein Auftauchen verraten hätte.

Walter Hauptmann unterschrieb das Protokoll, ohne es gelesen zu haben. »*Lo que sea*«, sagte er, wobei seine Augen funkelten. Ohne sich zu verabschieden verließ er den Raum, den Kopf gesenkt, die Schultern rund.

Levin wandte sich zum Gehen, bevor Maxi ihn ansprechen konnte. Auch er hielt den Kopf gesenkt und hatte eine Hand in der Hosentasche. Sie hätte wetten können, sie war zur Faust geballt.

»Richard!«, rief sie ihm hinterher. »Auf ein Wort in meinem Büro.«

Auf der Treppe drehte er sich um und wartete, bis sie zu ihm aufgeschlossen hatte. »Mir wäre es lieber, wir träfen uns in *meinem* Büro. Da hängt eine hübsche Zeichnung, mit der sich gut arbeiten lässt. Außerdem haben Sie dort Gelegenheit, mich vor den anderen wieder abzukanzeln.«

Das klärende Wort blieb ihr im Hals stecken. Unverschämter Macho, elendiger. »Wenn Sie eine dienstliche Anweisung als Abkanzlung empfinden, kann ich Ihnen auch nicht helfen.«

»Sie sind auch eine der Vorgesetzten, die ihre Gruppe bedenkenlos in den Tod schicken würde, nur um recht zu behalten. Wie der Vater, so die Tochter.«

Zuerst wollte sie aufbegehren, ihre Hände ballen und auf ihn eintrommeln, besann sich dann jedoch eines Besseren. Hinter seiner Bemerkung steckte mehr als nur die angekratzte Ehre eines Kollegen. Je länger sie darüber nachdachte, desto klarer wurde ihr, dass ihr Vater und Levin sich kennen mussten. Gut denkbar, dass Levin von einer Fehlentscheidung ihres Vaters betroffen gewesen war und nun sein Urteil über ihn auf sie projizierte. Das würde einiges erklären. Sie senkte die Fäuste, wurde sich bewusst, dass sie sich beinahe hätte provozieren lassen. »Das habe ich nicht gehört, Herr Levin.«

»Sorry«, sagte er rau. »Mit mir sind die Gäule durchgegangen.«

Sie wechselten einige Blicke, und sein Gesichtsausdruck wurde weicher. »Kommen Sie?«, fragte er.

Nachdenklich folgte sie ihm. Selten hatte sie jemand derart aus der Fassung gebracht wie Richard. Sie hätte cool bleiben und nicht wie ein überhitzter Topf überkochen sollen.

Richard fasste nach der Türklinke und hielt inne. »Es lag mir fern, unsere dienstlichen Diskrepanzen auf eine persönliche Ebene zu ziehen. Meine Reaktion war unangemessen. Wenn Sie mich dafür maßregeln wollen, akzeptiere ich das.«

»Ich werde nichts dergleichen tun«, erwiderte sie. »Mit Ihrer Art bringen Sie mich ganz schön aus dem Konzept.«

Hoppla, was hatte sie da gesagt?

Er schmunzelte, zuckte kurz mit den Augenbrauen und drückte die Klinke runter. Jan hob nur die Hand und versank erneut in der Welt der Daten. Am Whiteboard nahm Richard einen Stift zur Hand und strich den Namen »Felix« durch. Endlich waren wieder normale Zustände eingekehrt.

Sie deutete auf das Wort »Steuerflüchtling«, das sie dazu geschrieben hatte. »Was ist damit?«

»Von Fielbrecht ist nichts zu holen, der Mann ist mit

allen Wassern gewaschen. Vielleicht hat die Steuerfahndung etwas auf Lager, das ihn zu Fall bringt. Hat sich Kollege Schultz dazu geäußert?«

»Wir sollen den Bericht des FBI abwarten, sagt er. Vielleicht würde sich daraus ein neuer Ansatzpunkt ergeben.«

»Was ist mit Walter?«

»Bei dem brauchen wir mehr Beweise. Er hat zugegeben, Melinda und Felix auf dem Schlossplatzfest getroffen zu haben, sei aber unmittelbar danach mit dem Zug nach Neustadt zurückgefahren. Zum Schluss hat er ›Lo que sea‹ gesagt. Weiß jemand, was das heißt?«

»So viel wie ›whatever‹, also ›was auch immer‹«, sagte Richard.

»Seit wann kannst denn du Spanisch?«, fragte Peter.

»Ei spiek Spanisch bröckelesweis. Was ist mit Ulla?«

»Die hat davor dasselbe ausgesagt wie er. Sofern sie sich nicht vorher abgesprochen haben, sollten ihre Aussagen der Wahrheit entsprechen, denn sie stimmen auf den Punkt überein.« Sie nahm einen zweiten Stift und strich den Namen »Büttner« durch. »Ich glaube, den können wir ausschließen.«

»Damit bleibt keiner mehr übrig.«

»Außer Walter.«

»Hm.« Richard schien Zweifel zu haben. Jan war zu ihnen gestoßen und saugte geräuschvoll an einem Strohhalm, der in einem Pappbecher steckte, als sich die Tür öffnete und Peter Weingarth hereinkam. »Jetzt hamma zu der Brunnenleich' auch noch a Teichleich'«, sagte er.

»Die dummerweise unser Hauptverdächtiger war«, antwortete Maxi.

Alle standen um sie herum und zum ersten Mal fühlte sie sich integriert. Die Herren diskutierten noch eine Weile, drückten ihren Frust aus, kamen am Ende aber zu keiner neuen Erkenntnis.

»Sackgasse«, schrieb Weingarth auf das Board.

»Ich habe das Gefühl, wir sehen den Wald vor lauter Bäumen nicht«, sagte Levin. »Manchmal hilft es, etwas Abstand zu nehmen, um den Kopf freizubekommen.«

Dem musste sie zustimmen. Sie blickte auf die Uhr. Der Schichtwechsel bei den Kollegen der Schutzpolizei war schon eine Stunde her. »Ohne die Resultate der Rechtsmedizin und der Spurenauswertung stecken wir fest. Wir machen morgen weiter.«

Doch zuvor wartete noch der übliche Bürokram auf sie. Schultz kam vorbei und ließ sich von dem neuen Mordfall berichten.

Als sie endlich ins Freie trat, empfing sie die nachklingende Schwüle eines heißen Sommertags. Was hatte Levin gesagt? Den Kopf freibekommen? Ein Restaurant mit Biergarten wäre jetzt genau das Richtige. Und danach? Fotos von den vielen historischen Brunnen Coburgs schießen; falls das Licht noch ausreichte. Auf die Idee hätte sie schon früher kommen können. Vor Jahren hatte sie eine Fotosammlung von Brunnen aus aller Welt angelegt. Ihr besonderer Stolz war eine Nachtaufnahme des Fontana di Trevi in Rom, ohne Touristen. Das würde ihre Gedanken in andere Bahnen lenken.

Zu Hause zog sie sich um: Jeans, schicke Sandalen, Shirt – ein bisschen gewagter ausgeschnitten als sonst, aber nicht zu viel, denn man wusste nie, wem man begegnete. Wohin? Am liebsten italienisch. Leckere Pasta oder Fisch?

Ihr Diensthandy klingelte und auf dem Display stand die ihr unbekannte Nummer, die sie vor Tagen schon mal angerufen hatte. Sie nahm das Gespräch an.

42 RICHARD

Zwei Wochen nach dem Coburger Schlossplatzfest, Donnerstag

Ihr nach Zeder, Minze und Jasmin duftendes Parfum hing noch in der Luft, nachdem Maxi das Büro verlassen hatte, während Jan und Peter noch miteinander witzelten; ein Zeichen, dass ihnen nichts Vernünftiges mehr einfiel.

Er setzte sich an seinen Schreibtisch und checkte, was in der Zwischenzeit an Informationen eingegangen war. Es wurde still im Büro, durch das gekippte Fenster drangen warme Luft und Verkehrsgeräusche herein.

»Ich hab was für dich«, rief Jan. »Von Interpol.«

»Schick's rüber.«

Kurz darauf ging die E-Mail, mit zwei PDF-Files als Anhang, auf seinem Computer ein. Er öffnete das erste und sah eingescannte Seiten von Melindas früherem Tagebuch. Das zweite enthielt die eines noch älteren. »Prima. Die perfekte Lektüre für einsame Abende.« Er leitete die Files an Sabine weiter, mit der Bitte, sie auszudrucken und abzuheften.

Die perfekte Abendlektüre erwies sich später als zwei dicke Heftordner, die ihm Sabine auf den Schreibtisch legte. »Viel Spaß«, sagte sie. »Wenn du romantische Stellen findest, markiere sie bitte, damit ich sie auch lesen kann.«

»Eigentlich suche ich darin nach Hinweisen auf Mord

und Betrug. Aber wenn ich was Geiles finde – gern«, sagte er augenzwinkernd.

»Bad Boys haben schon immer eine gewisse Anziehungskraft auf die holde Weiblichkeit ausgeübt, und wie mir scheint, nicht nur auf die.« Damit verschwand Sabine kichernd.

»In diesem Fall handelt es sich eher um ein Bad Girl«, rief er ihr hinterher.

Mit den Tagebuchordnern unterm Arm verließ er lange nach Dienstschluss das Gebäude und machte sich auf den Weg in seine Wohnung. Vor dem lang gestreckten Mietshaus begegnete er Frau Bauer, an der Hand ihren kleinen Sohn. Sie sah müde und abgekämpft aus, während das traurig schauende Kind seinen Teddy im Arm hielt. Der Tyrann der Familie folgte ihnen auf dem Fuß. Der Anblick erweckte den Eindruck, dass sich bei ihnen kaum etwas ändern würde.

Richard fiel deren Hund ein, der bei Oma Elke in Pflege war und den er, falls sie das forderten, würde zurückgeben müssen. Um diesbezügliche Fragen zu vermeiden, beeilte er sich, zu seinem Hauseingang zu kommen, der vor dem der Familie Bauer lag.

»Herr Levin!«, rief Frau Bauer.

Jetzt musste er wohl oder übel mit ihr reden. Er blieb stehen und sie schloss zu ihm auf.

»Sie ziehen wieder mit ihm zusammen, Frau Bauer?« Es war ihm egal, ob ihr Mann das hörte.

»Das geht Sie einen Scheißdreck an«, mischte er sich prompt ein.

»Wann sind Sie aus der Haft entlassen worden?«

»Arschloch.«

»Und Sie wollen wohl gerne dorthin zurück? Im Übrigen rede ich mit Ihrer Frau. Sie ist alt genug, um für sich selbst zu sprechen.«

»Mein Sohn möchte seinen Hund wiederhaben«, sagte Frau Bauer und wich seinem Blick aus.

Das schmerzte. Er hatte es versäumt, sie im Frauenhaus aufzusuchen und mit ihr darüber zu reden. Jetzt, mit ihrem Alten an der Seite, war kaum etwas zu machen. »Sind Sie sicher, dass es für alle das Beste ist? Ihr Mann könnte den Hund wieder als Druckmittel einsetzen und eine Rückkehr ins Frauenhaus wäre dadurch erschwert.«

Sie sah verlegen zur Seite, und er fragte sich, wer den Hund wirklich haben wollte. Sie wohl kaum. Eher das Kind, was er gut verstehen würde, da diesem der Hund als seelischer Trostspender dienen könnte. »Ich bringe ihn nächste Woche mit. Eher geht's leider nicht, weil er in Nürnberg ist. Reicht Ihnen das?«

»Ich denke schon.«

Sie stand eindeutig unter Druck und tat ihm leid. »Wenn Sie Probleme haben, melden Sie sich, okay?«

»Was soll das?« Der Kerl stellte sich vor seine Frau. »Halten Sie sich da raus!«

»Solange Sie Ihre Frau und das Kind nicht verletzen – gerne.«

»Sie haben mir eine eingeschenkt und sich in was eingemischt, das Sie nix angeht.«

»Weil Sie mich und Ihre Familienmitglieder angegriffen haben.«

Bauer hob seine Fäuste und drohte: »Das nächste Mal gibt's eines auf die Fresse.«

Für Frau Bauer, ihren Sohn und den Hund wäre ein Angriff auf Richard die beste Lösung, denn dann würde der Kerl zurück in den Bau wandern. »Nur zu, Herr Bauer. Eine Beleidigung haben wir bereits. Anscheinend hat es Ihnen im Knast so gut gefallen, dass Sie unbedingt wieder reinwollen.« Richard machte einen Schritt auf den bulligen, aber kleineren Mann zu und baute seine 1,84 Meter vor ihm auf. Gewichtsmäßig war ihm sein Kontrahent überlegen, doch das bereitete Richard keine Sorgen. »Lassen Sie sich eines gesagt sein, Herr Bauer: Sollte ich noch einmal einschreiten müssen, weil Sie sich nicht beherrschen können, wird es ungemütlich für Sie.« Er näherte sich Bauers Gesicht und roch dessen Bierfahne. »Eine Beschwerde der Nachbarn, ein blauer Fleck, ein Schrei und ich mache Ihnen die Hölle heiß.«

Mit zusammengepressten Lippen wich Bauer zurück. Seine Augenlider flatterten und er senkte die Fäuste. Dass damit der Familienfrieden nachhaltig gesichert war, bezweifelte Richard allerdings. Bei diesem Herrn war Ärger programmiert.

Grußlos drehte er sich um, ließ die Familie stehen und begab sich in seine Wohnung. Was für ein Tag. Emotionale Achterbahn. Da sein Kühlschrank nach wie vor an Magersucht litt, würde er ausgehen müssen. Ein geregelter Tagesablauf wäre nicht schlecht. Und eine Frau, für die berühmten guten und schlechten Tage, eine, die ihm Feuer unterm Hintern machte, wenn es nötig war … Himmel noch mal – nein. Lieber würde er im Berg seiner ungewaschenen Klamotten ersticken. Zum Joggen verspürte er auch keine Lust, vor allem, weil er unbedingt wissen wollte, was in dem Tagebuch stand. Hoffentlich enthielt es Beweise gegen Fielbrecht und Hinweise auf den Brunnen- und Teichleich-Mörder, wie ihn Peter genannt hatte.

Gutbürgerlich oder italienisch? In Coburg und Umgebung gab es viele gute Restaurants, aber mit dem Wagen fahren wollte er nicht. Mit dem Fahrrad zum Froschgrundsee? Nein, von Teichen hatte er vorläufig genug. Also zu Fuß in die Stadt. Er zog sich bequeme Sachen an, zögerte, als er den Gürtel mit dem Pistolenhalfter in die Schlaufen der Jeans zog. Brauchte er die Waffe wirklich, wenn er zum Essen ging?

Ein Polizeibeamter war immer im Dienst, also würde er das Ding mitschleppen.

43 MAXI

Zwei Wochen nach dem Coburger Schlossplatzfest, Donnerstagabend

»Könnten wir uns am Schloss Rosenau zu einem Spaziergang treffen?«, fragte Walter Hauptmann am Telefon.

Maxi war überrascht, denn mit einem Anruf von ihm hatte sie nicht gerechnet. Woher hatte er ihre Handynummer? Ach ja, von der Visitenkarte. »Und wozu, wenn ich fragen darf?«

»Ich will reinen Tisch machen.«

»Wenn Sie ein Geständnis ablegen wollen, kommen Sie bitte auf die Inspektion.«

»Ich habe nichts verbrochen, will Ihnen lediglich etwas erzählen, das Sie interessieren wird. Das mit der Inspektion können Sie vergessen. Euch traue ich nicht mehr. Keine Angst, es ist nichts Schlimmes. Außerdem ist dort wegen einer Hochzeit gerade viel los.«

Sie überlegte kurz und sagte zu.

»Gut«, erwiderte Walter. »Vor dem Museumsladen, ja?«

Ihre Neugier war stärker als der Wunsch nach einem leckeren Essen, und die Brunnen würden nicht davonlaufen. Viel wusste sie noch nicht von dem Schloss, außer dass es im 14. Jahrhundert gebaut worden war und erst später seinen neugotischen Look erhalten hatte. Vielleicht eine gute Gelegenheit, sich nebenbei die Anlage anzuschauen.

Wie verabredet erwartete Walter sie vor dem Museumsladen. Er trug ein altes T-Shirt über einer schlabbrigen Jeans. Maxi stellte ihr Auto auf dem Parkplatz gegenüber ab. Sie ergriff ihre Handtasche, wobei sie kurz an Richard dachte, den sie eigentlich informieren sollte, und marschierte auf Walter zu. Er wirkte übernächtigt, empfing sie mit einem Lächeln.

»Na, keine Waffe im Holster?«, fragte er.

Sie blickte kurz auf ihre Handtasche, was ihm aufgefallen sein musste. Sofort fühlte sie sich unbehaglich. »Die nehme ich nur mit, wenn es sein muss. Ich hoffe, bei Ihnen ist das nicht nötig.«

»Nein, nein. Alles in Ordnung. Schauen Sie, dort oben ist die Hochzeitsgesellschaft.«

Eine stattliche dazu. Die Herren in dunklen oder weißen Anzügen, die Damen in Abendgala, dazwischen die Braut mit langer Spitzenschleppe, an der zwei kleine Mädchen, mit Blumenkränzen auf den seidigen Haaren, herumzupften, sowie ein kleiner Junge, er mochte drei sein, im Anzug und mit Krawatte. Vor der Gruppe stand ein Fotograf und erteilte Anweisungen, wie sie sich aufzustellen hatte.

Und unter den Gästen Dr. Fielbrecht.

Walter zeigte kein Zeichen der Überraschung oder dass er das als unangenehm empfand. Im Gegenteil, er schien entzückt. Nebeneinander gingen sie hoch zum Schloss, das auf einem Hügel thronte. Im Schlossgarten davor plätscherte ein Schalenbrunnen. »Melinda und ich haben nur standesamtlich geheiratet und im Parkrestaurant gegenüber gefeiert. Drüben im Park einen Spaziergang gemacht. Den Reitstall besucht, dort haben wir uns kennengelernt. Ulla hatte ihr Pferd dort stehen. Ich habe Melinda wirklich geliebt, das können Sie mir glauben.«

Ihr Unbehagen verstärkte sich. »Ist es das, was Sie mir sagen wollten?«

»Nein. Kurz nachdem sie in Fielbrechts Firma angefangen hatte, begann sie sich zu verändern. Ihre Wünsche wurden immer ausgefallener. Wir lebten über unsere Verhältnisse. Wenn ich Bedenken anmeldete, wiegelte sie stets ab, sagte, dass sie mich liebe und wir alles meistern würden. Ich Idiot habe ihr geglaubt und blauäugig, wie ich war, mir von ihr Informationen über unsere Ermittlungsarbeit aus der Nase ziehen lassen, obwohl wir von der Schupo nicht alles mitkriegen, was die von der Kripo oben im ersten Stock treiben. Inzwischen ist mir klar geworden, dass das ein abgekartetes Spiel war.«

»Seit wann?«

»Im Knast hat man viel Zeit zum Nachdenken.« Er deutete auf Fielbrecht. »Der da hat sie verführt, aus ihr eine berechnende Bestie gemacht.«

»Haben Sie sie ermordet?«

»Nein. Aber ich weiß, wer's war. Es gibt nur einen, der dafür infrage kommt.« Er blieb stehen und starrte auf Fielbrecht. Maxi wurde unheimlich zumute und griff in ihre Handtasche. Sie musste Richard unbedingt anrufen.

»Lassen Sie das«, sagte er und langte nach ihrer Tasche.

Sie wich ihm aus. Er packte sie hart am Arm und drehte ihn auf ihren Rücken. Ihre kurze Gegenwehr überwand er mühelos. Sie hatte sich wie ein blutiger Anfänger von ihm hereinlegen lassen. »Kein Handy. Wir machen das unter uns aus.«

Mit der freien Hand griff er in die Handtasche und zog ihre Pistole heraus. Die hatte er also gewollt. Und sie einfältige Kuh hatte sie ihm gebracht. Er trat zwei Schritte von ihr weg, die Waffe auf sie gerichtet.

»Immer noch der bevorzugte Ort, an dem die Damen der Kripo im Sommer ihre Waffe tragen«, sagte er.

»Was haben Sie davon? Sie machen alles nur schlimmer.«

»Ich stecke sowieso schon bis zum Hals in der Scheiße.«

»Es gibt für alles eine Lösung.«

»Genau. Und du wirst gleich sehen, wie die aussieht. Hol dein Handy aus der Tasche.«

Dass er sie plötzlich duzte, war ein schlechtes Zeichen. Langsam zog sie es heraus, überlegte rasend, wie sie ihn überwältigen könnte. Für einen Überraschungsangriff stand Walter zu weit weg, er ahnte wohl, was sie vorhatte. »Wen soll ich anrufen?«

»Deinen langen Kollegen. Sag ihm, dass er sofort herkommen soll.«

Sie tippte eine SMS an Levin.

Jemand aus der Hochzeitsgesellschaft schrie laut auf. Köpfe flogen herum, und verschreckte Gesichter blickten zu ihnen herüber.

»Keine Dummheiten! Wir gehen jetzt rüber zum Brunnen, damit mir keiner in den Rücken fällt. Wenn ihr nicht macht, was ich sage, gibt's Tote. Mit den Kindern fange ich an.«

»Das ist nicht Ihr Ernst!«

Er deutete mit der Pistole in Richtung der Hochzeitsgäste. Das war die Gelegenheit, auf die sie gewartet hatte. Sie sprang vor und versuchte, ihm die Waffe zu entreißen. Ein heftiger Schmerz schoss ihr plötzlich von der Nase bis in den Nacken. Nur mit Mühe konnte sie sich auf den Beinen halten. Tränen füllten ihre Augen. Seine Faust hatte sie nicht einmal kommen sehen. Ihr Herz raste. Flucht, schrie ihr ganzer Körper; du kannst nicht, ihr Kopf.

»Mach das noch einmal und ich drücke ab«, zischte Walter. »Ich kenn eure Tricks. Danach ist der kleine Bengel dran, kapiert?«

Walter deutete mit dem Kopf auf einen süßen Dreijährigen im Anzug, der sich an eine Frau klammerte, die Finger im Mund.

»Ist gut. Lass das Kind, okay?«, sagte sie.

»Warum nicht gleich so?« Er dirigierte sie mit der Pistole zum Brunnen und befahl der Gruppe, sich auf die Wiese davor zu setzen. »Und nun kommen wir zur Sache.«

44 RICHARD

Zwei Wochen nach dem Coburger Schlossplatzfest, Donnerstagabend

Er war halb aus dem Haus, als auf seinem Handy eine Textnachricht von Maxi einging: »Komm schnell. Schloss Rosenau.«

Etwas an dem Text störte ihn. Er las ihn noch einmal. Maxi duzte ihn für gewöhnlich nicht. Er wählte ihre Nummer, hörte jedoch nur die Ansage, dass sie zurzeit nicht erreichbar sei. Das störte ihn noch mehr. Er war sich nun sicher: Etwas stimmte nicht.

Kaum im Auto meldete sich sein Diensthandy. Maxi, Gott sei Dank. »Was ist los?«, fragte er.

»Wo bist du?« Ihre Stimme hörte sich gepresst und eine Oktave höher als sonst an.

»Zu Hause. Was …?«

»Er hält mir meine Pistole an den Kopf und sagt, er würde mich und alle anderen umlegen. Tu nichts, ohne das …«

Sein Herz setzte einen Schlag aus. Hatte er richtig gehört? War das eine Geiselnahme? »Ohne das SEK anzufordern« hatte sie bestimmt sagen wollen. »Verdammt noch mal, was ist los?«

Einen Moment lang hörte er nichts als statisches Rauschen. Dann Walters Stimme. »Wir sind beim Schloss Rosenau. Ich habe Ihre Kollegin und ein paar Gäste in meiner Gewalt – inklusive Fielbrecht und seiner Alten.«

»Was wollen Sie?«

»Dass Sie herkommen. Sonst nichts.« Klick. Das Gespräch war beendet.

Noch im Laufen zu seinem Audi informierte Richard die Inspektion, gab durch, was er wusste, und bat um die Alarmierung des SEKs in Nürnberg. Kaum aus der Stadt, gab er Gas, wurde trotzdem wenig später von einem Streifenwagen mit Blaulicht und Martinshorn überholt, der in dieselbe Richtung fuhr. Auf der B4 jagte Richard ihm bis zur Abzweigung in die Rosenau hinterher. Der Parkplatz auf der linken Seite der Kastanienallee war vollgeparkt. Maxis roten Mini entdeckte er auf den ersten Blick. Keine Spur von dessen Besitzerin. Der Streifenwagen fuhr ohne Martinshorn und Blaulicht weiter in den Vorhof der Schlossanlage, wo sich auch die Kasse und ein Museumsladen befanden. Richard parkte dahinter. Polizeihauptmeister Tobias Schneider winkte ihm zu und sah genauso verschwitzt und bestürzt aus wie die junge Kollegin neben ihm.

»So ein Zufall, dass du auch hier bist«, sagte Tobias etwas atemlos, als wäre er die Stecke zu Fuß gerannt.

»Ich war's, der euch alarmiert hat, sofern nicht noch jemand anders angerufen hat.«

Sein Handy vibrierte. Hoffentlich gab Maxi Entwarnung, doch es war Hauptkommissar Neumann. »Sollen wir das SEK anfordern? Was ist mit Frau Frohn? Wie ist die Lage?«

»Ich bin noch dabei, sie zu erkunden. Das SEK ist bereits benachrichtigt.«

Eine Dame kam händewedelnd auf ihn zugelaufen. »Sind Sie von der Polizei? Ich glaube, die sind oben im Schlossgarten am Schalenbrunnen. Unsere Hochzeitsgäste wollten einen Spaziergang machen. Plötzlich tauchte dieser

Mann mit der Frau auf. Auf einmal hatte er eine Pistole und bedrohte sie damit und unsere Gäste auch. Er wird alle umlegen, hat er geschrien. Der Kurt, unser Kellner, hat alles gesehen. Der war nämlich mit draußen, um Champagner zu servieren«, sprudelte es aus ihr hervor. »Gut, dass ihr endlich da seid.«

»Haben Sie bei uns angerufen?«, fragte Tobias.

»Ja.«

»Wo sind sie jetzt?«

»Dort oben.«

Richard folgte ihrer ausgestreckten Hand. In dem Schloss mit seinem zinnenbewehrten Rundturm wurde Prinz Albert geboren, der später die englische Königin Victoria geehelicht hatte. Im Marmorsaal konnte man heutzutage ebenfalls getraut werden. Romantik pur, aber nicht heute, nicht jetzt.

Ein Stückchen weg von dem Gebäude saßen etwa 20 Gäste in Abendgarderobe auf dem Gras des Schlossgartens. Ihm bot sich ein Bild, das er zeit seines Lebens nicht vergessen würde. Vor dem Schalenbrunnen hatte Walter von hinten einen Arm um Maxis Hals gelegt. In der Hand des anderen Arms hielt er eine Pistole, deren Mündung sich in ihre Schläfe bohrte.

»O Gott«, stöhnte Tobias dicht neben ihm.

Hier konnte er ihn nicht gebrauchen. »Geh zurück, Tobias. Ruf Verstärkung, sperrt alle Zufahrtswege ab, frag nach, wann das SEK eintreffen wird. Schnell!«

Tobias verschwand im Laufschritt, während seine Kollegin unsicher stehen blieb. Richard konzentrierte sich auf die Szene vor ihm. Walter musste durchgeknallt sein. Seine Hand fuhr an das Halfter und zog die Waffe heraus. Als seine Finger sich um den Griff legten, verriet ihm ein leises Klicken, dass sie jetzt gespannt und entsichert war. Ultima Ratio, ermahnte er sich. Würde er eine Wahl haben? Da Maxis und das Leben anderer in Gefahr war, würde er nicht zögern, sie zu benutzen. Die Angst stand ihr und den Hochzeitsgästen deutlich ins Gesicht geschrieben.

Langsam, Schritt für Schritt, die Pistole auf den Boden gerichtet, näherte er sich Walter. Wie lange würde das SEK brauchen? Mit dem Hubschrauber von Nürnberg nur wenige Minuten. Trotzdem schätzte er den Zeitaufwand auf mindestens eine Dreiviertelstunde, wenn nicht länger. Verdammt lange. In der Zwischenzeit konnte viel passieren.

In der am Boden sitzenden Gruppe entdeckte er Fielbrecht und dessen Frau. Die Braut war offensichtlich auch darunter. Sie hatte sich ihre Hochzeit bestimmt anders vorgestellt. Warum hatte Walter diesen frei einsehbaren Ort gewählt und sich nicht im Restaurant verschanzt, wo ein Zugriff wesentlich schwerer gewesen wäre? Welches Ziel verfolgte er? Was wollte er erreichen?

»Levin!«, rief Walter. »Na endlich! Hat ziemlich lange gedauert!«

Inzwischen hatte er sich ihm bis auf 20 Meter genähert und nahm ihn ins Visier. Walters Blick war irre – ein schlechtes Zeichen. Sein Körper wurde von Maxi fast völlig verdeckt. Ihn mit einem Schuss auszuschalten, ohne ihr Leben und das der Geiseln zu gefährden, war nahezu unmöglich. Außerdem wäre dazu ein Präzisionsgewehr mit Zielfernrohr wesentlich besser geeignet als seine Faustfeuerwaffe, denn nur ein Treffer in die Nasenwurzel garantierte eine sofortige Blockade der Motorik. Sein Herz begann zu rasen. Ruhig bleiben, alter Junge, ermahnte er sich.

»Das ist doch keine Lösung, Walter«, sagte er. »Lassen Sie uns über einen Ausweg reden.«

»Für mich gibt es keinen Ausweg. Ich will endlich meine Ruhe haben, kapiert? Bleiben Sie stehen oder es knallt!«

Richard folgte der Aufforderung. »Es gibt immer einen, nur manchmal dauert es ein wenig, bis man ihn findet.«

»Zu spät für mich. Seit La Romana sterbe ich einen langsamen Tod.«

»Ich weiß, wer der Mörder ist.«

Walter stutzte, die Pistole rutschte ein wenig von Maxis Schläfe. Jetzt – jetzt war der Augenblick, in dem Maxi wegtauchen müsste, um ihm ein freies Schussfeld zu ermöglichen.

Der Moment verstrich, ohne dass sie reagierte. Immer noch stand sie als Schutzschild vor Walter. Ein Zucken seines Fingers und es wäre um sie geschehen.

»Ich weiß, Sie sind unschuldig, Walter!« Bis jetzt bot sich ihm nur Walters Stirn als Ziel. Dass seine Heckler & Koch P7 für einen Präzisionsschuss über diese Distanz nur bedingt geeignet war, wusste Walter bestimmt auch. Wenn Richard merkte, dass Walter den Finger am Abzug krumm machen wollte, würde er trotzdem nicht zögern.

»Ehrlich?« Walters Pistole glitt in die ursprüngliche Position zurück. »Ich weiß es auch. Genau deswegen bin ich hier. Ich nehme noch ein paar mit, bevor ich gehe. Den da zum Beispiel.« Er nickte in Richtung Fielbrecht, ein allgemeines Aufstöhnen war zu hören. Endlich machte Maxi eine Bewegung, als wollte sie sich losreißen. Doch Walter konterte sofort, drückte ihren Kopf mit der Laufmündung zur Seite. »Das nächste Mal knallt's!«, drohte er.

Plötzlich fiel es ihm wie Schuppen von den Augen: Walter wollte sterben. »Suicide by Cop« nannte man das, wenn sich jemand gezielt von der Polizei erschießen ließ. Das konnte er haben, wenn es die Situation erforderte.

Richards Blickwinkel verengte sich, die Umgebung trat zurück, alle Sinne waren nur noch auf sein Ziel fokussiert.

»Immer langsam, Levin!«, rief Walter. »Wenn ich hier fertig bin, haben Sie freies Schussfeld.«

»So weit muss es nicht kommen.«

»Wird es aber.«

»Auf was warten Sie eigentlich noch?«

»Garantiert nicht auf das SEK, das sicher schon im Anmarsch ist. Aber bis die Stellung bezogen haben, ist alles längst vorbei.«

Mehrere Martinshörner ertönten in der Ferne.

»Sagen Sie denen, sie sollen wegbleiben, sonst stirbt der Erste.«

»Wie soll ich das machen?«

»Telefonieren.«

Richard kam dem nur ungern nach, lenkte es doch seine Aufmerksamkeit ab. Andererseits würde er damit bis zum Eintreffen des SEKs Zeit schinden.

»Walter!«, schrie plötzlich eine weibliche Stimme. Ulla Schuster kam auf die Polizeiabsperrung zugerannt.

»Lasst sie durch! Auf sie habe ich gewartet!«, rief Walter.

Die hatte hier gerade noch gefehlt. Aber wenigstens konnte Richard wegen der Ablenkung jetzt drei Schritte vorwärtsspringen. »Bleiben Sie, wo Sie sind!«, rief er ihr zu.

Doch sie achtete nicht auf ihn.

»Verdammt, Sie sollen wegbleiben!«

»Ich kann helfen.« Sie machte einen Bogen um ihn, als fürchtete sie, er könnte versuchen, sie zurückzuhalten.

Vielleicht konnte sie Walter tatsächlich umstimmen. Zumindest würden sie dadurch Zeit gewinnen.

»Walter! Um Gottes willen, was machst du da?«

»Umgekehrt, Ulla. Was hast du gemacht?«

»Ich wollte dir helfen!«

»Du warst es doch, die mich in die Scheiße reingeritten hat!«

Sie näherte sich Walter, verstellte Richard jetzt das Schussfeld.

In Hintergrund waren Rufe der Kollegen zu hören. Verdammt, wo blieb das SEK? Allmählich wurde ihm der Arm schwer.

»Fielbrecht hat alles eingefädelt«, sagte Ulla. »Melinda hat es mir anvertraut.«

»Genau deshalb ist er nach dir dran.«

Ulla hob die Hände. »Mensch, Walter, das ist doch …«

Wieder kämpfte Maxi gegen Walters Umklammerung an ihrem Hals an, doch er holte aus und schlug die Pistole gegen ihre Schläfe. Sie stöhnte auf, Blut floss, sie strauchelte.

Verfluchter Mistkerl. Keine Zeit, um auf das SEK zu warten.

»Hör auf, Walter!« Ulla machte einen Schritt auf ihn zu. »Ich stelle mich, hörst du? Ich war's! Herr Levin, Frau Frohn, hören Sie? Ich war's. Ich habe Melinda und Felix auf dem Gewissen!«

»Danke, Ulla«, sagte Walter. »Genau das wollte ich hören. Bleib stehen.«

Sie gehorchte.

»Gut so.«

»Na, Levin, wo bleibt das SEK? Ich weiß, das dauert. Aber so lange werde ich nicht warten. Jetzt werdet ihr für das büßen, was ihr mir all die Jahre über angetan habt.«

Walter riss die Pistole hoch. Ein Blitz, ein Knall.

Freies Schussfeld.

Jetzt.

45 MAXI

Kurz vor dem Schuss

Noch nie in ihrem Leben hatte sie sich dem Tod so nahe gefühlt wie jetzt, als Walter ihr den Pistolenlauf an die Schläfe presste. Die Zeit schien stehengeblieben zu sein. Sie spürte ihren Herzschlag, roch Walters Schweiß. Sein Arm um ihren Hals drückte ihren Kopf nach hinten, wodurch sie nur noch das Blau des Himmels sah. Dort lebten die Engelchen aus den Geschichten ihrer Kindheit sowie Oma und Opa, auch Maunzi, ihre Katze. Das Blau verblasste in zwei Tränen.

Richard war endlich da, und Walters eiserner Griff lockerte sich ein wenig. Als Ulla erschien, suchte sich Walters Waffe in ihr ein neues Opfer. Er krümmte den Zeigefinger. Alles in Maxi zog sich zusammen. Mündungsfeuer blitzte auf, zeitgleich ein ohrenbetäubender Knall. Blankes Entsetzen in Ullas Gesicht. Während sie zu Boden fiel, tauchte hinter ihr Richard auf, die Waffe einhändig zum Präzisionsschuss, der Körper seitwärts, das Gesicht emotionslos.

Ein Knall, Walters Körper zuckte zusammen.

Seine Umklammerung löste sich. Im Fallen gab er ihr einen Stoß, der sie auf die Knie zwang. Als sie die Augen öffnete, sah sie vor sich Gras – ganz nah. Ihr wurde übel. Was war passiert? War Walter ausgeschaltet worden, wie Vater es nennen würde? Neben ihr lag ihre Pistole, mit der Walter sie hatte töten wollen.

Mit jedem Atemzug wurde ihr mehr bewusst, dass sie lebte. Zwar waren ihre Ohren taub und sowohl Nase als auch Schläfe schmerzten, doch sie lebte.

Neben ihr kniete jemand. Richard. Sanft berührte er sie an der Schulter und strich ihr die Haare aus dem Gesicht. »Maxi, hörst du mich? Alles ist gut.«

Seine Stimme drang nur gedämpft zu ihr durch, aber sie verstand. Sie schlang ihren Arm um seinen Hals und barg ihr Gesicht in seiner Halsbeuge. Ihr war egal, was er oder die anderen darüber dachten. Sie suchte Schutz und wollte die Welt um sich ausblenden – wenigstens für einen Moment. Er legte den Arm um sie, ließ sie gewähren, bis der Weinkrampf verebbt war und sie sich aufrichtete.

»Komm«, sagte er. »Wir müssen.«

Langsam wurde ihr die Situation bewusst, in der sie sich befanden. Auf dem Vorplatz wimmelte es von Polizisten und von fern war das Dröhnen eines Hubschraubers zu hören. Rettungssanitäter und Notärzte liefen zu dem am Boden Liegenden. »Was ist mit Walter?«

Richard versteifte sich. »Tot.«

»Du hattest keine Wahl.«

»Trotzdem.« Er stand auf und bot ihr seine Hand an.

Mühsam rappelte sie sich hoch, wobei Richard ihr half. Auf seinem T-Shirt prangten ein Blutfleck und die Spuren ihres Heulens. Wie peinlich.

»Geht schon wieder«, sagte sie und rang nach Fassung. »Vielen Dank, Richard.«

»Die nächste Zeit wird hart werden, aber da musst du durch.«

»Für dich auch.«

»Das pack ich schon.«

Auf sie würde nun eine Menge zukommen. An erster

Stelle die Frage, wie es überhaupt zu dieser Situation hatte kommen können. Sie war dankbar, dass Richard sie nicht sofort mit Fragen bombardierte und auch nicht mit Vorwürfen, weil sie sich so passiv verhalten hatte.

Sollte er ein schlechtes Gewissen wegen Walters Tod haben, konnte er es gut verbergen. Nur seine angespannten Kiefermuskeln zeugten davon, was in ihm vorging.

Peter Weingarth kam hinzu und stellte sich kopfschüttelnd neben Walter, über dessen Nasenwurzel ein schwarzes Loch klaffte, aus dem ein dünner Blutfaden floss. Sein Blick war starr gen Himmel gerichtet, der Kopf schwamm in einem roten See. »So a dummer Hund.«

»Total verzweifelt würde besser passen«, sagte Richard.

Um auf diese Distanz einen sicheren Schuss anzubringen, musste man ein verdammt guter und routinierter Schütze sowie mental bereit sein, ein Leben auszulöschen. Auf eine Zielscheibe zu schießen war etwas ganz anderes, als jemanden gezielt zu töten. Was Richard wohl bei seinen Bundeswehreinsätzen durchlebt hatte? Und woher kannte er ihren Vater? Gut möglich, dass beide in derselben Einheit gedient hatten. Richards persönlicher Kampf, zurück in ein normales Zivilleben zu finden, würde dann dem ihres Vaters und letztlich auch dem von Walter ähneln.

Hauptkommissar Neumann, ihr Stellvertreter, kam auf sie zu, dicht gefolgt vom Ersten Hauptkommissar Schultz, der als Vertreter des Leiters der Kripo Coburg vor Ort war. Nur ungern sah sie Richard von ihrer Seite weichen und wappnete sich innerlich gegen die Fragen, die gleich auf sie einprasseln würden. Als Leiterin des K1 würde sie für alles, was heute geschehen war, geradestehen müssen.

»Wie ist es dazu gekommen?«, legte Schultz gleich los.

»Walter Hauptmann hat mich angerufen. Er schlug diesen Treffpunkt vor, weil er hier seine Hochzeit mit Melinda gefeiert hatte. Ich dachte, er könnte mir wichtige Hinweise liefern. Wir sind ein wenig spazieren gegangen, alles war normal. Dann stießen wir auf diese Hochzeitsgesellschaft. Walter entriss mir die Handtasche und zog meine Dienstwaffe daraus hervor.« Sie musste tief Luft holen, um weitersprechen zu können.

»Woher wusste er, dass sich die Pistole in Ihrer Handtasche befand? Wieso tragen Sie die nicht am Körper? Und wieso gehen Sie alleine zu einem Treffen mit einem Mörder, ohne die Kollegen zu informieren?«

Verachtung und Entrüstung sprachen aus Schultz' Worten. In ihr begann es zu brodeln. Konnte Schultz mit seinen Anschuldigungen nicht bis morgen warten? »Bis vor ein paar Minuten war er kein Mörder, sondern nur ein Tatverdächtiger. Jetzt wissen wir, dass er unschuldig war. Eigentlich haben wir ihn dazu getrieben, dass er die Nerven verlor.«

»Herr Levin hätte bis zum Eintreffen des SEKs warten müssen, anstatt in Wildwestmanier rumzuballern. Was hier abgelaufen ist, hätte besser gelöst werden können. Eine Schande für die Kripo Coburg. Das wird Kreise ziehen bis ins Staatsministerium, das kann ich Ihnen prophezeien.«

Ihr Geduldsfaden riss. »Herr Schultz, jetzt machen Sie aber mal 'nen Punkt. Ohne den beherzten Einsatz von Herrn Levin wären Herr Dr. Fielbrecht, ich und wer weiß wer sonst noch alles, tot.«

Sie hatte genug, wandte sich von Schultz ab und blickte sich nach Richard um, den sie bei den Kollegen des SEKs stehen sah. Sie ging ebenfalls zu ihnen, denn schließlich waren die Herren umsonst gekommen und hatten Worte des Dankes verdient.

»Sind Sie okay?«, war die erste Frage des Einsatzleiters.

»Die Knie zittern noch ein wenig.«

»Wir haben einen Kollegen dabei, der auf die psychologische Betreuung von Opfern von Geiselnahmen spezialisiert ist. Der kann Ihnen helfen. So etwas steckt man nicht ohne Weiteres weg. Auch Herr Levin sollte davon Gebrauch machen. Es wäre besser gewesen, Sie hätten auf uns gewartet, oder war das nicht möglich?«

»Der Täter hat's drauf angelegt, vorher erschossen zu werden«, sagte Richard. »Als ehemaliger Kollege wusste er, dass ihr kommen würdet. Er wollte vor eurem Eintreffen fertig sein. Sein Plan war, die Kollegin Frohn in seine Gewalt zu bringen, um mich herzulocken. Er wollte vor seinem Tod ein Blutbad anrichten, indem er alle, die er hasste, der Reihe nach erschießt. Deshalb hatte er auch Frau Schuster hergelockt. Zum Glück hat er nicht damit gerechnet, dass ich das Risiko eines Distanzschusses eingehen würde. Da hat er mich wohl unterschätzt.«

»Aber warum?«, fragte sie. »Er hätte nur sagen müssen, dass Ulla die Morde begangen hat.«

»Gebranntes Kind. Er ging davon aus, dass ihm keiner glauben würde.«

Dass Walters Vertrauen in die Justiz offensichtlich nachhaltig gestört gewesen war, konnte Maxi nachvollziehen. »Wie geht's Frau Schuster?«

»Das werden wir gleich herausfinden.« Richard verabschiedete sich von der Einsatzgruppe und fasste sie am Ellenbogen. »Dort drüben. Bei der Gelegenheit kannst du deine Schläfe gleich mitbehandeln lassen.«

»Das ist nur ein Kratzer, kaum der Rede wert.«

»Da kann eine Narbe zurückbleiben. Ihr Mädels seid in solchen Dingen doch recht eitel.«

Sein lockerer Tonfall half ihr, Abstand zu dem Geschehen zu gewinnen. »Ich würde die Narbe mit Stolz tragen.«

Ulla lag da, wo sie zu Boden gegangen war, und war umgeben von Sanitätern, Polizisten und einem Notarzt. Soeben wurde sie auf eine Trage gehoben, jemand hielt einen Infusionsbeutel hoch.

Maxi beschleunigte ihre Schritte, weil sie mit Ulla reden wollte, bevor sie abtransportiert wurde.

»Kriminalrätin Frohn möchte mit ihr sprechen«, sagte Richard in die Runde.

»Nur kurz. Ihr Kreislauf ist im Moment stabil, aber sie muss dringend operiert werden«, sagte der Notarzt.

»Frau Schuster?«, fragte Maxi. »Hören Sie mich?«

Ulla sah sie an, das Gesicht schmerzverzerrt, der Blick leidgeplagt. »Ich habe meine Schwester ermordet, hab sie getötet. Ich musste doch …«

In diesem Zustand würde nicht viel aus ihr herauszubekommen sein, das sah sie ein. »Darüber sprechen wir später.«

»Walter?« Ulla versuchte, sich aufzusetzen, doch ein Sanitäter drückte sie sanft zurück. »Wie geht es ihm?«

Sollte sie ihr sagen, dass er tot war? Schwindel erfasste Maxi, nahm ihr die Sicht, und erneut musste Richards Arm als Stütze herhalten.

»Wo wurde sie getroffen?«, fragte Richard den Notarzt.

»Nahe am Herzen, aber ich denke, sie hatte noch mal Glück.«

Oder Pech. Je nachdem, wie man es nahm. Wie sollte jemand mit dieser Schuld fertigwerden? Maxi zupfte Richard am Arm. »Ich möchte mit Fielbrecht sprechen. Ist er noch da?«

»Keine Ahnung. Hat das nicht Zeit bis morgen? Ich fahre dich jetzt erst mal heim. Hast du Valium oder was Hochprozentiges im Haus?«

»Nein, du?«

»Ja, allerdings schon ewig alt. Ich sollte die Tabletten mal entsorgen.«

»Was ist mit meinem Wagen?«

»Den soll jemand anders wegfahren, oder wir lassen ihn bis morgen stehen. Wer klaut schon einen Mini?«

Am liebsten hätte sie ihn dafür in die Seite geknufft, war ihm unendlich dankbar für seinen Versuch, sie aufzuheitern. »Meine Karre ist wenigstens originell.«

Er lachte leise und wirkte entspannt. Dennoch spürte sie, wie es in ihm arbeitete. »Allmählich kriege ich Hunger«, sagte er. »Wenn es dir nichts ausmacht, hole ich mir was Essbares.«

Das könnte er genauso gut, nachdem er sie abgesetzt hatte. Oder führte er etwas anderes im Schilde? Sie ging ein paar Schritte, versuchte die Bilder, die in ihrem Kopf wüteten, zu besänftigen. Sollte sie auf seinen Vorschlag eingehen? Und wenn ja, könnte er es nicht falsch auffassen? Oder richtig auffassen, quasi als Angebot zur Versöhnung. Maxi ermahnte sich, cool zu bleiben, während das Blut in ihren Ohren rauschte. »Wir machen es folgendermaßen: Du bringst mich heim und bleibst noch auf ein Weinchen, während ich uns etwas zu essen mache. Mir graust vor der Vorstellung, jetzt allein sein zu müssen. Danach werfe ich mir ein paar Schlaftabletten ein.«

»Hört sich gut an. Morgen wird's heiß hergehen, das weiß ich jetzt schon.«

»Ich brauche meine Handtasche. Da ist mein Haustürschlüssel drin.«

Richard beauftragte Weingarth sie zu holen, der sich auch gleich auf den Weg machte, während sie zu seinem Auto gingen. Vor ihr breitete sich der Park aus, mit der Orangerie, dem Glasmuseum und den alten Bäumen. Am Ende einer Wiese badete eine Weide ihre Zweige im Wasser eines Teichs. Welch ein idyllischer Frieden, den sie jetzt brauchte.

Er hielt ihr die Autotür auf, was er zuvor noch nie gemacht hatte. Weingarth kam mit ihrer Handtasche herbeigerannt. »Die Knarre is' konfisziert, aber die Tasch' konnt' ich retten.«

Nachdem sie sich bedankt hatte, schloss Richard ihre Autotür. Richard stieg ein und fuhr langsam am Schloss vorbei. Ihre Hände zitterten, ihr Kopf schien zu schweben. Hinzu kam, dass es ein merkwürdiges Gefühl war, in seinem Privatwagen zu sitzen. Auf dem Rücksitz lag eine Sporttasche, daneben ein zusammengefaltetes Handtuch. Das Interieur war sportlich gehalten: schwarz, mit Chrom und einem Streifen Wurzelholz, das Lenkrad aus Holz und Leder. Welch eigenartige Kombination. Ein Mann, der offensichtlich nicht recht wusste, was er wollte.

Die gesamte Fahrt über schwieg er, wofür sie ihm dankbar war. Erst als er von der Neustadter Straße abbog, meldete er sich wieder zu Wort: »Ich muss noch schnell nach Hause. Dauert nur einen Moment.«

Er verschwand in einem Mietshaus, das sicher einmal bessere Zeiten gesehen hatte. Ein alter Mann mit einem Besen in der Hand, kam auf sie zu und lugte durch das Fenster herein. Sie ließ es herunter.

»Hallo!«, sagte er. »Wusst' gar net, dass der Herr Kommissar a Freundin hat. Is' alles in Ordnung?«

Wie putzig. Bald würden alle wissen, dass Richard eine

Freundin hatte. Sollte sie ihn aufklären? Nein, damit sollte Richard sich herumärgern. »Alles bestens.«

Als Richard erschien, trug er ein anderes T-Shirt und hielt eine Weinflasche in der Hand. Er wechselte ein paar Worte mit dem Alten und stieg ein.

»Haben dir meine kleinen Andenken auf dem Shirt wohl nicht gefallen«, stellte sie fest.

»Die hebe ich mir auf, und jedes Mal, wenn meine Chefin den Kollegen und mir einen Vortrag über das Vermeiden von gefährlichen Situationen halten will, werde ich es hervorziehen und damit wedeln.«

»Einen Wein hast du auch dabei? Anscheinend traust du meinem Geschmack nicht?«

»Ich wollte nicht unhöflich sein. Wenn man von einer Dame zum Essen eingeladen wird, bringt man gewöhnlich etwas mit.«

»Blumen, Herr Levin. Blumen.«

46 RICHARD

Nach dem Schuss

Es kostete Richard einige Mühe, locker und cool zu bleiben, denn in ihm wütete ein Orkan. Er hatte einen Menschen erschossen – wieder einmal. Walter hatte alle seine guten Vorsätze mit einem Schuss zunichtegemacht. Richard hatte sehr genau gewusst, was diese tragische Figur bezweckt hatte. Warum hatte Walter sich ihnen nicht von Anfang an anvertraut? Warum hatte er ausgerechnet ihn als seinen Henker erwählt? Er hätte auch auf das SEK warten können. Die hätten ihn genauso erschossen und damit die Verantwortung übernommen.

Seine Hände wurden nass, und er wischte sie sich an seiner Hose ab. Neben ihm saß Maxi, die tapfer versuchte, sich den Stress der vergangenen Stunden nicht anmerken zu lassen. Er konnte sich gut in sie hineinversetzen, in die Angst, die einen packte, wenn einem das erste Mal der Lauf einer Waffe ins Gesicht gehalten wurde. Ihn hatte man darauf bei der Bundeswehr vorbereitet, sie nicht. Trotzdem hatte sie sich recht passabel geschlagen, bis auf den kleinen Zusammenbruch am Ende. Alle Achtung. Da hatte er schon ganz andere Szenen in ähnlichen Fällen erlebt.

Doch nicht nur das wühlte ihn auf, es war auch die Erkenntnis, wie stark es ihn emotional gepackt hatte, als sie sich in Todesgefahr befunden hatte. Beinahe hätte er darüber seinen kühlen Kopf und damit die ruhige Hand verloren.

Als er ihr die Weinflasche reichte, zitterten ihre Hände. Am liebsten hätte er sie in die Arme genommen und sie getröstet, aber das traute er sich nicht. Die Zeit wird kommen, ermahnte er sich, denn heute war kein guter Tag, um auszuloten, was sie für ihn empfand und ob er das Risiko eingehen sollte, einen Korb zu bekommen. Moment, was dachte er da für einen Schmarrn? Heute ging es primär um die Aufarbeitung des Erlebten.

Ihre Wohnung lag in der Spitalgasse, die als Fußgängerzone ausgewiesen war. Alle Parkplätze in der Nähe waren ausschließlich für Anwohner reserviert. Dessen ungeachtet stellte er den Wagen in eine Parklücke. Das Knöllchen würde er leicht verschmerzen.

»Mein Anwohnerausweis ist im Auto«, sagte sie.

»Mit deinem Kennzeichen drauf würde er in meinem nichts nützen. Einfach ignorieren.« Er stieg aus und wollte ihr die Tür aufhalten, doch sie winkte ab.

»Das kann ich gerade noch selbst.« Offenbar hatte sie zu ihrer alten Kratzbürstigkeit zurückgefunden. Vorsicht war angesagt.

»Premiere«, sagte sie, als sie ihn mit einer Handbewegung hereinbat. »Der erste Mann in meiner Wohnung, der nicht Möbel transportiert oder den Abfluss repariert.«

»Da habe ich ja richtig Glück gehabt.« Ihre Wohnung war klein, aber gemütlich eingerichtet: skandinavische Selbstbaumöbel, ein Fleckerlteppich in dezenten Farbtönen. Es war deutlich zu sehen, dass sie sich Gedanken um das Ambiente gemacht hatte, ganz im Gegensatz zu seinem eigenen zusammengeschusterten Mobiliar, wodurch man seiner Wohnung anmerkte, dass er sie nicht als sein Zuhause betrachtete.

Sie führte ihn ins Wohnzimmer. Über der Couch hingen gerahmte Fotos, unter ihnen auch eines, das ihren Vater zeigte. Er erkannte ihn auf den ersten Blick. Eigentlich war er nicht hergekommen, um in dessen Konterfei zu blicken und daran erinnert zu werden, wessen Tochter Maxi war.

Als sie sich damit entschuldigte, unbedingt duschen zu müssen, und aus dem Zimmer ging, drehte er das Bild kurzerhand um. In der Küche fand er einen Korkenzieher und zwei Gläser. Verdammt, das war kein Date! Sie: Vorgesetzte, du: Mitarbeiter. Einer, den sie als Gegner betrachtete. Morgen, im Dienst, würde sie sicher wieder die Alte sein, die ihn zu gängeln versuchte.

Überraschend schnell war sie zurück – angezogen und mit nassen Haaren. »Stört dich doch nicht, oder?«

»Wieso sollte es.« Er drückte ihr ein Glas in die Hand. »Worauf trinken wir?«

»Auf den glimpflichen Ausgang und auf dein Können.«

»Aufs Leben.« Der Wein schmeckte nach Brombeere und Erde mit einem Hauch von Vanille, sie roch nach Orange und Jasmin – wirklich eine gute Kombination.

»Hm! Den mag ich«, sagte sie. »Ich koche uns jetzt etwas Vegetarisches. Du hast hoffentlich nichts dagegen?«

»Ich werde es überleben.«

Am nächsten Morgen wachte Richard mit einem schweren Kopf in seinem eigenen Bett auf. Er war gewiss kein Frühaufsteher, hatte sich im Laufe seines Lebens nur den jeweiligen Dienstzeiten angepasst. Heute wollte er jedoch nichts weiter als liegen bleiben, mit der Decke über dem Kopf, und vergessen.

Seine pelzige Zunge und ein schaler Geschmack im Mund ließen ihn nach Wasser lechzen und machten ihm einen Strich durch die Rechnung. Notgedrungen quälte er sich aus dem Bett, warf sich eine Kopfschmerztablette ein und schüttete ein Glas Wasser hinterher. Viel würde es nicht nützen. Fast wie in alten Zeiten, wenn er mit den Kameraden des KSK den Stress im Alkohol ersäuft hatte.

Was war gestern alles passiert? Walter. Ulla. Und Maxi. Der Schreck, dass Maxi mit einer Pistole bedroht worden war, würde noch einige Zeit nachwirken.

Die Spaghetti hatten selbst mit dem Quinoa-Mischmasch, der als Hackfleischersatz diente, hervorragend geschmeckt. Dazu gab es zwei Flaschen Rotwein. Viel vertrug er nicht mehr, seit er vor Jahren seinen Alkoholkonsum drastisch reduziert hatte. Er war damals zu der Erkenntnis gelangt, dass Alkohol nur kurzzeitig half und die Probleme in Wahrheit verschlimmerte. Sie redeten viel über Walter, Ulla und über den Tod, aber auch über ihre Eltern, Oma Elke und Joachim, seinen Bruder. Niemals zuvor hatte er so viel von sich preisgegeben. Erst als sie etwas über seine Vergangenheit bei der Bundeswehr und seine Verbindung zu ihrem Vater wissen wollte, wurde er wortkarg. Tief im Inneren spürte er, dass er ihr eines Tages mehr darüber erzählen würde.

Als beide Flaschen geleert waren, kuschelte sie sich an ihn, und es war verdammt schwer für ihn, die Finger bei sich zu behalten. Er nutzte keine Frauen aus, nur weil die Gelegenheit günstig war. Ihm war klar, dass er auf dem besten Wege war, sich in sie zu verlieben. Sein Verlangen hatte nicht nur etwas mit sexueller Begierde zu tun, das ging tiefer.

Als sie auf der Couch einschlief, hing er noch ein Weilchen seinen Gedanken nach, bis ihm ihr leises Schnarchen das Signal zum Aufbruch gab. Den Heimweg musste er wegen des Alkohols wohl oder übel zu Fuß antreten.

Hatte er ihr zum Abschied einen Kuss auf die Stirn

gedrückt? Falls ja, hatte sie es hoffentlich nicht bemerkt. So wie sie auftrat, war sie sich ihrer Wirkung auf Männer nur allzu gut bewusst und kokettierte damit. Sich zu blamieren war das Letzte, was er wollte. Genau betrachtet war die Situation ein Desaster. Erschwerend hinzu kam, dass sie seine Vorgesetzte war. Eine Beziehung unter Kollegen funktionierte vielleicht bei Arzt und Krankenschwester oder Sekretärin und Chef, aber zwischen zwei Polizeibeamten, noch dazu im selben Kommissariat …? Er würde sich in ein anderes versetzen lassen müssen, eventuell in eine andere Inspektion, oder sogar nach Nürnberg zurück, was eines Tages sowieso nötig sein würde, wenn Oma Elke nicht mehr allein zurechtkäme. Auch lebten dort viele seiner Freunde. Eines der Fachdezernate am Jakobsplatz in der Nürnberger Innenstadt würde bestimmt eine Planstelle für ihn freihaben, obwohl er innerhalb von sieben Jahren zwei Männer erschossen hatte, was andere in 35 Jahren Dienstzeit nicht schafften. Was für eine Karriere.

Hunger verspürte er keinen, trotzdem aß er eine Banane. Gespannt, was der Tag außer unangenehmen Fragen bringen würde, machte er sich auf den Weg in die Inspektion. Trotz der frühen Morgenstunde lag eine drückende Schwüle über der Stadt. Er musste zu Fuß gehen, da sein Auto noch auf Maxis Anwohnerparkplatz stand.

Er betrat die Inspektion durch den Haupteingang an der Vorderseite und traf auf Tobias Schneider, der mit einigen Kollegen zusammenstand. »Super Schuss!«, rief Tobias ihm zu. »Hab's gerade den Kollegen erzählt.«

»Danke. Damit es auch wirklich jeder mitkriegt.«

»Die Polizei weiß alles. Wir sind aber auch stolz«, sagte Polizeioberkommissar Heinlein und hielt beide Daumen hoch.

Wenigstens ein paar, die ihn unterstützten. Ob die Herrschaften der Leitung das ebenso sahen, stand allerdings auf einem anderen Blatt. Jeder Schusswaffeneinsatz wurde sehr kritisch hinterfragt.

Maxi war noch nicht eingetroffen, das hatte er auch nicht erwartet. Er hatte ihr geraten, eine Auszeit zu nehmen und zu ihren Eltern nach München zu fahren, bezweifelte allerdings, dass sie dem folgen würde.

An Arbeit war nicht zu denken. Seine Kollegen baten ihn in die kleine Kaffeeküche. Jemand hatte Gebäck besorgt, und alle wollten genau wissen, was vorgefallen war. Jeder erzählte die Dinge aus seiner Sicht, egal ob er dabei gewesen war oder nicht. Natürlich gab es Kollegen, die anders vorgegangen wären und selbstverständlich auch alles besser gemacht hätten, aber im Großen und Ganzen herrschte Zustimmung.

Sabine Neumayer sprach Richard von der Seite an, legte ihre Hand auf seinen Arm. »Frau Frohn ist da. Sie möchte dich sprechen.«

»Ich komme gleich.«

»Danke, dass du sie gerettet hast. Sie ist eine großartige Frau, viel besser als manche unserer Machos.«

Das saß. »Fühlt sie sich denn schlecht behandelt?«

»Das hat sie nicht gesagt, doch als Frau spürt man das. Ihr toleriert sie, weil sie eure Vorgesetzte ist, aber ihr akzeptiert sie nicht. Du hingegen hast alle auf deiner Seite.«

»Sie macht es mir auch nicht gerade leicht.«

Anstatt einer Antwort legte Sabine den Kopf schief und widmete sich der Espressomaschine. Auch eine Art, seine Meinung auszudrücken.

Nun gut, er musste sowieso mit Maxi sprechen, warum also nicht gleich. Kaum draußen, kam sie ihm entgegen.

Jetzt würde sich zeigen, ob das Du weiterhin galt. Am besten, er ließ sie zuerst reden. Innerlich bereitete er sich auf eine Enttäuschung vor, doch Maxi sagte lächelnd: »Wie geht's dir? Herr Adler hat seinen Urlaub abgebrochen und möchte uns beide sprechen.«

Kaum waren sie außer Sichtweite der Kollegen, lehnte sie sich an ihn und senkte die Stimme: »Danke noch mal für alles, was du gestern für mich getan hast. Ich meine das ehrlich und glaube, wir beide sollten einen Neustart wagen.«

»Einverstanden.«

Kriminaloberrat Adler empfing sie hinter seinem Schreibtisch; ein schlechtes Zeichen. Doch dann deutete er auf den Besuchertisch, was hieß, dass sie nicht wie Delinquenten vor ihm stehen müssten. Er setzt sich sogar zu ihnen; ein gutes Zeichen.

»Wie Sie sehen, habe ich extra meinen Urlaub unterbrochen, um mich nach Ihrem Wohlbefinden zu erkundigen, Frau Frohn«, sagte er mit einem Augenzwinkern. »Das Positive vorweg: Ich bin froh, dass alles einigermaßen glimpflich ausgegangen ist. Frau Schuster wird überleben. Der Einzige, der einen permanenten Schaden erlitten hat, ist der Geiselnehmer.«

Bislang hatte Richard nicht allzu viel mit dem obersten Chef zu tun gehabt, sein Humor gefiel ihm. »Ließ sich leider nicht vermeiden.«

»So, wie sich die Sache darstellt, war der finale Rettungsschuss angemessen, Herr Levin. Eine Deeskalation war wohl nicht mehr möglich.«

Das hörte sich vielversprechend an. Vielleicht kam er glimpflich davon. »Danke.«

»Allerdings wird eine zwingend vorgeschriebene Todesermittlungsuntersuchung eingeleitet werden. Das Prozedere müsste Ihnen hinlänglich bekannt sein, Herr Levin. Und Sie werden sich der Untersuchung, wie diese Situation entstanden ist, stellen müssen, Frau Frohn. Vielleicht könnten Sie es mir vorab schon einmal schildern.«

Maxi erzählte den Ablauf der Geschehnisse und endete mit einer Entschuldigung.

»Sie brauchen sich nicht zu entschuldigen«, sagte Adler. »Aber Sie müssen sich die Frage gefallen lassen, warum Sie sich mit ihm allein getroffen haben. Wenn ich die Lage richtig beurteile, war Walter Hauptmann der Hauptverdächtige.«

»Richtig.«

»Warum haben Sie keine Festnahme angestrebt?«

»Weil die Beweise nicht ausreichten.«

Adler wiegte seinen Kopf hin und her. »Ich nehme das zur Kenntnis. Nun zu Ihnen, Herr Levin.«

Auch das noch, er hatte gehofft, das bliebe ihm erspart. »Viel gibt es nicht zu sagen. Ich habe Frau Frohns Nachricht erhalten, habe die Inspektion und das SEK alarmiert, bin hingefahren und habe die Lage erkundet. Meine Intention war, Herrn Hauptmann in ein Gespräch zu verwickeln, da mir klar war, dass das SEK eine gewisse Zeit brauchen würde. Der Geiselnehmer drohte, alle zu erschießen, Frau Frohn als Letzte, mit dem Ziel, sich dann von uns erschießen zu lassen. Als Erstes schoss er Ulla Schuster nieder. Nachdem er die Kollegin Frohn weiterhin als Schutzschild benutzte, blieb keine Alternative, als die Situation durch einen finalen Rettungsschuss zu bereinigen. Meinen auch Sie, ich hätte auf das Eintreffen des SEKs warten sollen? Dann säßen heute weder die Kollegin Frohn noch ich vor Ihnen.«

Adler zog die Mundwinkel leicht nach oben. »Sie brauchen nicht gleich alle Stacheln auszufahren. Der Fall ist glasklar, die Untersuchung reine Formsache. Jedenfalls danke ich Ihnen für Ihren Einsatz und bin auch der Meinung, dass sie mehreren Menschen wahrscheinlich das Leben gerettet oder sie zumindest vor Schaden bewahrt haben.«

»Danke. Wie sollen wir uns im Fall Dr. Fielbrecht verhalten?«

»Soweit ich weiß, haben wir nichts gegen ihn in der Hand. Falls bei den Medien etwas durchsickert, könnten seine Parteifreunde allerdings ein Wörtchen mit ihm reden wollen. Was bei der Steuergeschichte herauskommt, gilt abzuwarten. Das K3 bleibt jedenfalls weiterhin am Ball.«

Damit waren sie entlassen. Maxi drehte sich an der Tür nach Adler um. »Eine Frage hätte ich noch: die Beschwerde gegen mich …?«

»Hat der Beschwerdeführer heute früh zurückgezogen.«

»Aha.« Maxi sah Richard von der Seite an, und er begriff, dass sie ihn für den Missetäter hielt. Deshalb also ihr reserviertes Verhalten ihm gegenüber.

»Ich war's nicht«, sagte er.

»In diesem Fall hat Kollege Levin ausnahmsweise mal eine weiße Weste«, sagte Adler grinsend. »Wir sprechen später darüber. Ich muss jetzt mit dem BLKA in München telefonieren, und Sie können sich vorstellen, dass ich mich nicht besonders darauf freue.«

47 RICHARD

Drei Wochen nach dem Coburger Schlossplatzfest, Donnerstag

»Wochenende in Sicht«, hatte Peter aufs Whiteboard geschrieben und zuvor Richards Zeichnung der beteiligten Personen im Fall Melinda sorgfältig entfernt.

»Wo? Wo?« Das war Jans Handschrift. Und darunter wieder die von Peter: »So bringt man Jan zum Bellen.«

Der Staub, den die Geschichte aufgewirbelt hatte, wollte sich noch nicht legen. Immerhin hatte sie nationale und sogar internationale Aufmerksamkeit erregt. Während die meisten Medien positiv über die Polizeiaktion berichteten, gab es auch negative Stimmen, die von unnötiger Polizeigewalt sprachen. Mit etwas Verhandlungsgeschick hätte man das Opfer – damit war Walter gemeint – bestimmt von seinem Vorhaben abbringen können. Außerdem müsste das verharmlosende Wort »Rettungsschuss« durch »Todesschuss« ersetzt werden.

»Ärger dich net«, sagte Peter. »Von denen war keiner dabei.«

Jan schaute an seinen Computerbildschirmen vorbei und sagte: »Ich möchte sogar behaupten, dass von denen noch nie einer vor der Entscheidung stand: er oder ich.«

War nur zu hoffen, dass die beiden nie vor solch eine Wahl gestellt sein würden. Richard zog es vor, zu diesem Thema zu schweigen. Er ließ seine Gedanken lieber um Maxi kreisen, die erst nach eindringlichem Zureden und nach ihrem

Gespräch mit Adler nach Hause nach München gefahren war. Eigentlich wurde von ihr als Vorgesetzter erwartet, dass sie Richard während der Nachbereitung des Falls helfend zur Seite stand, aber Maxi brauchte selbst erst einmal Unterstützung. Er machte sich Sorgen um sie und vermisste sogar ihren kleinen Privatkrieg um die Vorherrschaft im K1.

Er nahm sich die Akten des Falls vor. Um die Sache zum Abschluss zu bringen, wollte er trotz Ullas mündlichem Geständnis ausschließen, dass sie dies nur getan hatte, um Walter zu entlasten. Ihre erste DNA-Probe, die mit der der Toten verglichen worden war, hatten sie wie vorgeschrieben vernichtet und nicht für einen Abgleich mit den an den jeweiligen Tatorten gefundenen Spuren genutzt. Darum war sie nicht aufgefallen, doch nun lagen die Ergebnisse vor. Ullas Spuren waren an beiden Tatorten und im Porsche festgestellt worden und natürlich auch die von Felix. Vernehmen hatte er sie noch nicht können.

Kollege Neumann bat ihn in seiner Funktion als Maxis Stellvertreter in sein Büro, wo er Richard ein Blatt Papier vor die Nase hielt. »Hier.«

»Was ist das?«

»Die Vorladung zum Staatsanwalt zur Zeugenvernehmung.«

Zum Glück war er als Zeuge geladen, nicht als Beschuldigter. Neumann klopfte ihm auf die Schulter. »Mach dir keine Sorgen, du hast dich rechtsfehlerfrei verhalten. Der Fall ist eindeutig.«

Das sähe anders aus, wenn Ulla ihm nicht den Weg verstellt und er früher geschossen hätte. Wie hätte er ohne Walters Schuss auf sie dessen Tötungsabsicht nachweisen sollen? Erst diese Konstellation hatte seinen Todesschuss auf Walter beweisbar gerechtfertigt.

»Natürlich ist er das«, sagte Richard. »Für mich war es nie eine Frage, ob ich schießen muss, sondern nur, wann. Das sage ich allerdings nur dir. Walters Absichten waren unmissverständlich.«

Neumann klopfte ihm erneut auf die Schulter. »Halte dich an die Fakten, dann kann dir nichts passieren.«

»Wann werden die anderen Zeugen geladen?«

»Soweit ich weiß, wollen sie die Sache so schnell wie möglich über die Bühne bringen.«

»Was immer auch unsere Justiz unter ›schnell‹ versteht.«

»Was dir zugutekommt, ist das Auftauchen des Oberstaatsanwalts während der Geiselnahme. Er war selbst Zeuge. Du hast ihn vermutlich gar nicht bemerkt.«

Das hatte er tatsächlich nicht. »Dann hoffe ich mal, dass er das Geschehen neutral betrachtet und nicht zu denen gehört, die alles besser und richtig machen würden.«

»Er ist okay. Trotzdem Vorsicht: Er ist mit Fielbrecht befreundet.«

»Danke, Klaus. Ich würde jetzt gern Frau Schuster vernehmen, um die letzten Unklarheiten zu beseitigen. Da ich kein Beschuldigter bin, kann ich doch weiterarbeiten, oder?«

»Mir liegt keine anderslautende Anweisung vor, Richard. Wäre allerdings schön, wenn du in der Zwischenzeit niemanden mehr erschießt.«

»Werde mir Mühe geben.«

Neumann lachte und versetzte ihm einen seiner berüchtigten Klapse auf den Rücken. Mit Psychologie hatte Klaus gewiss nicht viel am Hut.

Peter begleitete ihn ins Klinikum. Jedes Mal, wenn er ein Krankenhaus betrat, überkam ihn ein beklemmendes Gefühl, denn die Erinnerung, als Oma ihn zusammen mit seinem Bruder zur sterbenden Mutter geführt hatte, war immer noch präsent.

»Was is'n los? Du schaust so blass um die Nas'n aus«, sagte Peter.

»Hast du nie schlechte Erfahrungen in einem Krankenhaus gemacht?«

»Nee. Bis auf des eine Mal, wo mir einer unserer Klienten den Riechkolben gebroch'n hat, war ich immer pumperlg'sund.«

Sie fanden Ulla Schusters Einzelzimmer, vor dem ein uniformierter Kollege sein Handy studierte.

Peter bekundete ihm sein Beileid für den langweiligsten Job der Polizeiinspektion.

»Nur noch bis übermorgen, dann wird sie in die JVA Bamberg verlegt«, erwiderte er.

Ulla Schuster lag auf dem Rücken, den Kopf zum Fenster gedreht, von Schläuchen und Messgeräten umgeben. Richard trat leise auf sie zu, während Peter direkt auf ihr Bett zumarschierte, die Hände in den Hosentaschen. Er zog einen Stuhl ans Bett und klappte den in einer Umhängetasche mitgebrachten Laptop auf. Ihm war anzusehen, dass er Vorbehalte gegen Ulla hatte.

»Frau Schuster?«, fragte Richard und blieb am Fußende des Bettes stehen.

»Ja?«, hauchte sie, ohne ihre Position zu verändern.

»Wie geht es Ihnen?«

»Den Umständen entsprechend. Die Ärzte sagen, ich hätte großes Glück gehabt.«

»Sie wissen, wer wir sind?«

»Ja.«

»Und auch, warum wir hier sind?«

»Wollen Sie ein Geständnis? Ich habe Ihnen doch …«

»In Schriftform. Was wir noch wissen wollen, ist das Wieso und Wie. Ich mache Sie darauf aufmerksam, dass Sie sich selbst nicht belasten müssen und das Recht auf einen Anwalt haben.«

Sie führte ihre Hand, an der ein Infusionsschlauch hing, zur Nase und tupfte sie mit einem Papiertaschentuch ab. »Schon gut. Ich erzähle Ihnen alles.«

»Kann sein, dass der Staatsanwalt Sie ebenfalls befragen wird.«

»Meinetwegen. Was ist mit Walter?«

»Hat ihr des niemand g'sagt?«, flüsterte Peter ihm zu.

Offenbar nicht. Wieso blieben die unangenehmen Dinge immer an ihm hängen? Er zögerte, suchte nach den richtigen Worten.

Mit ihrer Frage »Er ist tot, nicht wahr?« erlöste sie ihn.

»Ja.«

»Har er sich selbst …? Ich kann mich kaum erinnern.«

»Nein. Er hat es darauf angelegt, von uns erschossen zu werden, Frau Schuster.«

Das Taschentuch kam wieder zum Einsatz, während Peter eifrig tippte.

»Ich bräuchte noch ein Taschentuch.«

Richard holte es aus der offenen Packung auf dem Nachttischchen und reichte es ihr.

»Haben Sie ihn erschossen?«, fragte Ulla.

»Er hat mir keine Wahl gelassen.«

»Jetzt wissen Sie wenigstens, wie man sich fühlt, wenn man jemanden getötet hat.«

Diese Erfahrung hatte er schon lange vor ihr gemacht. »Erzählen Sie einfach der Reihe nach.«

»Ein andermal. Ich sehe mich dazu momentan nicht in der Lage, okay?«

»Das ist in Ordnung. Sie werden sowieso später noch eine Menge Fragen zu beantworten haben.« Er wartete. Schweigen war oft ein Mittel, jemanden zum Reden zu bringen. Auch Peter blieb ruhig.

Erneutes Schnäuzen. »Melinda hat unsere ganze Familie zerstört – die ganze Familie. Sie und Felix. Walter im Gefängnis, seine Eltern geschieden, meine Mutter ist vor Gram gestorben und mein Vater säuft sich tot. Und das alles nur wegen des Geldes. Können Sie sich das vorstellen?«

Das konnte er. »Weiter?«

»Seit ich Walter auf einer Party im Reitstall kennengelernt habe, liebe ich ihn, aber er hat Melinda den Vorzug gegeben. Der schönen Melinda, die daheim immer alles machen durfte, was sie wollte. Ein Augenaufschlag oder ein ›Papilein‹ genügte, und alles war verziehen, während ich die ewig Ungeschickte war. Alles ist ihr zugeflogen – auch Walter. Selbst nachdem ihr Betrug aufgeflogen war, hat er sie noch geliebt. Für ihn war ich immer nur eine gute Freundin. Dabei hat Melinda ihn nur geheiratet, um ihn mir wegzuschnappen.«

»Sie meinen, bei ihr war keine Liebe im Spiel?«

Sie schnaubte. »Melinda und ein Streifenpolizist? Verzeihung, nehmen Sie das nicht persönlich, aber Melinda hatte was Besseres verdient – ihrer Ansicht nach.« Ihre Stimme wurde fest. »Melinda war überhaupt nicht fähig zu lieben. Von klein auf hat sie mich drangsaliert, weil sie keine Schwester haben wollte.«

»Sie glauben also, dass sie Walter nur geheiratet hat, um Ihnen eines auszuwischen?«

»Genau.«

»Womöglich auch, um einen Informanten bei der Polizei zu haben, der sie warnt, wenn es mal brenzlig wird.«

»Dann hätte sie ihn wohl kaum ins Gefängnis gebracht.«

»Außer er war im Begriff, ihr auf die Schliche zu kommen.« Diesbezügliche Hinweise fehlten leider in den Tagebüchern. Die Aufzeichnungen hatten deutlich nach ihrem fingierten Tod begonnen und nur von ihr gehandelt. Damit war auch die Hoffnung verpufft, etwas Belastendes über Fielbrecht in die Hände zu bekommen. »Wie war ihre Beziehung zu Fielbrecht?«

»Sie hat mit ihm geschlafen, als sie noch mit Walter verheiratet war. Für die Erfüllung seiner perversen Wünsche hat er ihr einiges geboten. Zum Beispiel das Boot, das er für 'nen Appel und 'n Ei an Felix verkaufte, oder das Geld, das er in ihr Geschäft investierte. Der wusste garantiert, dass sie noch lebte.«

»Dieser Meinung sind wir auch.«

»Wird er bestraft?«

»Die Frage ist, ob er von dem Plan, ihren Tod vorzutäuschen und Walter zu belasten, Kenntnis hatte. Und selbst wenn … Eine Anzeigepflicht besteht nur bei bestimmten Straftaten.«

»Wirklich?«

»Ja, leider. Kommen wir auf den Mord zurück. Was geschah am Donnerstagabend, nachdem sie sich mit Walter trafen?«

»Wir gingen aufs Schlossplatzfest, weil Walter sich dort mit Felix verabredet hatte. Melinda war auch da. Sie ignorierte Walter völlig, redete nur mit mir und Felix und war total geschockt, dass Walter überhaupt dabei war. Ihm war anzusehen, wie sehr ihn das alles ankotzte. Ich habe ihn zum Bahnhof begleitet und gewartet, bis er in den Zug gestiegen war. Danach bin ich umgekehrt, um noch einmal mit Melinda zu sprechen. Kalt lächelnd eröffnete sie mir, dass sie zu Walter zurückkehren möchte.«

»Und das mussten Sie um jeden Preis verhindern.«

»Ich wollte es ihr ausreden, Walter hatte genug durchgemacht. Deshalb bin ich noch mal hin und sah Felix und Melinda oberhalb der Arkaden stehen. Die zwei stritten heftig miteinander. Als ich mich ihnen näherte, schwiegen sie. Schließlich sind wir wieder auf den Schlossplatz. Die zwei haben viel getrunken und sogar Koks geschnupft. Felix wollte, dass sie mit Fielbrecht ins Bett steigt und davon heimlich Aufnahmen macht, um ihn erpressen zu können. Sie beschuldigte Felix, in Santo Domingo einen Mord begangen zu haben, deshalb hätten sie fliehen müssen. Im Gegenzug warf er ihr vor, ihn in den ganzen Schlamassel hineingezogen zu haben. Ich war entsetzt. Dann gingen sie mich um Geld an. Ich habe abgelehnt, wollte wissen, wie sie es angestellt hätten, dass Walter auf dem Boot damals nichts mitbekommen hatte. Sie haben ihm ein Betäubungsmittel in den Drink gemischt, hat sie gesagt. Danach sind Felix und Melinda wieder in den Hofgarten gegangen, weil er sein Auto in der Nähe abgestellt hatte.«

»Warum dort und nicht am Hotel?«

»Was weiß ich?«

»Wann war das?«

»Gegen Ende des Fests. Ich bin ihnen hinterher, war fassungslos und wütend. Wollte endlich eine Entschuldigung hören, aber sie stritten sich schon wieder, wobei er ihr einen Stoß versetzte. Sie schlug mit dem Kopf auf dem Brunnengeländer auf und war bewusstlos. Felix hat sich sofort aus dem Staub gemacht, ohne sich um sie zu kümmern.«

»Und dann?«

»Dann … Dann überkam es mich irgendwie. Ich hasste sie in diesem Moment. Hasste sie für alles, was sie Walter und mir angetan hatte. Hasste sie dafür, dass sie besoffen und zugekokst vor mir lag. Ich … Ich zerrte sie übers Geländer, dachte, das kalte Wasser im Brunnen würde sie aufwecken. Und als sie dann so dalag … habe ich sie im Wasser liegen lassen.

»Sie haben sie nicht mit einem Kuhfuß niedergeschlagen?«

»Mit einem was?«

»Einem Metallwerkzeug zum Ziehen von Nägeln. Wir haben einen in der Nähe gefunden.«

»Nein.«

»Das würde auch erklären, warum wir keine Spuren daran gefunden haben. Wie hat Felix reagiert, als er davon erfuhr?«

»Dreimal dürfen Sie raten.«

»Er hat Sie erpresst.«

»Richtig. Deshalb habe ich ihn umgebracht. Er hatte es verdient, auf die gleiche Art zu sterben wie Melinda. War ganz einfach. Er wollte den Porsche loswerden, weil er zu auffällig war, und ich musste seinen Fahrer spielen. Die Bullen seien wahrscheinlich hinter ihm her. Ich fuhr ihn mit meinem Wagen zu Walter, der sich angeblich mit ihm auf halbem Weg am Fischbacher Teich treffen wollte, um einige Dinge zu klären und ihm Geld zu geben. Dort habe ich ihn von hinten niedergeschlagen und ins Wasser gezerrt.«

»Walter wusste davon?«

»Nein, natürlich nicht.«

»Bleiben noch die Erpressungsversuche gegen Dr. Fielbrecht.«

»Das war Felix. Er hat's mir gestanden.«

»Wissen Sie, wo er sich versteckt hielt?«

»Bei seiner Mutter.«

Also hatte sie gelogen. Richard wartete, bis Peter mit dem Tippen fertig war. »Wir drucken Ihre Aussage bei uns in der Dienststelle aus. Ein Kollege kommt damit vorbei und lässt Sie das Ganze durchlesen und unterschreiben.«

»Waren Sie überrascht, dass ich es war?«

»Nein, ich habe das geahnt. Sicher war ich mir erst nach dem Lesen von Melindas Tagebuch. Der Brief darin ergab keinen Sinn, er entsprach vom Stil her nicht dem restlichen Text. Den haben Sie geschrieben, um mich auf eine falsche Fährte zu locken.«

»Ein dummer Fehler, ich weiß.«

»Alle machen Fehler. Auch ich.« Und einen davon würde er als Nächstes korrigieren.

48 MAXI

Vier Wochen nach dem Coburger Schlossplatzfest, Freitag

Nachdem sie ausgiebig geduscht hatte, nahm sie sich für den Abend frische Klamotten aus dem Schrank. Sie freute sich auf die Abteilungsfeier, die in einem Biergarten in der Nähe stattfinden würde. Gründe dafür gab es genug, nicht nur ihre Befreiung als Geisel und die Einstellung des Verfahrens gegen Levin, das ungewohnt schnell abgewickelt worden war, sondern auch seine Beförderung zum Kriminalhauptkommissar. Adler hatte seine Andeutung wahrgemacht und die Ernennung ausgesprochen. Levin hatte seine unbewegte Maske fallen lassen und wie ein Honigkuchenpferd gestrahlt.

Ihr Vater hingegen war dazu nicht mehr fähig, er war hart und verhärmt. Manchmal fragte sie sich, wie ihre Mutter es mit diesem steinernen Klotz aushielt.

Sie hatte ihren Vater letztes Wochenende nach Levin gefragt und nach einigem Bohren sogar eine Antwort erhalten. »Nur so viel: Du hast recht, Levin und ich kennen uns aus Afghanistan. Er stand unter meinem Kommando. Du bist nicht die Einzige, die ihm zu Dank verpflichtet ist, sogar unter diesem Dach wohnt einer. Aber wo Licht ist, ist auch Schatten.«

Das war alles gewesen, doch statt mit seiner Auskunft zufrieden zu sein, war sie nur noch neugieriger geworden.

Der Abend nach ihrer Rettung hatte noch lange in ihr

nachgeklungen. Der Wein hatte Richard seine Reserviertheit genommen und sie hinter seine Fassade blicken lassen. Zum Abschied hatte er ihr sogar einen Kuss auf die Stirn gegeben, und das war keine Einbildung gewesen. Trotzdem hatte sie sich vorgenommen, alles erst einmal laufen zu lassen, um zu sehen, wohin der Strom der Zeit sie führte. Sie machte sich zum Ausgehen fertig, überprüfte ihr Outfit: leger, nicht übertrieben, auch das Make-up war dezent gehalten.

Von ihrer Wohnung bis in den Josiasgarten war es nur ein Katzensprung. Die Kollegen waren bereits da, saßen vor ihnen Bierkrügen, und unter dem Tisch, zu Richards Füßen, lag ein schwarz-weißer Hund, dem die rosa Zunge über der Brust hing, daneben eine Wasserschüssel. Hatte er sich den Hund also doch zurückgeholt.

Richard lächelte ihr zu. »Setz dich. Wir haben schon mal angefangen.«

»Habt ihr mir ein Bier bestellt?« Am liebsten hätte sie sich Richards Maßkrug gegriffen, bremste sich aber noch rechtzeitig. Das wäre viel zu vertraulich gewesen.

»Des müssen Se sich hier selber hol'n«, sagte Peter. »Was feiern wir eigentlich?«

»Richards Beförderung«, sagte die Wallner. »Die hat er sich redlich verdient.«

»Ohne mich wär der doch aufg'schmissen.«

»Wie man neulich sehen konnte. Richard ist ganz gut ohne dich zurechtgekommen.«

»Die Nummer war echt filmreif«, sagte Jan. »Was fürs Fernsehen oder ein Buch.«

»Wenn die Ulla uns gleich gemeldet hätt, dass die Melinda hier is', wär' gar nix passiert.«

»Und hätte mir und Richard einige Albträume erspart«, sagte Maxi nachdenklich. Sie fror plötzlich, Bilderfetzen entstanden vor ihrem geistigen Auge. Sie fing Richards aufmerksamen Blick auf und fand Halt darin. Er wusste um ihre Flashbacks.

»Gut, dass wir des Nahkampftraining verschoben ham. Wer weiß, wen Richard sonst noch alles niederg'macht hätt, so in Fahrt wie der war.«

Das berührte Maxi unangenehm. »Das Training hätte mir womöglich geholfen, gar nicht erst in diese Situation zu kommen.«

»Das ist nicht gesagt«, sagte Richard. »Grau ist bekanntlich alle Theorie, die Praxis sieht oft anders aus. Zweimal Training im Jahr reicht nicht aus, um die Reflexe und das Muskelgedächtnis zu trainieren.« Er stand auf, holte ein Bier von der Ausschankhütte und stellte es vor ihr ab.

»Was ist mit dem Hund?« Maxi beugte sich zu ihm hinunter und streichelte ihn. An seiner Hüfte fehlte ein Stück Fell, dafür war an der Stelle eine lange Narbe sichtbar.

»Nach nur einer Woche hat es in der Familie schon wieder ordentlich Zoff gegeben. Dieses Mal habe ich sofort einen Streifenwagen angefordert. Der Herr Bauer ist auf die Kollegen losgegangen, die haben nicht lange gefackelt und ihm eine Übernachtung in einer unserer hübschen Ausnüchterungszellen verschafft.«

»Manche lernen's halt nie«, meinte Peter.

»Du hättest sehen sollen, wie der Idiot das Gesicht seiner Frau, den Rücken des Kindes und den Hund zugerichtet hat. Ich habe sie zusammen mit ihrem Sohn wieder ins Frauenhaus gebracht und sie hat mir den Hund endgültig übergeben, weil dort keine Hunde erlaubt sind, was ich nicht verstehen kann, denn schließlich sind Tiere gute Therapeuten. Allerdings konnte sie den Tierarzt nicht zahlen. Ich hab ihr zwar angeboten, die Kosten zu übernehmen, aber sie meinte, sie bräuchte jetzt alle Kraft für sich und ihr Kind.«

»Willst du ihn behalten?«

»Er geht nach Nürnberg, zu meiner Oma.«

Das ergab Sinn, denn Richard würde nächste Woche auf einen zweiwöchigen Lehrgang gehen. Adler hatte ihn damit auf die Beförderungsschiene für den höheren Dienst gesetzt. Danach hatte Richard zwei Wochen Urlaub. Vier lange Wochen ohne ihn standen Maxi also bevor. Vielleicht genau das, was sie brauchte, um Abstand zu gewinnen und sich darüber klar zu werden, was sie wollte.

»Wie wär's mit 'ner Runde Freibier, Herr Hauptkommissar?«, fragte Peter. »Jetzt, wo du die dicke Kohle kassierst.«

»Dir wird doch nach der zweiten Maß Bier schon schlecht. Am Ende fütterst du noch deine Fische damit.«

Alle lachten. Es war schön, unter den alten Bäumen hinter dem Bürglaß-Schlösschen zu sitzen, das kalte Bier bei guter Stimmung zu genießen. Eines musste sie noch regeln: »Nachdem ich jetzt mit allen per Du bin, außer mit Ihnen Herr Weingarth, würde ich gerne mit Ihnen Brüderschaft trinken.«

»Prost. Mit dir trink ich am liebsten Schwesternschaft.«

Beim Einhaken in Peters Arm, meinte sie wegen des leichten Fischgeruchs, der Peter umgab, mit einem Karpfen zu trinken. Als sie ihn damit aufzog, lachten alle.

Sie war im Team angekommen.

DAS LETZTE WORT …

… gehört dem Autor, der an dieser Stelle all jenen Dank sagen möchte, die direkt oder indirekt zur Entstehung dieser Geschichte beigetragen haben. Recherche gehört zum Schreiben, deshalb gilt hier mein Dank wie immer unseren Freunden und Verwandten, die noch im aktiven Polizeidienst stehen oder sich bereits im Ruhestand befinden, sowie dem Ersten Kriminalhauptkommissar Rainer Samhaber vom Bayrischen LKA. Mit ihren Anekdoten und ihrer Expertise tragen sie alle dazu bei, dass bei aller Fantasie eine gewisse Authentizität gewahrt bleibt.

Mein Dank geht ebenso an die fleißigen Testleserinnen Karin Seemayer, Priska Lo Cascio, Sabine Fischer und Ute Bareiss, die selbst erfolgreich schreiben, sowie an Jeanine L. aus Wien.

Nicht zu vergessen der Gmeiner-Verlag und dessen Team, hier vor allem die Lektorin Katja Ernst.

Die Dankesliste wäre ohne meinen Mann Michael nicht komplett. Er sorgt dafür, dass es nicht zu viel Unsinn bis ins Lektorat schafft, und trägt zudem mit seinem Humor und seiner Sachkenntnis wesentlich zum Gelingen bei.